1984

MINI BOOK
CLOUD
LIBRARY
09

1984
-2-

Nineteen Eighty Four

조지 오웰 지음
안영준 옮김

생각뿔

차례

제2부(5~10)

Nineteen Eighty Four

5

사임이 보이지 않았다. 어느 날 아침 결근했다. 생각 없는 사람 몇몇이 그가 결근한 것에 대해 입방정을 떨었다. 다음 날은 그와 관련해 이야기하는 사람이 하나도 없었다. 사흘째 되던 날 윈스턴은 게시판을 보려고 기록국 현관으로 들어섰다. 게시물 중 한 곳에 사임이 속해 있던 체스위원회 위원 명단이 인쇄되어 있었다. 지운 흔적이 전혀 보이지 않아서 아마도 예전에 붙여둔 명단과 같은 것이 아닐까 싶었다. 하지만 이름 하나가 부족했다. 그것만으로도 윈스턴은 충분히 알 수 있었다. 사임은 존재하기를 멈추었고, 과거에도 존재한 일은 없는 것이다.

날씨가 불탄다면 오늘이 그렇지 않은가 싶었다. 마치 미궁 같은 청사의 창 없는 방은 냉방 장치가 있어 평상 온도를 유지했지만, 바깥 거리는 발을 태울 것 같고 출퇴근 때의 지하철은 지독한 악취가 풍겨 죽을 지경이었다. 증오주간을 위한 준비 작업이 한창이었으므로 직원들은 누구나 시간 외 근무를 하고 있었다. 행진과 회합, 군대 사열, 강연회, 밀랍 인형 전시회, 영화 상영 및 텔레스크린 프로그램 등 모든 것이 준비되어 있어야 했다. 진열대도 세워야 하고, 초상화도 그려야 하고, 슬로건도 만들어야 하고, 노래도 지어야 하고, 유언비어도 퍼뜨려야 하고, 사진도 위조하는 등 할 일이 태산이었다. 줄리아가 일하는 창작국계에서는 소설 제작을 접고 잔악무도한 행위를 내용으로 한 일련의 소책자를 마구 쏟아내고 있었다. 윈스턴은 정규 업무 외에도 해야 할 일이 많았다. 매일 여러 시간을 〈타임스〉 철을 뒤져 연설에 활용할 뉴스 기사를 변조하거나 아름답게 포장하는 일을 해야 했다. 밤늦게 막돼먹은 노동자 무리가 거리를 떼 지어 다닐 때면 도시는 묘한 열기로 가득 찼다. 로켓 폭탄은 전보다 자주 떨어지고 때때로 멀리서 굉장한 폭음을 일으키지만, 어느 누구 하나 제대로 설명하지 못하고 소문만 무성했다.

〈증오가〉라고 하는, 증오주간의 새로운 주제가가 벌써부터 작곡되어 텔레스크린에서 끊임없이 흘러나왔다. 정확하게 이야기하자면, 음악이라기보다는 마치 북을 두드려대는 것 같았고 매우 산만하고 조잡스럽게 짖어대는 것 같은 리듬이었다. 행진하는 발소리에 맞추어 사람들 수백 명이 질러대는 고함은 가히 상상을 초월했다. 가난뱅이 노동자들은 그 노래에 흠뻑 빠졌고, 한밤중 거리에서는 아직도 유행하는 〈덧없는 환상이었지〉라는 노래와 서로 경쟁하듯 불렀다. 파슨스네 자녀들도 밤낮 할 것 없이 빗과 화장지를 가지고 그 노래를 불러댔다. 윈스턴은 저녁이 되면 전에 없이 일이 산더미처럼 쌓였다. 파슨스가 조직한 봉사대는 증오주간을 위해 깃발을 제작하고, 포스터를 그리고, 지붕에 국기 게양대를 세우고, 거리를 가로질러 환영 현수막 줄을 매는 등 거리를 화려하게 장식했다. 파슨스는 승리 맨션만이 400미터 장식천을 내걸 수 있다고 뽐냈다. 그는 종달새처럼 낙천주의적인 천성을 지닌 사람이었다. 그리고 무더운 날씨에 이런 육체노동을 한다는 핑계로 저녁에는 반바지와 앞이 벌어진 셔츠로 옷을 갈아입었다. 동에 번쩍 서에 번쩍 하면서 밀치고 잡아끌고 톱질하고 망치질하고 금방 뜯어 맞추고, 동지적인 격려로 모든 사람을 즐겁게 하면서 몸을 움직일 때마다 시큼한 땀 냄새를 풍겨댔다.

새로운 포스터가 런던 시내 곳곳에서 갑자기 모습을 드러냈다. 아무런 표제도 없이, 키는 3~4미터 정도 되고 얼굴은 무표정한 몽골족의 모습을 하고, 군화는 매우 몰상식하고 무식해 보이는 것을 신고, 허리춤에서 기관총을 겨눈 무지무지한 유라시아 군대가 전진해오는 그림이었다. 어떤 각도에서 보든지 상관없이 원근법으로 확대된 기관총 총부리가 똑바로 자기를 겨누는 것처럼 보였다. 이 포스터는 벽에 빈자리만 있으면 빠지지 않고 붙었고, 심지어 빅 브라더의 초상화보다도 수가 더 많은 것처럼 보였다. 평상시 같으면 전쟁에 무감각한 노동자들도 이 주기적으로 일어나는 광적 애국심에는 마음이 동하게 되어 있었다. 그리고 마치 이런 전체적인 분위기에 호응이라도 하는 듯 로켓 폭탄은 평상시보다 더 많은 사람을 죽였다. 폭탄 하나는 사람들이 가득 찬 영화관으로 떨어져 순식간에 사람 수백 명의 목숨을 잃게 했다. 동네 사람들 한 사람도 빠짐없이 모두가 장례식에 참석했고, 식이 몇 시간이고 계속 이어지면서 결과적으로는 또다시 규탄 대회로 바뀌어버렸다. 또 다른 폭탄은 운동장으로 쓰인 황무지 땅에 떨어졌는데, 아이들 수십 명이 산산조각 나서 잿더미로 변해버렸다. 이러한 사건으로 격노에 빠진 데모가 연이어 일어나고 골드스타인의 화형식이 있었다. 그리고 유라시아 군대가 그려진 포스터 수백 장이 찢기고 불탔다. 약탈당한 가게도 상당수 있었다. 그러던 중이었다. 스파이들이 무선으로 로켓 폭탄을 어디에 떨어뜨릴지를 지시해준다는 소문이 떠돌았는데, 어느 노부부가 외국 출신이라는 혐의만으로 집이 불타고 질식사했다.

줄리아와 윈스턴 두 사람은 채링턴 씨의 가게 위층 방에 오면 더위를 식히기 위해 창문을 활짝 열어놓고 실오라기 하나 걸치지 않은 상태로 낡은 침대에 나란히 누웠다. 쥐는 그때 이후로는 두 번 다시 나타나지 않았다. 그런데 날씨가 더워지니까 이번에는 쥐의 빈자리를 빈대가 대신했다. 하지만 그건 전혀 문제되지 않았다. 더럽든 깨끗하든 그 방은 그야말로 지상낙원이었다. 그들은 방에 들어오자마자 무섭게 암시장에서 사 온 후춧가루를 뿌리고 옷을 훌러덩 벗어버린 다음 땀을 뻘뻘 흘리며 서로의 몸을 뒤섞었다. 그런 후에 곯아떨어진 채로 잠에 들다 깨어보면 빈대들이 시위나 하는 듯 무리를 지어 덤벼드는 것이었다.

그들은 6월 중에 총 일곱 번을 만났다. 윈스턴은 밤낮으로 술을 들이켜던 행동을 고쳤다. 그럴 필요가 없어진 것 같았다. 살이 오르고 정맥류궤양도 발목 위 살갗에 갈색 반점만 조금 남기고 가라앉았고, 이른 아침에 발작하던 기침도 언제 그랬냐는 듯 완벽하게 멎었다. 인생행로가 이제는 조금 견딜 만해졌고, 텔레스크린 앞에서 얼굴을 찌푸리거나 목청껏 악을 쓰고 싶던 충동도 완벽히 사라졌다. 가정과 전혀 다를 바 없는 안전한 은신처가 있는 이상 그런 일은 그리 고통스럽지 않았다. 두 사람이 자주 만나기는 불가능하고, 만난다고 하더라도 고작 두 시간밖에 같이 있을 수 없었지만 말이다. 문제는 고물가게 윗방이 그대로 있어야 한다는 것이었다. 그 방이 침범 받고 있지 않다는 생각만 해도 바로 거기 가 있는 것 같았다. 그곳은 또 다른 세계였다. 죽어 사라진 짐승이 살아서 걸을 수 있는 과거의 주머니였다. 윈스턴은 채링턴 씨 역시 또 하나의 사멸한 짐승이라고 생각했다. 그는 보통 2층으로 올라가는 층계에서 채링턴 씨와 만나 몇 분 정도 담소를 나누었다. 그는 좀처럼, 아니 절대로 문 밖으로 나가지 않는 듯했다. 손님이 찾아오는 것 같지도 않았다. 그는 크기도 협소하고 빛이 잘 들지 않아 어두컴컴한 가게와, 음식을 만들어 먹는 더 협소한 뒤편 부엌 사이를 유령처럼 거닐면서 살았다. 그리고 부엌에는 다른 물건 말고도 무지하게 큰 나팔이 달린 아주 오래된 구식의 축음기도 있었다. 그는 이야기할 기회가 주어져서 정말로 즐거워 보였다. 길쭉한 코에 두꺼운 돋보기를 쓰고, 굽은 어깨에 벨벳 조끼를 입은 그가 허접해 보이는 상품 사이를 왔다 갔다 했다. 그 모습을 보면 장사꾼이라기보다는 꼭 수집가 같은 인상을 주었다. 그는 빛바랜 열정으로 하찮은 물건 이것저것을 손가락으로 가리켰다. 도자기 병마개, 망가진 담뱃갑의 채색된 뚜껑, 죽은 어린아이 머리카락이 든 오래된 작은 모조품 같은 것들이었다. 윈스턴에게 사라는 것이 아니라 그저 감상하라는 의미였다. 채링턴 씨와 이야기를 할 때면 마치 낡은 오르골 소리를 듣는 것만 같았다. 그는 기억의 조각을 하나하나 꺼내서 잊어버린 노래의 몇 구절을 끄집어내곤 했다. 그 노래 중에는 스물네 마리 지빠귀에 관한 노래도 있었다. 뿔이 떨어져나간 암소에 관한 노래, 가련한 울새 수컷의 죽음에 관한 노래도 있었다. "당신이 흥미로워할 것 같다는 생각이 들었소." 노인은 새로운 노래 구절이 떠오를 때마다 애원하는 것 같은 웃음을 지어 보이고 말했다. 하지만 그가 기억할 수 있는 노래는 어떤 노래든 몇 구절밖에 되지 못했다.

두 사람은 지금과 같은 상황이 오래도록 지속되지는 못할 거라는 걸 알고 있었다. 마음속에서 이런 생각이 떠난 적은 없었다. 때때로 죽음이 다가왔다는 사실이 너무나 실감이 나서, 마치 저주받은 영혼이 죽음 직전에 마지막으로 한 번의 쾌락에 빠져들 듯 절망으로 새겨진 육욕에 몸을 맡기기도 했다. 하지만 가끔은 자신들이 위험하지 않을 뿐만 아니라 영원히 그럴 수도 있다는 환상에 젖었다. 그들이 실제 이 방 안에 있는 이상 두 사람은 그 어떤 피해도 입지 않으리라 느끼는 것이다. 방까지 오는 일이 쉽지도 않았기도 했고 위험하기도 했지만, 방 자체만큼은 성역이었다. 마치 윈스턴이 문진 속을 들여다보다가 그 유리의 세계 속으로 들어갈 수 있고, 일단 그 안으로 들어가 있는다면 시간도 멈출 수 있다고 생각한 것과 같았다. 때때로 그들은 도망을 치면 나을까 생각해보기도 했다. 행운이 영원히 지속되어서 여생을 이렇게 비밀스럽게 나누면서 살 수 있으리라 상상해보기도 했다. 캐서린이 죽으면 두 사람이 결혼하는 데 성공할지도 몰랐다. 그것도 아니면 둘이 함께 여생을 마무리할 수도 있었다. 혹은 어디론가 사라져 신분을 바꾸고 가난뱅이 노동자 말투를 배워 공장에 일자리를 얻고, 어디 뒷골목에서 눈에 띄지 않게 숨어 살아볼까도 생각했다. 하지만 죄다 부질없는 짓이었다. 두 사람은 알고 있었다. 도망칠 수는 없었다. 유일한 방법인 자살마저도 윈스턴과 줄리아는 실행할 의지가 없었다. 미래가 없는 현실에 대롱대롱 매달려 산다는 것은, 공기가 있는 한 계속 숨을 쉴 수 있는 것처럼 막을 수 없는 본능 같았다.

가끔씩 그들은 당을 전복시키려는 반란에 적극적으로 나서자는 이야기도 나누었지만 시작을 어떻게 해야 할지 도무지 생각나지 않았다. 그 전설적인 형제단이 실제로 존재한다고 해도 거기에 가입하는 길을 찾아내는 것이 쉽지 않은 문제로 남는 것이다. 윈스턴은 줄리아에게 자신과 오브라이언 사이에 존재하는, 아니 존재하는 것 같은 어떤 야릇한 친밀감을 이야기해주었다. 그리고 때로는 오브라이언 앞으로 다가서서 자신은 당의 적이며 오브라이언의 도움을 요청한다고 충동적으로 말하고 싶다는 것도 이야기했다. 신기한 점이 있었다. 그건 바로 그녀가 이것을 불가능하거나 무모한 짓이라고 생각하지 않는다는 점이었다. 줄리아는 사람의 얼굴을 보고 판단하는 습관을 갖고 있었다. 그래서 윈스턴이 단 한 번 시선이 마주쳤다는 이유로 오브라이언을 믿어도 좋을 사람이라고 신임하는 것을 오히려 당연한 것으로 생각했다. 게다가 그녀는 모든 사람이, 아니 거의 모든 사람이 남몰래 당을 증오하고 있을 뿐만 아니라 안전하다고 생각하면 당의 규칙을 위반한다고 믿고 있었다. 하지만 그녀는 규모가 크고 조직화

된 반대 세력이 존재하거나 존재할 가능성이 있다는 것은 절대로 믿지 않았다. 그리고 당은 어떤 목적으로 갖고 골드스타인과 지하 군대에 관한 이야기를 조작한 것이며, 사람들이 억지로 믿는 척해야만 하는 쓸데없는 풍문에 지나지 않을 뿐이라고 이야기했다. 수없이 많은 당 대회와 자발적인 시위 행렬 속에서 그녀는 누구를 처형하라고 목청이 찢어질 정도로 악을 썼다. 하지만 그 이름은 한 번도 들어본 적이 없거니와 무슨 죄를 범했다고는 조금도 믿기지 않았던 것이다. 공개 재판이 있을 때면 그녀는 아침부터 저녁까지 법정을 둘러싸고 있는 청년 동맹 파견대 속에 자리를 잡고 앉아서는 틈날 때마다 "반역자 죽여라!" 하고 외쳐댔다. 2분 증오가 시작될 때면 항상 그 누구보다 악을 쓰면서 골드스타인을 욕하던 사람이었다. 하지만 골드스타인이 누구이며 무슨 주의를 내세웠는지는 아는 바가 거의 없었다. 그녀는 혁명이 지난 후에 태어났기 때문에 1950년대와 1960년대의 이념 전쟁을 알기에는 너무 어렸던 것이다. 개인이 정치 활동을 한다는 것은 절대로 상상할 수 없었고, 어떻게 하더라도 당은 절대로 전복될 수 없는 것이었다. 당은 언제나 존재할 것이 분명했고, 언제나 변함없이 똑같을 것이었다. 남몰래 하는 불복으로만, 그것도 아니면 기껏해야 몇 사람 죽이거나 몇 군데 폭파하는 정도의 개별적 폭력 행위로만 당에 반역할 수 있을 따름이었다.

어떤 면에서 줄리아는 윈스턴보다 훨씬 예리하고 당의 선전에도 잘 넘어가지 않는 사람이었다. 언젠가 한번은 유라시아와의 전쟁에 대한 이야기를 하게 되었는데, 그녀는 전쟁이 없었다는 자기 견해를 불쑥 던지며 윈스턴을 깜짝 놀라게 했다. 런던으로 매일 떨어지는 로켓 폭탄도 어쩌면 오세아니아 정부가 '국민을 공포감에 물들이기 위해' 터뜨리는 것이라고 말했다. 그는 이런 생각은 한 번도 해본 적이 없었다. 그뿐만 아니라 줄리아가 2분 증오 때 터져 나오는 웃음을 참느라 곤혹스러웠다고 말했을 때는 그녀에게 일종의 부러움마저 느꼈다. 하지만 그녀가 당의 교육에 의심을 품는 건 당의 교육이 어떤 부분에서 자신의 사생활을 침해할 때뿐이었다. 그리고 당이 만들어낸 공식적인 신화를 받아들일 준비가 된 경우도 많았다. 진실과 거짓 사이의 간극이 그녀에게는 그렇게 중요하게 느껴지지는 않았던 것 같았기 때문이다. 예를 들어, 그녀는 학교에서 배운 대로 당이 비행기를 발명했다고 믿었다. 윈스턴이 기억하기로 자신이 학교에 다녔던 1950년대 후반에 당이 발명했다고 주장한 건 헬리콥터였는데, 그로부터 12년 후 줄리아가 학교에 다닐 때는 자기들이 비행기도 발명했다고 우겨댔다. 한 세대가 지내가고 나면 증기기관을 만든 것도 자신들이라고 이야기할 판국이었다. 그래서 그는 비행기는 자기가 태어나기 전, 혁명이 일어나기 오래전부터 있었다고 이야기했지만 소용없었다. 그녀는 아무 관심도 보이지 않았다. 누가 비행기를 발명했든 그것이 뭐가 그리 중요하느냐는 것이었다. 윈스턴은 그녀가 4년 전에는 오세아니아가 동아시아와 전쟁하고 있었고 유라시아와는 평화롭게 지냈다는 사실을 잊고 있다는 것을 우연히 알게 되었다. 그것은 윈스턴에게는 매우 기겁할 만한 일이었다. 그녀가 모든 전쟁을 가짜로 보는 것은 너무나 명확한 사실이었다. 하지만 적의 이름이 바뀌었다는 것은 분명 눈치도 못 채고 있었다. "저는 우리가 항상 유라시아와 전쟁하고 있는 줄 알았어요!"라고 줄리아는 말했다. 이 말에 윈스턴은 크게 놀랐다. 비행기 발명은 그녀가 태어나기 훨씬 오래전에 일어난 일이지만, 전쟁 상대국이 바뀐 것은 성인이 된 이후인 바로 4년 전의 일이기 때문이다. 그는 이 문제를 놓고도 15분 정도는 언쟁을 벌였다. 그러고는 끝에 가서야 그녀가 한때 적대국으로 지낸 것이 유라시아가 아니라 동아시아였다는 것을 희미하게 떠올리게 하는 것에 성공했다. 하지만 그렇다고 해도 그녀는 그 사실을 중요하게 생각하지 않았다. "그게 도대체 무슨 문제예요?" 그녀는 못 참겠다는 식으로 대꾸했다. "언제나 전쟁은 꼬리에 꼬리를 물고 일어나고, 그리고 뉴스라는 게 어찌 되었든 죄다 거짓말이니까요."

이따금 윈스턴은 기록국과 자신이 그곳에서 저지르는 날조 행위에 대해 이야기했다. 그녀는 그런 일 정도로는 놀라는 것 같지도 않았다. 거짓이 진실이 된다고 생각하면서도 개의치 않아 하는 것이다. 그는 존스와 아론슨과 러더퍼드에 대해서, 그리고 또 그가 언젠가 잠깐 보았던 종잇조각에 대해서도 이야기했다. 하지만 그것 역시 그녀에게는 별다른 영향을 미치지 못했다. 사실 처음에는 이야기의 요점이 무엇인지도 파악하지 못했다.

"그 사람들이 당신 친구인가요?" 그녀가 물었다.

"아니, 한 번도 본 적 없어. 다 내부 당원들이야. 나보다 나이도 훨씬 많고. 혁명 이전의 구세대들이지. 얼굴만 겨우 보았을 뿐이야."

"그러면 걱정할 게 뭐가 있어요? 사람들은 밤낮으로 목숨을 잃고 있잖아요."

윈스턴은 그녀를 납득시키려고 무던히도 애썼다. "이건 예외지. 누가 목숨을 빼앗긴다는 게 문제가 아니야. 당신은 어제를 비롯해서 모든 과거가 실제로 없어졌다는 사실을 알고 있어? 만약 어디 남아 있다면 저기 저 유리 덩어리처럼 아무 말도 하지 못하는 고체 몇 개 속에 있을 뿐이야. 우리는 이미 혁명과 혁명 이전의 시대에 대해서는 거의 아무것도 알지 못하고 있어. 기록은 죄다 폐기되거나 날조되고, 책이란 책은 모두 다시 쓰이고, 그림은 하나도 남김없이 다시 그려지고, 동상과 거리와 건물의 이름은 바뀌고, 날짜마저 죄다 바뀌어 버리고 말이야. 게다가 그런 과정은 매일매일 시시때때로 계속되는 거야. 역사는 멈추고 말았어. 당이 밤낮으로 옳다고 내세우는 끝없는 현재를 제외하고는 존재하는 건 하나도 없지. 물론 과거가 날조되었다는 건 나도 알고는 있어. 하지만 내 손으로 날조 행위를 하면서도 그 날조된 것을 내가 증명해 낼 힘이 없다는 거야. 일이 진행되고 나면 증거를 찾기는 불가능해. 내 마음속에 있는 것만이 유일한 증거가 되는 셈인데, 나와 같은 기억을 누군가가 가지고 있다고는 절대로 장담할 수 없어. 지금까지 내 인생에서 딱 한 번, 단 한 번 나는 그 사건 '이후'에 실질적이고 구체적인 증거를 가졌던 거야. 몇 년은 되었지만 말이지."

"그래요. 그런데 그게 무슨 소용이 있나요?"

"아무 소용없지. 몇 분 후에 던져버렸으니까. 하지만 똑같은 일이 지금 만약 일어난다면 나는 간직하고 있을 거야."

"글쎄요. 저는 그렇게 하고 싶지 않네요." 줄리아가 말했다. "저도 늘 위험에 처해 있다는 건 잘 알고 있고 늘 각오하고 있지만 더 값진 것을 위해서 헌 신문 조각 같은 건 버리겠어요. 그딴 걸 보관해서 도대체 무얼 어떻게 하겠다는 거예요?"

"별 게 아닐지도 몰라. 하지만 그건 증거물이야. 누군가한테 보여주면 당을 의심하는 사람이 여기저기서 나올 수도 있어. 나는 우리 생전에 뭐 하나 바꾸어놓을 수 있다고는 생각하지 않아. 하지만 여기저기에서 크지 않은 규모의 저항이 일어나 사람들이 조금씩 무리를 짓고, 그 무리가 점차 증가해서 후세에 기록을 몇 가지라도 남기게 되면 우리가 이 세상을 떠난 뒤 다음 세대에서는 수행할 수 있지 않을까?"

"저는 다음 세대에는 별 관심 없어요. 우리 자신밖에 몰라요."

"당신은 허리 아래쪽으로만 반역할 뿐이야." 윈스턴이 그녀를 바라보며 말했다.

그녀는 이 말이 마음에 쏙 들었는지 윈스턴을 와락 껴안았다.

그녀는 당의 강령 하나하나에 대해서는 아무 관심이 없었다. 그가 영사의 원리, 이중사고, 과거의 변조와 객관적 사실에 대한 부인, 신어 사용법에 대해 말하기 시작하면 그녀는 따분해하고 갈피를 잡지 못하며, 그따위 일에는 아무런 관심이 없다고 말하는 것이었다. 누구나 쓸데없는 것으로 이해하고 있는데 도대체 무엇 때문에 속을 태운다는 말인가? 그녀는 기뻐할 때와 멸시할 때를 정확히 구별할 줄 알았고, 또 그것으로 만족했다. 그리고 그녀는 윈스턴이 그런 화제로 진부하게 떠들어대기 시작하면 잠에 곯아떨어져버리는 습관이 있어서 윈스턴은 매우 당황해했다. 그녀는 시간과 장소를 가리지 않고 어디서든 잘 잤다. 그는 그녀와 이야기하는 중에 정설이 무엇인지도 알지 못하면서 정설을 알고 있는 척하는 태도를 보이는 것이 얼마나 쉬운 것인지 알게 되었다. 어떤 면에서는 당의 세계관이 가장 성공적으로 주입되는 사람들은 그것을 이해하지 못하는 사람들이었다. 그들은 잔인무도한 현실 파괴도 기꺼이 실행에 옮길 수 있었다. 자기들에게 요구되는 것이 얼마나 엄청난 일인지를 파악하지 못했을 뿐만 아니라, 발생하는 공적 사건에 관해서는 충분히 관심 갖지 않았기 때문이었다. 그들은 미치지 않고 살아갈 수 있었다. 무지했기 때문이었다. 아무것이나 꿀꺽꿀꺽 삼키지만 아무 탈도 겪지 않았다. 마치 곡식 한 알이 소화도 채 되지 않은 상태로 아무 찌꺼기도 남기지 않고 새의 창자를 통과하듯이 말이다.

6

마침내 올 것이 오고야 말았다. 기다리던 메시지가 도착한 것이다. 모든 생애를 통해 그는 이 일이 일어나기만을 기다려 온 것만 같았다.

그는 청사의 긴 복도를 걸어가고 있었다. 그런데 줄리아가 그의 손에 쪽지를 쥐어주었던 바로 그 자리에서 누군가 그보다 덩치 큰 사람이 뒤따라오고 있다는 것을 눈치 챘다. 그 사람이 누구인지는 알지 못해도 윈스턴에게 말을 건네려고 한다는 것을 알리려는 듯 낮게 기침을 했다. 윈스턴은 우뚝 멈추고 그를 돌아보았다. 오브라이언이었다.

마침내 두 사람이 마주하게 되었다. 그를 보자마자 윈스턴은 곧장 도망치고 싶은 충동을 느꼈다. 가슴이 요동쳤다. 입도 뗄 수가 없었다. 하지만 오브라이언은 여전히 같은 동작으로 걸어와 잠시 다정한 손길로 윈스턴의 팔을 잡았다. 그래서 두 사람은 나란히 서서 걸었다. 그는 내부 당원들과는 달리 유난히 점잖은 태도로 말을 걸기 시작했다.

"윈스턴, 자네와 이야기를 좀 나누고 싶었어." 그가 말했다. "일전에 〈타임스〉에 신어에 대해 쓴 자네의 기사를 읽었네. 신어에 학문적인 흥미를 갖고 있더군."

윈스턴은 겨우 마음의 평정을 되찾았다. "학문적이라고 할 것까지는 없어요." 그가 대답했다. "저야 애송이에 불과하죠. 전공도 다르고, 신어를 만드는 일에 직접 참여한 것도 아니니까요."

"그렇지만 아주 멋지게 썼어." 오브라이언이 말했다. "그건 나 혼자만의 생각은 아니라네. 요즘 그 방면의 전문가인 자네 친구와도 이야기 나누었지. 이름은 금방 까먹었지만 말이야."

윈스턴의 가슴이 또 고통스럽게 아파왔다. 자신의 친구 중에 사임 말고 다른 누구라고는 생각하기 어려웠다. 하지만 사임은 이미 이 세상 사람이 아니거니와 없어져버려서 무인(無人)이 되었다. 그를 아는 것처럼 이야기하는 것은 정말로 위험했다. 오브라이언이 이렇게 언급한 것은 그 어떤 신호나 암호를 의미한다는 것은 의심할 여지가 없었다. 조그만 사상죄를 함께 범함으로써 그는 자기네 두 사람을 공범으로 몰아넣은 것이다. 그들은 천천히 계속해서 복도를 걸어 나갔다. 그러다 오브라이언은 발걸음을 멈추고는 그가 늘 하던 몸짓으로, 묘하게 마음을 가라앉히는 친밀감을 내보이며 안경을 고쳐 썼다. 그러고는 말을 이어갔다.

"내가 정말로 이야기하고 싶은 게 있어. 자네가 쓴 기사 중에서 이미 존재하지 않는 낱말이 무려 두 개나 있었다는 사실이지. 아주 최근에야 없어진 낱말이기는 하지만 말이야. 자네 신어사전 제10판을 본 적이 있나?"

"아니요, 본 적 없습니다." 윈스턴이 대꾸했다. "아직 출간되지 않은 것으로 알고 있습니다만. 저희 기록국에서도 제9판을 사용하고 있습니다."

"내 생각에는 제10판이 몇 달 지나지 않아서 나올 거야. 하지만 몇 권 먼저 나온 것이 있지. 나도 한 권 가지고 있네. 자네가 보면 분명 마음이 동할 거야."

"네, 꼭 한번 보고 싶네요." 윈스턴은 그 말이 무엇을 의미하는지 즉시 알아채고 대답했다.

"제10판에서 적용된 새로운 발전이 몇 가지 있는데, 아주 훌륭해. 동사 수를 줄였는데, 아마 이게 자네 마음에 쏙 들 거야. 어떻게 할까, 내가 사전을 자네한테 먼저 보여줄까? 하지만 나는 그런 일을 자주 잊어버려서 말이지. 언제 우리 집에 한번 와주겠는가? 주소를 알려주겠네."

그들은 텔레스크린 앞에 서 있었다. 오브라이언은 주머니를 뒤지더니 작은 가죽 수첩과 금빛 볼펜을 꺼냈다. 텔레스크린 바로 아래에서, 기계 저쪽 끝에서 지켜보는 사람이 쓰는 것을 볼 수 있는 위치에서 주소를 적은 후에 그것을 죽 찢어 윈스턴에게 건네주었다.

"저녁에는 대부분 집에 있다네." 그가 말했다. "혹 내가 없으면 일꾼이 사전을 내줄 거야."

오브라이언은 윈스턴에게 종이쪽지 하나를 건네고는 가버렸다. 이번에는 숨길 필요가 없는 것이었다. 하지만 윈스턴은 거기에 쓰인 내용을 기억해두고 몇 시간이 지난 다음 다른 서류 뭉치와 함께 기억구멍 속으로 던져버렸다.

그들이 나눈 대화 시간은 고작해야 2분도 채 되지 않았다. 이 에피소드가 의미하는 바는 딱 하나였다. 그것은 바로 오브라이언이 윈스턴에게 자신의 집 주소를 알려주려고 마련한 방법이라는 것이다. 남이 사는 집을 알려면 직접 물어보지 않고는 절대로 불가능하기 때문에 이런 방법이 필요했다. 그 어디에서도 주소록 같은 것은 찾아볼 수 없었다. "자네가 나를 만나고 싶으면 이리 오면 만날 수 있네."라는 것이 오브라이언이 그에게 하고 싶었던 말이다. 어쩌면 사전 속 어느 갈피에 메시지가 숨겨져 있을지도 모른다. 하지만 어떻든 간에 확실한 것 한 가지가 있었다. 그가 꿈꾸어오던 음모는 존재한다는 것, 이제 그 음모의 실마리를 잡게 된다는 것이었다.

조만간 그는 오브라이언이 부르면 따르리라는 사실을 알고 있었다. 자신할 수 없었던 건 그저 그것이 내일이 될지 아니면 오랜 시간이 지난 다음이 될지에 대한 것뿐이었다. 지금 벌어지는 일은 이미 여러 해 전에 시작된 과정 하나가 실행되는 것일 뿐이었다. 첫 번째 단계는 은밀한 무의식적인 생각이고, 두 번째 단계는 일기를 쓰기 시작한 것이었다. 그는 자신의 생각을 글로 옮겼다. 그리고 이제는 글을 행동으로 옮기는 것이었다. 마지막 단계는 애정부에서 벌어질 어떤 일일 것이다. 윈스턴은 그것을 받아들였다. 결과는 시작에 이미 포함되어 있었다. 하지만 그것은 끔찍한 일이었다. 더 정확히 말한다면, 그것은 다가올 죽음을 미리 맛보는 것, 얼마 남지 않은 삶을 살고 있는 것 같은 일이었다. 오브라이언과 이야기를 나누는 동안에도 그 말이 어떤 의미인지를 마음에 새기자 온몸 가득 전율이 일었다. 그는 마치 자신이 눅눅해져 있는 무덤을 향해 걸어가는 것 같은 생각이 들었지만, 무덤이 이미 반대편에서 자신을 기다리며 입을 벌리고 있다는 것을 인식하고 있었기 때문에 그다지 심각하지는 않았다.

7

잠에서 깨어 보니 윈스턴의 눈에 눈물이 가득했다. 줄리아는 잠결에 그가 있는 쪽으로 굴러 와서는 "왜 그래요?" 하고 혼잣말하는 듯 중얼거렸다.

"꿈을 꾸었어……." 그는 입을 열다가 멈추었다. 꿈이 복잡하기 때문에 말로 설명하기도 쉽지 않았다. 꿈이 확실했다. 하지만 그 꿈은 깨어난 다음에도 잠깐이지만 그의 마음속을 파고드는 어떤 기억으로 이어졌다.

그는 꿈속의 분위기에 푹 빠져서 눈을 감은 채로 누워 있었다. 그것은 뭐랄까, 마치 비온 뒤의 여름날 저녁 풍경처럼 그의 모든 날들이 자기 앞에 펼쳐져 보이는 영롱한 꿈이었다. 그것은 모두 그 유리 문진 속에서 일어났다. 하지만 유리의 표면은 하늘의 궁륭 같았고, 궁륭 내부에서는 모든 것이 맑고 부드러운 빛으로 넘쳐흘러 한없이 멀리 보였다. 그 꿈속에서는 어머니가 팔을 움직였던 모습이 보였다. 사실 어떤 의미로는 그것이 주가 되었지만 말이다. 그리고 그 후로부터 30년이 지나 그가 영화에서 본 적이 있는, 유대인 부인이 헬리콥터에서 쏟아지는 총알로부터 어린 자녀를 보호하려고 애쓰지만 결국 모자가 함께 산산조각이 나고 마는 끔찍한 장면이 나타났다.

"당신, 내가 지금 이 순간까지도 어머니를 죽였다고 생각한다는 거 알아?" 그가 말했다.

"어머니를 왜 죽였나요?" 줄리아가 잠결에 물었다.

"내가 죽이지는 않았어. 육체적으로는 말이지."

그는 꿈속에서 마지막으로 본 어머니를 기억했다. 그리고 잠에서 깨고 나서도 한동안은 어머니와 관련한 사소한 일들이 하나도 빠짐없이 떠올랐다. 여러 해 동안 머릿속에서 지워버리려고 그렇게도 애를 쓰던 기억들이었다. 비록 날짜는 생각나지 않지만, 그 일은 그가 열 살이나 열두 살쯤 되었을 때 일어났다.

윈스턴의 아버지는 그 일이 일어나기 전에 사라졌다. 얼마나 먼저였는지는 기억나지 않았다. 다만 더 선명하게 기억이 나는 건 그때의 소란스럽고 불안했던 분위기였다. 공습이 주기적으로 일어나면서 생기는 공포, 그래서 지하철역으로 피신하던 일, 어디에나 쌓여 있던 쓰레기 더미, 거리 구석구석에 붙어 있는 알 수 없는 포고문들, 동일한 색상의 셔츠를 입고 있는 젊은이 무리, 베이커리 앞에 늘어서 있는 엄청난 인파, 멀리서 끊임없이 쏘아대던 기관총 소리가 생각났다. 하지만 이 모든 것 중에서도 기억이 가장 선명하게 남는 것이 있었다. 식량이 하나도 남아 있지 않다는 사실이었다. 그는 잊지 않고 있었다. 어느 긴긴날 오후였다. 다른 아이들과 무리지어 쓰레기통과 쓰레기 더미를 뒤져 양배추 줄기나 감자껍질을 모으고, 때로는 썩은 빵 조각을 주워서 타고 썩은 부분을 떼어내던 일을, 그리고 소먹이를 싣고 항상 다니던 길을 달리는 트럭이 길바닥이 파인 데서 덜그럭거릴 때 떨어뜨리는 콩깻묵 부스러기를 줍던 일을.

아버지가 사라졌을 때 어머니는 어떤 놀라움도 격렬한 비탄도 드러내지 않았다. 하지만 그러던 어머니가 느닷없이 변하고 말았다. 정신이 완전히 나가버린 것 같았다. 어머니는 반드시 일어나리라고 믿고 있는 무슨 일을 기다리고 있는 것이 분명했다. 그녀는 밥을 짓고 빨래를 하고 바느질을 하고 잠자리를 살펴보아주고 마루를 닦고 벽난로 위를 청소하는 일 등은 다 했다. 그것이 필요한 일이었기 때문이다. 마치 화가의 지시에 맞추어 움직이는 모델 같았다. 아주 느릿느릿하게, 그리고 신기하게도 필요한 동작만 딱딱 하면서 하는 행동이었다. 어머니의 맵시 넘치는 큰 몸은 정물로 그 모습을 알아서 바꾸는 것 같았다. 그리고 한 번에 몇 시간씩이고 침대에 앉아 꼼짝도 하지 않으면서, 어찌나 말랐는지 원숭이 낯짝이 된 작고 허약하고 잘 울지도 않는 두어 살배기 계집애 동생에게 젖을 물렸다. 그리고 어쩌다가 윈스턴을 품에 안고 한마디 말도 없이 긴 시간을 보냈다. 윈스턴은 어리고 자신밖에 몰랐지만, 이런 것이 앞으로 일어날, 입 바깥에 꺼낼 수 없는 일과 관련되어 있다는 것은 알 수 있었다.

그에게 자신들이 살았던 그 방은 결코 잊을 수 없는 것이었다. 어두웠던 방, 퀴퀴한 냄새가 나던 방이었다. 하얀 홑이불이 덮인 침대가 방의 절반을 차지하고 있었다. 난롯가에는 가스풍로와 음식을 올려둘 수 있는 선반이 있었고, 바깥의 층계참에는 다른 가구와 공동으로 사용하는 노르스름한 오지토관으로 된 수챗구멍이 있었다. 그는 어머니가 몸을 굽혀 가스풍로 위에다 소스 팬을 올려놓고 무언가를 볶던 그 모습을 절대로 잊을 수 없었다. 그리고 그 무엇보다도 굶주림이 계속되다 보니 식사만 하면 조금이라도 더 먹으려고 난리치던 일을 잊지 못했다. 그는 어머니에게 왜 먹을 것이 더 없는지 몇 번이고 귀찮게 물어댔고, 결국에는 큰 소리를 치며 대들곤 했다(이상하게도 너무 일찍부터 변하기 시작한 자신의 목소리까지 기억이 났다). 그뿐만이 아니었다. 제 몫보다 더 먹으려고 기를 쓰며 슬프게 훌쩍훌쩍 우는 소리를 냈었다. 그러면 그녀는 자기가 먹을 음식을 덜어서 내주는 것이었다. 어머니는 '사내아이'는 많이 먹어야 한다고 생각했다. 그 생각이 틀리지 않았다고 믿었다. 하지만 아무리 더 주어도 계속 더 달라고 고집을 부렸다. 밥을 먹을 때마다 어머니는 저만 알아서는 안 된다고 타이르고, 어린 동생이 앓아누웠기 때문에 더 먹어야 한다고 했지만 소용없는 노릇이었다. 음식을 더 주지 않으면 생난리를 부리며 울어댔고, 소스 팬과 숟가락을 어머니 손에서 빼앗고는 어린 동생 그릇에 담긴 것도 빼앗아 먹었다. 그는 자기가 다른 두 사람 몫을 빼앗아 먹어서 굶어 죽게 만든다는 사실을 알았지만, 딱히 어떻게 하지는 못했다. 아니, 오히려 그렇게 할 권리가 자신에게 주어져 있다고 생각했다. 꼬르륵거리는 자신의 배 속 허기가 입장을 대변해주는 것 같았다. 식사 시간이 아닌데도 어머니가 지키지 않을 때면 선반에 둔 음식들을 계속 훔쳐 먹었다.

어느 날 초콜릿이 배급되었다. 지난 몇 주 동안, 아니 몇 달 동안 초콜릿이 배급된 적은 없었다. 그는 그 값진 초콜릿 한 쪽을 눈에 선하게 기억했다. 그들 세 식구에게는 2온스짜리 한 조각이 배급되었다(당시에도 온스를 사용했다). 초콜릿을 똑같이 삼등분하는 것이 당연했다. 그런데 그때였다. 윈스턴은 마치 남의 소리를 듣는 것처럼 자기가 그것을 죄다 먹어야겠다고 큰 소리로 요구하는 자신의 목소리를 별안간 들었다. 어머니는 욕심을 부리는 것은 잘못된 것이라며 그를 혼냈다. 소리를 지르고 징징거리면서 울고불고 난리를 치는 소동이 오랫동안 반복되었다. 몸집이 크지 않은 동생은 꼭 원숭이 새끼처럼 두 팔로 어머니에게 매달려 가련한 커다란 눈으로 어깨 너머의 오빠를 바라보았다. 어머니는 포기했는지 결국에는 윈스턴에게 4분의 3을 잘라주고 나머지는 나이 어린 동생에게 주었다. 작은 계집애는 그것을 받아서는 그게 무엇인지 아는지 모르는지 그저 멍하니 바라보고만 있었다. 윈스턴은 잠시 동생을 지켜보고 서 있었다. 그러다가 번개같이 뛰어들어서는 그 초콜릿 조각을 동생에게서 빼앗아 밖으로 도망쳐버렸다.

"윈스턴, 윈스턴!" 어머니가 뒤에 대고 불렀다. "빨리 돌아와! 동생에게 초콜릿 돌려줘!"

그는 그 말을 듣고는 멈추었다. 하지만 돌아가지는 않았다. 어머니의 애타는 시선이 그의 머릿속에서 떠나지 않았다. 그때까지만 해도 그는 어머니가 생각했던 어떤 일이 일어나리라는 것을 전혀 알지 못했다. 동생은 자신이 무언가를 빼앗겼다는 사실을 알고는 세상이 떠나갈 듯 펑펑 울었다. 어머니는 아기를 팔로 감싸서 얼굴을 가슴에 바짝 대고 안았다. 그런 몸짓을 짓는 것으로 봐서는 동생이 죽어간다는 사실을 보여주는 것 같았다. 그는 몸을 돌려 층계를 뛰어서 내려갔다. 손에 쥐고 있던 초콜릿이 녹아 끈적거렸다.

그 후로 그는 어머니를 다시는 만나지 못했다. 초콜릿을 혼자서 남김없이 먹어치우고서는 마음이 편하지 않은 채로 몇 시간 동안 정처 없이 거리를 헤맸다. 그러다가 배가 고파

지자 집으로 돌아왔다. 집에 돌아와 보니 어머니가 보이지 않았다. 다른 건 다 그대로인데, 어머니와 동생만 사라져버린 것이었다. 옷가지도 하나도 가져가지 않았다. 어머니의 외투까지 심지어 그대로 있었다. 어머니의 행방은 오늘까지도 전혀 알 수 없었다. 강제수용소로 끌려갔을 가능성이 가장 컸다. 동생은 윈스턴처럼 내란 때문에 늘어난 고아들을 잡아두는 집단 부락(그것을 '교화원'이라고 불렀다)에 이송되었을 가능성이 있었다. 만약 그것이 아니라면, 어머니와 함께 노동 수용소에 보내어져서 어디 살아 있지 않으면 죽었을 것이다.

윈스턴은 그 꿈을 아직도 생생하게 기억하고 있었다. 특히 모든 의미가 그 동작 속에 들어 있는 것처럼, 팔을 오므려 감싸는 장면이 생생했다. 그는 두 달 전에 꾸었던 또 다른 꿈으로 마음이 움직였다. 어머니는 더러워진 흰 누비이불이 깔린 침대에 앉아 있던 것과 동일하게, 가라앉는 배에 앉아서는 자기 밑으로 자꾸만 빠져 들어가면서도 여전히 컴컴한 물을 통해 그를 올려다보고 있었다.

그는 줄리아에게 어머니가 사라져버린 일에 대해 하나도 남김없이 모두 이야기했다. 그녀는 눈을 지그시 감은 채로 뒹굴다가 몸이 편한 자리에 놓이자 가만히 있었다.

"그때는 당신도 뭐랄까, 돼지 같은 짐승이었나 봐요." 그녀가 잠에서 덜 깬 듯 몽롱하게 말했다. "아이들은 다 돼지죠, 뭐."

"그래, 하지만 이야기의 핵심은……."

숨을 쉬는 모양으로 보건대 그녀가 다시 잠에 빠진 것이 분명했다. 어머니에 대해 계속해서 이야기하고 싶은 것, 그것이 바로 윈스턴의 마음이었다. 그가 기억하기에 어머니는 특별히 비범하지도 않았고 지성인도 아니었다. 하지만 어머니가 따르는 기준이 개인적인 것이었기 때문에 고매하고 순결한 면이 있다고 여겨졌다. 그녀의 감정은 그녀의 것이었고, 외부로부터 그 어떤 영향도 받지 않았다. 어머니는 효과가 없는 일이라고 해서 마냥 무의미하게만 여기는 분은 아니었다. 누구를 사랑한다면 끝까지 사랑해야 했고, 줄 수 있는 것이 설령 하나도 없다 해도 사랑만은 반드시 주어야 했다. 동생이 초콜릿을 다 빼앗기자 어머니는 아이를 품에 꼭 안았다. 그것은 소용없는 일이었고 그 어떤 변화가 있을 리도 만무했다. 그뿐인가. 사라진 초콜릿이 다시 생기지도 않을뿐더러 아이의 죽음이나 어머니의 죽음을 막을 수 있는 것도 아니었다. 하지만 어머니가 보여준 그 행동에서는 너무나 당연하다는 의미가 담겨 있는 듯했다. 배에 타고 있던 피난민 여성도 아이를 품에 안고 있었지만, 총알을 막는 것에는 종이 한 장만큼의 효과도 전혀 없었다. 당은 언제나 끔찍한 일만 행했다. 단순한 충동, 단순한 감정은 아무 소용도 없다고 하면서도, 물질세계에 대한 사람들의 힘 전체를 박탈해버리는 것이었다. 일단 사람이 당의 손아귀에 잡히면, 느낀 것이든 느끼지 못한 것이든 혹은 행동한 것이든 행동하지 못한 것이든 문자 그대로 아무런 차이도 갖지 않았다. 그에게 일어난 것이 무엇이든 상관없이 사라졌고, 그와 그의 활동도 마찬가지로 두 번 다시 전해들을 수 없었다. 그는 역사의 흐름에서 깨끗하게 사라지는 것이다. 하지만 두 세대 전 사람들은 이런 사실을 그다지 중요하다고 여기지 않은 것 같았다. 왜냐하면 역사를 하나도 변조하려 하지 않았기 때문이다. 그들은 각자 지닌 충성심을 기준으로 행동했다. 무엇보다 그것을 의심하지도 않았다. 문제되는 것이 있다면 그것은 개인과 개인 사이의 인간관계였고, 죽어가는 사람을 포옹하고 눈물을 쏟고 그에게 말을 슬쩍 건네는 행동은 전혀 쓸모없기는 했다. 하지만 그 자체로는 유의미한 지점을 지니고 있었다. 윈스턴은 가난뱅이 노동자들이 이런 상황에 그대로 남아 있다는 사실이 느닷없이 생각났다. 그들이 충성하는 것은 오직 그들 피차간이었지 당이나 나라나 이념 따위가 아니었다. 그는 태어나 처음으로 노동자들을 멸시하지 않았고, 훗날 언젠가 생명을 불어넣고 세계를 재생시킬 숨어 있는 힘으로 그들을 바라보게 되었다. 인간성을 가지고 있는 노동자들. 그렇다. 노동자들은 인간성을 가지고 있다. 그들의 내부는 굳어 있지 않고 여전히 싹을 틔우고 있다. 그들은 윈스턴이 의식적으로 변화시키려고 노력하며 다시 배우려고 하는 원시적 감정을 가진 채로 살고 있었다. 그런데 그는 이런 생각을 하다가, 몇 주 전 길에 내던져진

잘린 손을 보고 마치 양배추 줄거리를 차듯 그것을 수채에 차버렸다는 생각이 별 이유도 없이 떠올랐다.

"노동자야말로 인간이야." 그가 큰 소리로 외쳤다. "우리는 인간이 아니야."

"왜 아닌가요?" 줄리아가 다시 잠에서 깨어 물었다.

그는 잠시 생각에 잠겼다. "당신은 우리가 취해야 하는 최선의 방도가 있다면, 그것이 때가 늦기 전에 이곳을 떠나서 다시는 만나지 않는 거라고 생각하지 않아?"

"네, 맞아요. 저도 여러 번 그렇게 생각해보았어요. 하지만 아무래도 그러고 싶은 마음이 들지 않아요."

"우리는 운이 좋았을 뿐이야." 윈스턴이 말했다. "하지만 오래 지속하는 건 쉽지 않을 거야. 당신은 젊어. 그리고 정상이고, 때 묻지도 않았어. 나 같은 인간과는 여기까지만 하면 아마 50년은 족히 더 살 거야."

"아니에요. 저도 다 생각해보았는걸요. 당신이 하는 대로 저도 할 거예요. 너무 실망하지는 말아요. 살아남는 것만큼은 자신 있어요."

"한 6개월 정도는 같이 살아갈 수 있겠지. 아니, 1년은 될까……. 알 수는 없지만 말이야. 어찌 되었든 우리가 이 만남을 계속하지 못하고 헤어진다는 사실은 변함없어. 우리가 헤어져서 각자 혼자 있을 순간을 생각해본 적 있어? 놈들이 우리를 잡는 날이면 아무것도 아닌 것이 돼. 문자 그대로야. 서로를 위해 할 수 있는 일은 정말로 아무것도 없게 되는 거지. 내가 자백을 하면 당신은 총살당하겠지. 반대로 자백하지 않아도 당신이 총살당하는 건 분명하고. 내가 무슨 행동을 하든, 무슨 말을 하든, 입을 다물고 있든, 그 무엇을 어떻게 하든 당신의 죽음을 단 5분이라도 연장할 수 있을까? 아니, 그건 절대로 불가능해. 서로가 살아 있는지 아니면 죽었는지조차 알 수가 없어. 슬프지만, 우리는 정말 아무 힘도 없어. 서로 배신하면 안 된다는 것만이 우리에게 중요해. 설령 믿음을 지켜낸다 해도 달라지는 것은 아무것도 없고 그 어떤 차이도 없겠지만 말이야."

"자백이라는 건 말이죠." 그녀가 말했다. "그래요. 결국에는 하게 될 거예요. 자백하지 않는 사람은 없으니까요. 모든 사람이 다 하니까요. 당신도 그런 면에 있어서는 그다지 다르지 않아요. 놈들이 고문을 해대니까요."

"내가 하고 싶은 말은 자백이 아니야. 자백은 배신이라고 할 수 없거든. 당신이 무엇을 말하든 무엇을 하든 하나도 중요하지 않아. 문제가 되는 건 감정일 뿐이야. 놈들 때문에 내가 당신을 사랑하는 마음을 무너뜨린다면 그것이야말로 진정한 배신이지."

줄리아는 그것에 대해 여러 번 생각했다. "놈들은 절대로 그러지 못해요." 그녀가 결정적으로 말했다. "놈들에게 유일하게 불가능한 것이 바로 그 일이에요. 당신에게 그 무엇이든 자백하게 하는 건 어렵지 않아요. 그 무엇이든 말이지요. 하지만 당신이 그 말을 믿게 할 수는 없어요. 당신 내면까지 파고들 수는 없다고요."

"그래." 그는 약간 기대에 차서 말했다. "그래, 당신 말이 다 맞아. 놈들이라고 해서 사람의 마음을 어떻게 할 수 있는 건 아니야. 설령 인간으로 머무는 것이 가치 있다고 느끼면, 비록 그것이 아무런 효과도 없다 해도 놈들을 때려 부수는 모양이 돼."

그는 결코 잠들지 않으며 촉각을 곤두세우고 있는 텔레스크린을 생각했다. 놈들은 사람을 밤낮 할 것 없이 염탐하겠지만 정신만 바짝 차리고 있으면 놈들에게 걸려들지 않을 게 분명했다. 제 아무리 못 할 것 없는 것처럼 약은 척해도 사람의 마음속까지 읽어내는 능력을 놈들이 손에 넣은 것은 아니었다. 하지만 실제로 놈들의 손아귀에 잡혀 있으면 지금과는 상황이 전혀 다르게 흘러갈지도 모를 일이었다. 애정부에서 무슨 일이 일어나고 있는지를 아는 사람은 단 한 명도 없었다. 하지만 추측하는 건 어렵지 않았다. 고문과 마취약, 신경의 반응을 기록하는 교묘한 기계, 불면과 고독과 끝없는 심문으로 점점 녹초가 되도록 하는 수법 등이었다. 여하튼 사실은 그 어디에도 숨길 수 없었다. 놈들은 심문을 통해서도 알아낼 수 있고 고문으로 쥐어짜낼 수 있었다. 하지만 살아남는 것이 목적이 아니라면 도대체 어떤 차이가 존재한다는 말인가? 인간으로 살아남는 것이 우리의 목적이라면, 도대체 여기에 그 어떤 차이가 존재한다는 말인가? 놈들이 사람의 감정을 바꾸어놓는 것은 불가능하다. 놈들이 우리가 하는 행동과 말, 생각을 하나도 빠짐없이 죄다 알고 있다고 하더라도 우리의 속마음은 어찌할 수 없는 것이었다. 그것은 우리 자신에게마저도 그 작용이 신비한 무엇이기 때문이었다.

8

그들은 해버렸다. 결국에는 해버리고 말았다.

그들이 서 있는 방은 무척 길쭉했고 불빛은 거칠지 않고 한없이 은은했다. 텔레스크린은 한없이 낮은 소리로 웅얼거렸다. 호화로운 검붉은 카펫과 벨벳을 밟는 기분이 들었다. 방 맨 끝에서는 오브라이언이 양쪽에 서류 더미를 잔뜩 쌓아 놓고 초록 램프의 불빛을 받으며 책상에 앉아 있었다. 하인이 줄리아와 윈스턴을 안내해 들어왔을 때 그는 일부러 쳐다보지도 않았다.

윈스턴은 오브라이언의 얼굴을 보자 가슴이 터져버릴 것만 같아서 아무 말도 꺼내지 못할 것만 같았다. 해버렸다, 해버렸다 하는 생각만이 머릿속을 가득 채우고 있었다. 이곳에 찾아온 것이 결국 무모한 행동이었고, 무엇보다 함께 들어온 것은 아주 바보 같은 짓이었다. 비록 두 사람이 다른 길로 와서 오브라이언의 집 현관에서 만나기는 했지만 말이다. 하지만 이런 장소에 온다는 것 자체가 신경을 써야 하는 것이었다. 내부 당원이 사는 집에 들어가 본다거나, 그들이 사는 지역에 발을 들여놓는 것만 해도 좀처럼 쉬운 일은 아니었다. 대저택의 으리으리한 분위기, 호화롭고 큼직한 가구들, 좋은 음식, 담배에서 풍겨나는 낯선 냄새, 사르르 하지만 번개처럼 빠르게 오르내리는 승강기, 흰 조끼를 입은 채로 분주하게 이곳저곳 왔다 갔다 하는 하인들, 이 모든 상황이 그들의 기를 죽이고 있었다. 여기 올 만한 버젓한 구실이 있었는데도 발을 뗄 때마다 길모퉁이에서 검은 제복의 위병이 별안간 나타나 신분증을 보자고 하고선 내쫓는 건 아닐까 겁이 잔뜩 났다. 하지만 오브라이언의 하인은 별다른 말 없이 두 사람을 안으로 들여보냈다. 흰색 조끼를 걸치고 작고 까만 머리에 다이아몬드형의 얼굴을 가진 자였는데, 중국인처럼 무표정한 얼굴이었다. 그들이 안내받아 들어간 통로에는 부드러운 촉감의 카펫이 깔려 있었고, 벽에는 크림색 종이가 발렸고, 하얀 징두리 벽판은 매우 깨끗했다. 그리고 그 또한 사람을 위압하는 것이었다. 윈스턴은 지금껏 사람의 손때가 묻은 통로 벽만을 보았을 뿐이었다.

오브라이언은 종이쪽지를 손가락 사이에 끼우고 열심히 그것을 들여다보는 듯했다. 두둑한 얼굴은 콧날만 보일 정도로 푹 숙이고 있어서 위압적이면서도 지성미 넘치는 인상을 풍겼다. 한 20초 정도를 꼼짝도 않고 앉아 있는 듯했다. 그런 다음 구술기록기를 자기 앞으로 끌어당기더니 부의 혼성 특수 용어로 메시지를 불렀다.

"항목 1 쉼표 5 쉼표 7 전적 승인 구두점. 항목 6 중의 제안 극히 엉뚱함 사상죄 가까움 삭제 구두점 기계류 총 경비 합산 견적서 입수 전에는 건설 공사 중단 구두점 메시지 끝."

그는 의젓하게 의자에서 몸을 일으켜 소리 없이 카펫을 지나 그들에게로 왔다. 다소 사무적이던 분위기가 신어와 함께 완벽하게 사라진 것 같았다. 하지만 그의 표정은 그렇지 않았다. 마치 방해를 받아 불쾌하다는 듯 평소보다 더 냉혹했다. 윈스턴은 벌써부터 느끼고 있던 공포가 갑자기 온몸을 휘감는 것에 어쩔 줄을 몰랐다. 정말 바보 같은 실수를 저지른 듯했다. 도대체 무슨 증거로 오브라이언을 정치적 공모자로 믿게 되었던가? 단 한 번 마주친 시선과 애매한 언급 한 마디 외에는 아무것도 없었다. 그 위로는 꿈을 근거로 해서 오직 혼자 생각한 은밀한 상상뿐이었다. 사전을 빌리러 왔다는 구실로 후퇴할 수는 없었다. 그렇게 되면 줄리아가 나타난 핑계를 설명할 수 없기 때문이었다. 오브라이언은 텔레스크린을 지날 때 어떤 생각이 문득 떠올랐는지 걸음을 멈추고 옆으로 돌아서더니 벽에 있는 스위치를 눌렀다. 날카로운 찰칵 소리가 나더니 텔레스크린의 음성이 멈추었다.

줄리아가 놀랐는지 작게 비명을 질렀다. 윈스턴 역시 그 공포 속에서도 너무나 놀라 가만히 있지 못했다.

"그것을 끌 수 있군요!" 그가 말했다.

"그럼." 오브라이언이 말했다. "우리는 끌 수 있네. 우리에게는 그런 특권이 주어져 있지."

이제 오브라이언은 그들 바로 앞에 있었다. 요지부동한 자세로 두 사람을 향해 우뚝 섰고, 얼굴에 나타난 표정은 무슨 의미인지 여전히 읽을 수가 없었다. 그는 완고한 태도로 윈스턴이 말문을 열기를 기다렸다. 하지만 무엇을 말한다는 말인가? 아직도 그는 바쁜 자신을 무엇 때문에 방해하느냐고 신경질적으로 의아하게 생각하는 것이 분명했다. 그 누구도 말문을 열지 않았다. 텔레스크린이 꺼지자 방 안이 숨소리 하나 들리지 않을 정도로 침묵으로 가득했다. 초침 가는 소리가 그렇게 크게 들린 적이 없을 정도였다. 윈스턴은 간신히 그의 얼굴에서 시선을 떼지 않고 있었다. 그러자 별안간 그 냉혹한 얼굴이 미소를 지을 듯 일그러졌다. 오브라이언은 자신만의 독특한 손짓으로 콧잔등의 안경을 고쳐 썼다.

"내가 말할까, 아니면 자네가 할 텐가?" 그가 입을 열었다.

"제가 말하겠습니다." 윈스턴이 재빨리 대꾸했다. "저게 정말 꺼졌습니까?"

"물론 다 꺼졌네. 우리뿐일세."

"저희가 여기 온 이유는……."

그는 그제야 자신이 이곳을 찾은 동기가 명확하지 않다는 사실을 깨닫고 하던 말을 멈추었다. 사실 오브라이언에게 어떤 도움을 받을 수 있을까를 기대해야 할지 알지 못했다. 그래서 여기 온 이유를 말하는 것도 여간내기가 아니었다. 그는 자신이 하는 소리가 힘없고 핑계처럼 들리리라는 것을 의식하며 말을 이었다.

"우리는 어떤 음모가 있다는 것, 당에 대항하는 어떤 비밀 조직이 있다는 것, 더구나 당신이 거기 가담하고 있다는 것을 믿습니다. 우리도 거기에 가담해서 함께 일하고 싶습니다. 우리는 영사의 주장을 믿지 않습니다. 우리는 사상범입니다. 또한 간통자입니다. 제가 이 말씀을 드리는 이유는 간단합니다. 우리의 운명을 당신의 뜻에 맡기기 위해서입니다. 당신이 우리에게 어떤 식으로 죄를 범하라고 하신다고 해도 우리는 각오가 되어 있습니다."

그는 문이 열려 있다는 느낌이 들어 말을 중단하고 어깨 너머로 힐끗 보았다. 아니나 다를까, 노란 얼굴의 그 작은 하인이 노크도 없이 들어와 있었다. 윈스턴은 그가 쟁반에 받쳐 들고 온 술병과 유리잔을 보았다.

"마틴은 우리 편이지." 오브라이언이 태연하게 말했다. "마틴, 마실 것 좀 가져와봐. 그쪽 원탁에 두고. 의자는 넉넉한가? 그러면 우리 편히 앉아 이야기하지. 마틴, 자네 의자도 가져오게. 이건 사업이야. 자네도 앞으로 약 10분 동안은 심부

름을 안 해도 되네."

작은 사나이는 한 치의 망설임도 없이 자리에 앉았다. 하지만 여전히 하인 같은 느낌이 났고 특권을 즐기는 종복의 태도가 눈에 띄었다. 윈스턴은 그를 곁눈질로 주시했다. 그 사나이는 일생을 한 가지 일에 전념해왔고, 잠깐이라도 가면을 벗으면 위험하다고 여기는 듯한 인상을 풍겨댔다. 오브라이언은 술병 목을 잡더니 유리잔에 검붉은 액체를 한가득 채웠다. 윈스턴은 오래전에 벽이나 광고판에서 본 것(거대한 네온사인 술병이 위아래로 움직이면서 유리잔에 액체를 붓던 모습)을 희미하게나마 기억하고 있었다. 잔 위에서 보면 대부분 검은 빛을 띠고 있지만 병 안에서는 루비처럼 반짝반짝 빛났다. 달콤한 향이 술에서부터 스멀스멀 올라왔다. 그는 줄리아가 잔을 들고 노골적인 호기심을 드러내며 냄새 맡는 모습을 보았다.

"이건 와인이라고 하네." 오브라이언이 살짝 미소를 지으며 이야기했다. "아마 책에서 읽어봐서 알 테지. 미안하지만 외부 당원은 구하기 힘들어." 그는 다시 엄숙한 표정을 지어 보였다. 그러고는 유리잔을 들었다. "우선 우리의 건강을 위해서 한잔 하는 것이 좋겠군. 또 우리의 지도자, 임마누엘 골드스타인을 위해."

윈스턴은 매우 신이 나서 잔을 들었다. 와인이라는 것은 책에서만 보았고 그저 상상으로만 떠올렸던 물건이었다. 유리 문진이나 채링턴 씨의 반만 알고 있는 노래 가사처럼, 지금은 사라지고 없는 낭만적인 과거인 동시에 마음속으로만 되새기고 싶어 하는 옛날의 것이었다. 어떤 이유에서였는지는 알 수 없지만, 그는 와인이 블랙베리 잼처럼 아주 단맛이 나고, 그러면서도 당장 취하게 만드는 것이라고 항상 생각해왔다. 하지만 막상 와인을 마시고 보니 실망스러울 따름이었다. 사실 수년 동안 진만 마셔왔기 때문에 와인이 어떤 맛인지 알기가 쉽지 않았다. 그는 빈 잔을 내려놓았다.

"그러면 골드스타인이라는 사람이 실제로 존재하나요?" 윈스턴이 물었다.

"물론, 그런 사람이 있지. 그뿐만이 아니야. 살아 있다네. 그가 어디에 있는지는 나도 알지 못하지만 말이야."

"그러면 음모와 그 조직은요? 그것도 사실인가요? 아니면 사상경찰이 단순히 꾸며낸 거짓인가요?"

"아니, 그건 거짓이 아니야. 사실이지. 형제단이라는 것 말일세. 자네는 그 조직이 존재한다는 사실, 자네도 그 조직에 속해 있다는 사실을 제외하고는 형제단이 무엇인지 하나도 아는 것이 없을 거야. 그래서 답답하고 궁금하기도 하겠지만, 그 이야기는 곧 다시 꺼내도록 하지." 그는 손목시계를 보았다. "내부 당원이라고 해서 텔레스크린을 30분 이상 꺼놓는 건 좋지 않아. 자네들은 여기에 함께 오는 건 아니었어. 그러니 각자 가도록 하시게. 동무가……." 그는 머리로 줄리아를 지목했다. "먼저 나가게. 하지만 아직 20분 정도는 마음을 놓고 있어도 괜찮아. 자네에게 질문 몇 가지 하겠는데 이해해주기 바라네. 자네는 무엇이든 할 각오가 되어 있는가?"

"능력이 닿는다면 그 무엇이든 망설이지 않고 따르겠습니다." 윈스턴이 말했다.

오브라이언은 의자에서 약간 몸을 돌려 그와 마주 앉았다. 윈스턴이 당연히 줄리아의 대답까지 해줄 것이라고 생각했는지 그녀 쪽은 거의 무시했다. 그는 잠시 눈을 깜빡였다. 그리고 마치 일정한 교리문답을 진행하듯 그 답이 정해져 있는 질문을 낮으면서도 감정이 느껴지지 않는 목소리로 하나하나 묻기 시작했다.

"목숨을 바칠 각오는 되어 있는가?"

"네."

"자살할 생각도 가지고 있는가?"

"네."

"아무 죄 없는 무고한 이들 수백 명을 죽음으로 몰고 갈 태업 행위도 가능한가?"

"네."

"조국을 배반하는 것은 물론 외국 세력에 가담할 수도 있는가?"

"네."

"속이고, 위조하고, 갈취하고, 동심을 타락시키고, 상습성 마약을 사람들에게 유포하고, 매음을 조장하고, 성병을 퍼뜨리는 것 같은, 당의 권력을 무너뜨리고 약화시키는 일이라면 그 무엇이라도 하겠는가?"

"네."

"이를테면 아이들 얼굴에 황산을 뿌리는 것이 우리 이해관계에 도움이 된다면 그런 일도 할 결심이 서 있는가?"

"네."

"자네의 신분을 버리고 여생을 웨이터나 부두 노동자로 살아갈 각오가 되어 있는가?"

"네."

"만약 우리가 때와 장소를 불문하고 명령을 내린다면 자살할 각오도 되어 있는가?"

"네."

"두 사람이 헤어져 영영 만나지 못한다고 해도 각오는 되어 있는가?"

"그건 안 돼요!" 줄리아가 소리치며 나섰다.

윈스턴은 한동안 대답하지 못하고 있었다. 말할 수 있는 힘을 오브라이언에게 빼앗겨버린 것 같았다. 혀가 아무 소리도 내지 못하고 헛돌 뿐이었다. 말 한마디 제대로 나오지 않았다. 드디어 입에서 말이 나올 때까지도 자신이 무슨 말을 꺼내려고 했는지 아는 것이 없었다.

"안 됩니다." 그는 마침내 입을 열었다.

"그래, 잘 말해주었네." 오브라이언이 말했다. "우리는 모든 걸 다 알 필요가 있어."

그는 줄리아에게 몸을 돌리고는 목소리에 조금 더 힘을 주어 말했다.

"윈스턴이 살아 있다고 해도 다른 사람으로 산다는 걸 자네는 이해할 수 있겠나? 우리는 그에게 새로운 신분을 만들어주어 위장시켜야 하네. 얼굴 모습, 행동, 손 모양, 머리 빛깔에 목소리도 달라질 거야. 우리 외과의들은 사람을 알아보지 못하게 얼마든지 바꾸어놓을 수 있지. 때로는 그런 것도 필요해. 가끔은 팔다리를 하나 잘라내기도 하고 말이야."

윈스턴은 마틴의 그 몽골족 같은 얼굴 형상을 곁눈으로 훔쳐보지 않을 수가 없었다. 수술 흔적은 그 어디에서도 찾아볼 수 없었다. 줄리아는 얼굴이 사색이 되었다. 얼굴의 주근깨가 도드라졌다. 하지만 대담하게도 오브라이언을 향한 눈빛은 다른 곳을 향하지 않았다. 똑바로 그를 응시하고 있었다. 그녀가 무어라고 중얼거렸는데 아마도 동의하는 것 같았다.

"좋아, 그러면 끝났어."

테이블 위에 은제 담배 상자가 놓여 있었다. 오브라이언은 무심코 담배를 그들 쪽으로 밀어주고 자기도 한 개비 물었다. 그러고는 자리에서 일어나 이리저리 발걸음을 옮겼는데, 아마도 그렇게 할 때 머리가 더 잘 돌아가는 모양이었다. 오브라이언이 또 손목시계를 들여다보았다.

"마틴, 자네는 식료품 저장실로 가 있는 것이 좋겠어." 그가 말했다. “15분만 있다가 텔레스크린을 켜야겠어. 나가기 전에 이 동무들 얼굴을 잘 기억해두도록 해. 앞으로 자주 보게 될 테니까. 나는 만나지 못할지도 모르겠네.”

작은 사내의 까만 눈이 먼저 현관에서 그랬던 것처럼 두 사람 얼굴을 향해 깜빡거렸다. 그 태도에 친밀한 구석이라고는 정말이지 눈곱만큼도 보이지 않았다. 남자는 그들의 외모는 기억할지 모르지만, 그에 대해서는 아무 관심도 없는 눈치였다. 무엇 하나 느끼는 것 같지도 않았다. 윈스턴은 성형한 얼굴은 표정 하나 바꾸지 못하는 것은 아닌가 하는 생각이 들었다. 마틴은 말 한마디, 그 흔한 인사 한 번 없이 조용히 문을 닫고 밖으로 나가버렸다. 오브라이언은 한 손은 검은 제복 호주머니에 넣고 또 한 손은 담배를 들고 이리저리 어슬렁거렸다.

“자네는 암흑 속에서 싸운다는 사실을 명심하게.” 그가 말했다. “언제나 암흑 속에 있을 거야. 이유 없이 명령을 받아야 하고, 그 명령에 반드시 복종해야 해. 이후에 우리가 살고 있는 사회의 진정한 본질과 그 사회를 파괴하는 전략을 공부할 수 있는 책을 보내주겠네. 그 책을 읽고 나면 그때부터 자네는 형제단의 정식 일원이 되는 거야. 하지만 우리가 투쟁하는 총체적 목적과 그 순간의 긴급한 과제 사이에서 자네가 알 수 있는 것은 단 하나도 존재하지 않는다네. 자네에게 형제단의 존재는 이야기했지. 하지만 그렇다고 해도 그 단원 수가 100

명인지 1,000만 명인지는 미안하지만 말해줄 수 없네. 개인적인 지식으로는 자네는 아마 10여 명 이상도 말하지 못하겠지. 서너 사람과 접촉하겠지만 때때로 그들은 다른 사람으로 자네에게 나타날 거야. 이런 식으로 자네의 접촉이 시작되고 그것이 계속 이루어질 거야. 자네가 받은 명령은 모두 내가 내리는 것이지. 자네와 통신하는 것은 마틴을 통해서 이루어질 것이네. 자네가 체포되면 아마 자네는 자백을 할 거야. 그건 피할 수 없는 일이지. 하지만 자네는 자네가 한 일 외에는 자백할 수 있는 것이 하나도 없어. 배신한다고 해도 중요하지도 않은 몇 사람 정도밖에 되지 않겠지. 나까지 배신하는 것은 쉽지 않을 거야. 그때 나는 아마 이미 이 세상 사람이 아니거나 전혀 다른 사람으로 얼굴이 바뀌어 있을 테니 말이지."

오브라이언은 부드러운 카펫 위를 계속 이리저리 움직였다. 체구가 작지 않은 편인데도 손을 호주머니에 찔러 넣은 모습이나 담배를 다루는 태도가 눈에 띄게 점잖았다. 힘이 있다기보다는 믿음직스럽고 익살 가득한 이해심이 있는 인상을 주었다. 그가 아무리 열성을 보일 때라도 광신자와 같은 단순함은 전혀 찾아볼 수 없었다. 살인이니 자살이니 성병이니 사지를 절단하느니 얼굴을 바꾸어놓느니 이런 이야기를 할 때도 그에게서는 마치 농담을 툭 던지는 듯한 태도가 느껴졌다. "이건 불가피해." 그의 목소리가 들려오는 듯했다. "이건 우리가 망설임 없이 해나가야 할 일이지. 하지만 인생이

다시 살 만한 가치가 있을 때는 아무 쓸모도 없는 일이야." 오브라이언에 대한 존경심이, 아니 숭배심이 윈스턴의 가슴속에서 요동쳤다. 꽤 오랫동안 그는 골드스타인의 어렴풋한 모습을 까맣게 잊고 있었다. 오브라이언의 탄탄한 어깨, 못생긴 얼굴이지만 교양이 넘치는 그 무뚝뚝한 얼굴을 보고 있자면 그가 패배할 거라는 생각은 조금도 들지 않았다. 그가 대적하지 못할 전략도, 예상하지 못하는 위험도 결코 있을 수 없었다. 그 모습을 본 줄리아도 깊게 감명 받은 듯했다. 그녀는 담뱃불이 꺼지는 줄도 모르고 집중해서 귀 기울이고 있었다. 오브라이언이 말을 이었다.

"자네는 형제단이 존재한다는 소문을 들어서 알고 있겠지. 분명 자네 마음대로 상상했을 테고. 아마 거창한 지하세계의 음모자들이 비밀리에 지하실에서 모이고 벽에는 무슨 메시지를 기록해놓고, 암호나 특수한 손짓 같은 것으로 서로를 알아본다고 생각했겠지. 하지만 그런 일은 절대로 일어나지 않아. 형제단 단원들은 서로의 정체를 알아낼 방법은 없네. 극소수를 빼고는 서로 신분을 아는 것도 불가능하게 되어 있지. 골드스타인 자신이 사상경찰의 손에 들어간다고 해도 단원들 이름이 적힌 명단을 내어줄 수도 없거니와 그 명단을 입수할 수 있는 정보를 말해주는 것도 불가능해. 그런 명단이라는 건 애초에 존재하지 않으니까 말이야. 형제단은 우리가 익히 알고 있는 보통의 조직과는 다르다네. 그래서 소탕하는 건 불가능해. 다만 분쇄되지 않는다는 생각으로 버티어나가는 것뿐이야. 그 생각이 없다면 자네도 분명 견디어낼 수 없어. 동료 의식 혹은 격려 같은 것도 마찬가지로 존재하지 않아. 자네가 잡혀간다고 해서 도움을 받을 수 있는 게 아니야. 우리는 단원들에게 도움의 손길 같은 건 절대로 주지 못해. 고작해야 비밀을 절대적으로 지켜야 할 필요가 있을 경우에 감방에 면도날을 몰래 넣어주는 정도지. 자네는 보람도 없는 삶, 희망도 없는 삶을 살아야 해. 얼마 동안 일하다가 잡혀서 자백하고 목숨을 다할 운명이지. 자네가 알 수 있는 결과가 있다면 오직 그것뿐이야. 우리 평생에 어떤 이렇다 할 변화가 생길 가능성은 절대로 없어. 우리는 살고 있지. 하지만 살아 있는 게 아니야. 죽은 것과 다름없다고 봐야 하네. 우리가 진정한 삶을 살 수 있는 건 오직 미래에 있을 뿐이야. 그때 우리는 먼지 한 줌과 뼈다귀 몇 개로 되어 있는 거지. 하지만 그 미래가 언제 올지 아는 사람은 아무도 없어. 아마 1,000년이 지난 후에야 올지도 모르지. 현재로서는 온건한 정신의 영역을 조금씩 확장해나가는 수밖에 없어. 우리는 집단으로 행동하지 못해. 단지 우리의 지식을 한 개인에서 다른 개인에게로, 또 한 세대에서 다른 세대로 전달해줄 수 있을 뿐이야. 사상경찰이 있는 한은 이렇게밖에 할 수가 없지."

그는 말을 멈추고는 일어나면서 세 번째로 손목시계를 바라보았다.

"자네, 이제 가볼 시간이 되었어." 그가 줄리아에게 말했다. "잠깐, 술이 절반이나 남았군."

오브라이언은 술을 채우고 잔을 들었다.

"이번에는 무엇을 위해 건배할까?" 그는 여전히 익살 가득한 말투로 이야기했다. "사상경찰의 혼란을 위해? 빅 브라더의 죽음을 위해? 인간성을 위해? 그것도 아니면 미래를 위해?"

"과거를 위해서요." 윈스턴이 말했다.

"과거만큼 중요한 것도 없지." 오브라이언이 침통하게 말하며 동의했다. 이내 그들은 잔을 비웠고, 잠시 후 줄리아가 가려고 자리에서 일어났다. 그는 캐비닛 위에서 작은 상자를 꺼내더니 납작한 흰색 알약을 그녀에게 주며 입에 넣으라고 했다. 술 냄새를 없애는 것이 중요하다고 그는 말했다. 승강기 운전사들이 그것을 알아챈다는 것이었다. 줄리아가 나가고 문이 닫히자마자 오브라이언은 그녀의 존재를 까맣게 잊은 것 같았다. 그는 한두 발짝 떼더니 멈추어 섰다.

"사소하기는 하지만 결정해야 할 일들이 좀 있군." 그가 말했다. "자네는 어딘가에 은신처를 두고 있을 것 같은데?"

윈스턴은 채링턴 씨의 가게 윗방에 대해 설명했다.

"우선은 거기가 괜찮겠군. 나중에 다른 곳을 물색해보지. 은신처를 자주 바꾸는 것이 중요해. 그동안 내 '그 책'을 보내주지." 윈스턴은 오브라이언까지도 그 책이라는 낱말에 힘을 실어 발음하는 것을 느꼈다. "골드스타인의 책 말일세. 되는 대로 빨리 보내주겠네. 입수하려면 며칠은 걸릴 거야. 자네도 알다시피 있는 게 많지는 않아. 우리가 발행하기 무섭게 사상 경찰이 그것을 찾아내 없애버리는 거지. 그래보아야 별 방책이 없어. 그 책은 절대로 없어질 수 없거든. 마지막 남은 한 권이 없어진다고 해도 우리는 다시 한 마디도 틀림없이 그대로 재출판할 수 있으니 말이야. 자네 서류가방 가지고 다니나?" 그가 덧붙였다.

"네, 거의 대부분은요."

"가방은 어떻게 생겼나?"

"검은색이고요, 특별한 것 없이 아주 평범하게 생겼습니다. 끈이 두 개 달렸고요."

"검은색에 끈이 두 개, 아주 평범하다……. 좋아. 가까운 어느 날, 날짜는 말하기 힘들지만 오전 중에 자네가 처리할 메시지 가운데 잘못된 글자가 있을 거야. 그러면 다시 보내달라고 요청하도록 해. 그다음 날은 가방 없이 출근하는 거야. 그날 거리에서 남자 하나가 자네의 팔을 툭 치면서 '당신 가방 떨어졌소.' 할 거야. 그가 건네는 가방에 골드스타인의 책이 한 권 있을 것이네. 책은 2주 안에 돌려주어야 하고."

그들 사이에 잠깐의 침묵이 흘렀다.

"갈 시간이 2~3분 정도 남았네." 오브라이언이 말했다. "우리 다시 만나세. 만날 수 있다면……."

윈스턴이 그를 쳐다보았다. "어둡지 않은 곳에서요?" 그는 주저하며 물었다.

오브라이언은 놀라는 기색 하나 없이 고개를 끄덕였다. "어둠이 없는 곳에서 말이야." 그는 그 암시가 무엇을 의미하는지 이해했다는 듯 말했다. "그런데 자네 여기를 떠나기 전에 나한테 하고 싶은 말 없나? 무슨 전갈이나 궁금한 점 없는가?"

윈스턴은 생각했다. 남은 질문은 하나도 없는 듯했다. 어마어마하게 일반적인 이론을 꺼내서 이야기하고 싶지도 않았다. 오브라이언이나 형제단과는 직접적으로 관련이 없는, 어머니가 마지막 숨을 거둔 캄캄한 방과 채링턴 씨의 가게 윗방, 유리 문진과 자단목으로 틀을 짠 철판화 같은 것들만 마음속에 뒤섞인 채로 나타났다. 그는 거의 되는 대로 이렇게 말했다.

"'오렌지와 레몬이여, 세인트 클레멘트의 종이 말하네.'라는 옛날 노래를 들어본 적 있으세요?"

오브라이언은 또 고개를 끄덕였다. 그는 침통한 얼굴로 그 가사를 모두 암송했다.

> 오렌지와 레몬이여, 세인트 클레멘트의 종이 말하네.
>
> 그대는 나에게 서 푼 빚을 졌지, 세인트 마틴의 종이 말하네.
>
> 언제 갚으려나? 올드 베일리의 종이 말하네.

부자가 되거든, 쇼디치의 종이 말하네.

“마지막 가사까지 하나도 빠짐없이 아시는군요!” 윈스턴이 말했다.

“그럼, 끝까지 알고 있지. 자, 이제 자네 가보아야겠네. 잠깐, 자네도 이 알약을 입에 넣도록 하게.”

그가 일어나자 오브라이언이 손을 내밀었다. 손아귀 힘이 얼마나 세던지 하마터면 손이 으스러질 것만 같았다. 문에 이르렀을 때 윈스턴이 뒤돌아보았다. 하지만 오브라이언은 이미 그를 마음에서 떠나보낸 듯했다. 그는 텔레스크린을 켜는 스위치에 손을 대고 있었다. 그가 있는 저쪽 편에 책상이 하나 있었는데, 그 위에 초록빛이 감도는 램프와 구술기록기와 서류가 가득 담긴 철사 바구니 같은 것이 있었다. 사건은 그렇게 일단락되었다. 윈스턴은 그가 방해받았던, 당을 위한 중요한 일을 30초도 안 되어 다시 시작하리라고 생각했다.

9

윈스턴은 피곤해서 녹초가 되었다. 녹초라는 말보다 적절한 표현은 없었다. 매우 자연스럽게 녹초라는 말이 그의 머릿속에 떠올랐다. 몸뚱이가 젤리처럼 흐물흐물하고 투명해진 듯했다. 손을 높이 쳐들면 마치 빛이 손을 통과할 것만 같았다. 일 때문에 몸을 혹사시킨 나머지 신경과 뼈와 살갗의 연약한 조직만 남고, 피와 림프액은 하나도 남김없이 죄다 빠져나간 느낌이었다. 감각기관이 하나도 남김없이 팽창된 것만 같았다. 어깨에 걸린 제복이 성가셨고, 발은 길바닥에서 비틀거렸고, 손을 폈다가 오므리는 일까지 힘이 들고 손마디가 우두둑거렸다.

그가 닷새 동안 일한 시간은 90시간이 넘었다. 청사에 근무하는 사람들은 다 그랬다. 이제는 일이 완전히 끝나고, 내일 아침까지는 어떤 종류의 당무도 문자 그대로 하나도 할 것이 남아 있지 않았다. 그는 은신처에서 여섯 시간을 보낼 수 있었고, 자기 집 침대에서 아홉 시간을 더 보낼 수 있었다. 느릿느릿 오후의 부드러운 햇살을 받으면서, 한쪽 눈으로는 경찰을 살펴가며 그는 채링턴 씨의 가게로 가는 지저분한 거리를 걸었다. 하지만 오늘 오후에는 그를 방해할 위험이 없다는 이상한 확신이 들었다. 들고 있는 무거운 서류가방은 걸음을 뗄 때마다 무릎에 닿아 다리 살갗 여기저기가 아파왔다. 가방 안에는 '그 책'이 들어 있었다. 책을 받은 지 엿새가 되었지만 아직 펴보기는커녕 겉표지도 제대로 보지 못했다.

증오주간의 엿새째 되는 날, 행진과 강연, 아우성, 합창, 깃발, 포스터, 영화, 밀랍 인형, 북소리, 째지는 트럼펫 소리, 행군의 발소리, 탱크 바퀴 소리, 우르릉거리는 비행기 편대, 대포 소리의 이런 나날이 엿새가 지났다. 마침내 거대한 흥분은 절정에 이르렀는데, 유라시아에 대한 일반의 증오심은 정신착란의 상태와 거의 비등비등한 상태까지 와 있었다. 그리하여 행사 마지막 날 공개 처형하기로 되어 있던 2,000명의 유라시아 전쟁 포로가 그들 앞에 있었다면 군중들은 물어볼 필요도 없이 그들을 갈기갈기 찢어 죽였을 것이다. 그런데 바로 그 순간이었다. 오세아니아는 유라시아와 결국 전쟁 중이지 않았다는 발표가 있었다. 오세아니아는 동아시아와 전쟁 중이었다. 그리고 유라시아와는 동맹국이었다.

물론 무엇 하나 변화가 일어났다는 것은 시인하지 않았다. 그저 적은 유라시아가 아니라 동아시아였다는 사실이 불길처럼 빠르게 이곳저곳에 퍼졌던 것이다. 윈스턴은 이때 런던의 중심가에서 데모에 참가하던 중이었다. 밤이었다. 새하얀 얼굴과 주홍빛 깃발 들이 불빛에 빛났다. 광장은 군중 수천 명으로 가득 찼고, 스파이단 제복을 입은 어린 학생들이 무려 1,000명이나 합세하고 있었다. 주홍빛 포장이 드리운 연단 위에는 작고 마른 내부 당원 한 사람이 연사로 올라와 군중을 향해 열변을 토하고 있었다. 긴 팔을 가지고 있는 모습이 무척이나 어울리지 않았고, 커다란 대머리에는 머리카락이 몇 가닥 남지 않은 자였다. 그는 증오로 일그러진 작은 난쟁이 '룸펠슈틸츠헨' 같은 모습으로 한 손에는 마이크를 잡고, 뼈마디가 무척이나 굵은 또 다른 한 손은 머리 위로 치켜들어 위협하듯 공중을 움켜쥐고 있었다. 그리고 확성기로 금속소리를 내며 잔악성이니 대량 학살이니 추방이니 약탈이니 강간이니 포로 고문이니 민간인 폭격이니 거짓 선전이니 불법 침략이니 조약 위반이니 하는 따위의 소리를 쉴 새 없이 지껄여댔다. 그 연설은 처음에는 그러려니 하고 듣다가 끝내는 미쳐버리게 만드는 그런 것이었다. 순간순간 군중의 분노가 폭발했다. 사나운 야생동물의 포효 같은 함성이 수천 명의 목구멍에서 참지 못하고 터져 나오면서 연사의 목소리는 파묻히고 말았다. 어린 학생들의 함성은 정말이지 너무나 사나웠다.

연설이 한 20여 분 정도 이어졌을 때 연락원이 급히 연단으로 뛰어올라가 그의 손에 쪽지 하나를 쥐어주었다. 그는 연설을 계속 이어가면서 쪽지 내용을 확인했다. 그리고 그 목소리나 몸짓이나 말하는 내용은 조금도 달라지지 않았지만 갑자기 거기에 나오는 이름들이 바뀌었다. 그 어떤 설명도 없었지만 군중 사이에는 알겠다는 표시가 일파만파로 퍼졌다. 오세아니아는 동아시아와 전쟁 상태였다! 다음 순간 엄청난 동요가 일었다. 광장을 장식한 깃발이나 포스터가 하나같이 죄다 틀린 것이다. 그들 중 절반은 잘못 그려진 얼굴이었다. 사보타주! 골드스타인의 정보원들이 활동 중이다! 아수라장이 되면서 벽에서 포스터가 뜯겨 나가고 깃발이 조각조각 찢겨 발로 뭉개졌다. 스파이단이 비호같이 움직여 지붕 꼭대기로 기어올라 굴뚝에서 나부끼는 장식막을 뜯어냈다. 하지만 이런 소동이 끝나는 데에는 2~3분도 채 걸리지 않았다. 연사는 여전히 손에 마이크를 움켜쥐고 어깨를 구부정하게 굽히고 다른 손으로는 하늘을 이리저리 긁어대면서 연설을 이어나갔다. 1분 정도가 지나자 다시 군중 사이에서 야수와 같은 분노의 함성이 터져 나왔다. 목표가 바뀌었다는 사실 말고는 증오가 이전과 동일하게 계속되었다.

윈스턴은 이때를 회상하다 매우 놀랐다. 왜냐하면 연사가 도중에 연설을 중단하지도 않았지만, 문맥에 그 어떤 흐트러짐도 없이 이야기 중간에 한 노선에서 다른 노선으로 너무나 유연하게 넘어갔다는 사실 때문이었다. 하지만 그때 그에게는 다른 일이 일어났다. 포스터가 찢기는 등 혼란 가득한 상황에서 어떤 낯선 남자가 그의 어깨를 툭툭 치더니 입을 열었다. "실례합니다만, 가방을 떨어뜨리신 것 같네요." 윈스턴은 얼떨떨해하며 말없이 가방을 받아 들었다. 그는 가방을 볼 기회를 찾으려면 며칠을 더 기다려야 한다는 사실을 모르지 않았다. 데모가 끝났을 때는 거의 23시가 다 되었고 그는 곧장 진리부로 향했다. 진리부의 다른 직원들도 모두 같은 행동을 취했다. 직장으로 돌아가라고 텔레스크린이 발표했지만, 그런 명령은 할 필요도 없었다.

오세아니아는 동아시아와 전쟁 중이었다. 언제나 동아시아와 전쟁 중이었다. 지난 5년 동안 나온 무수한 정치 문서가 이제 아무 짝에도 쓸모없는 것이 되고 말았다. 모든 종류의 보고서와 기록문서, 신문과 서적, 소책자와 영화, 녹음테이프와 사진 등 모든 것이 신속하게 정정되어야 했다. 지시가 내려온 것은 아니지만 직원들은 각 국장들이 어떤 생각을 하고 있는지에 대해서는 잘 알고 있었다. 간단했다. 일주일 이내에 유라시아와는 전쟁 중이고 동아시아와는 동맹을 맺고 있다는 이전의 자료가 세상 그 어디에도 남아 있지 않게 해야 한다는 것이었다. 압박감을 주는 일이었다. 처리 과정을 그 본래의 이름으로 명명할 수 없기에 더욱 그랬다. 하루에 세 시간씩 두 번 정도 잠깐 눈을 붙이고 하루 24시간 중 18시간을 일하는 곳이 기록국이었고 그곳의 거의 모든 직원이 그랬다. 지하실에서 올라온 매트리스가 복도에 쫙 깔렸고, 샌드위치와 승리 커피로 식사가 준비되었는데, 식품 창고에서부터 손수레에 실려 운반되었다. 윈스턴이 토막잠에서 깰 적마다 하던 일을 깨끗이 마무리하려고 뻣뻣한 눈과 쑤시는 몸으로 다시 책상에 앉아 보면, 일할 자리를 치워야 할 만큼 다시 작업이 뒤로 밀려나 있었다. 공문 두루마리는 책상 위로 눈처럼 쏟아져 구술기록기를 절반이나 덮어버리고 마룻바닥에까지 흩어져 쌓여 있었기 때문이다. 무엇보다도 좋지 않은 것은 일 자체가 결코 단순 직업만으로 이루어지는 것이 아니라는 사실이었다. 기계적으로 이름만 바꾸어놓으면 되는 때도 있었다. 하지만 세밀한 사건 보고서처럼 주의와 상상력이 요구되는 것도 있었다. 전쟁을 이 지역에서 다른 지역으로 옮기는데 필요한 지리 지식만 해도 단순하게 생각하고 처리할 수 있는 일은 아니었다.

사흘째가 되었다. 참을 수 없을 만큼 눈이 아팠고, 몇 분에 한 번씩은 안경을 꼭 닦아야 했다. 이 일은 육체적 부담이 너무 커서 마치 전투를 벌이는 듯했고, 하지 않아도 된다고 한편으로는 생각하면서도 안달이 나서 해치우지 않고서는 도무지 참지 못하는 그런 종류의 것이었다. 윈스턴은 자신이 구술기록기에 중얼거리는 한 마디 한 마디가, 그리고 볼펜으로 쓰는 하나하나가 모두 거짓말이라는 사실이 마음에 아무런 동요도 일으키지 않았다. 기록국에 있는 다른 사람들처럼 그도 이 날조가 완전무결하기만을 간절히 바랐다. 엿새째 되는 날 아침에야 서류 뭉치가 나오는 속도가 느려졌다. 반시간 동안은 공기 수송관에서 나오는 것이 아무것도 없었고, 그러다가 한 뭉치가 더 나오고는 거기서 멈추었다. 그때 정도 되면 어디서나 일은 누워서 떡 먹듯 매우 쉬워졌다. 깊고도 내밀한 한숨이 국 안에서 새어 나왔다. 결코 말로 표현할 수 없는 거대한 일이 끝난 것이다. 이제 그 어느 누구도 유라시아와 전쟁을 했다는 사실을 문서로는 증명할 수 없게 되었다. 12시가 되니 청사의 모든 직원은 내일 아침까지 자유 시간을 가져도 좋다는 발표가 나왔다. 예상하지 못한 발표였다. 윈스턴은 일할 동안에는 다리 사이에 끼워두고 잠잘 때는 깔고 자던 '그 책'이 들어 있는 가방을 가지고 집으로 왔다. 그러고는 면도를 하고 반쯤은 졸면서 미지근한 물로 목욕했다.

그리고 그는 채링턴 씨 가게 윗방으로 갔다. 계단을 기어오르는데 뼈마디가 욱신거렸다. 피곤했지만 잠은 오지 않았다. 그는 창문을 열고 석유난로에 불을 붙였다. 그러고는 커피를 끓이려 냄비 물을 올려놓았다. 줄리아가 얼마 지나지 않아 나타날 터였다. 그동안 '그 책'을 보려는 것이다. 그는 낡은 의자에 앉아 서류가방을 열었다.

검은색의 묵직한 책이었다. 제본은 서툴렀고, 표지에는 책 제목이 무엇인지도 나와 있지 않았다. 인쇄 상태도 마찬가지로 좋지 않았다. 여러 사람의 손을 거쳤는지 책장 가장자리가 너덜너덜해 책이 쉽게 넘어갔다. 첫 페이지에 제목이 나왔다.

〈과두 정치적 집단주의의 이론과 실제〉

임마누엘 골드스타인 지음

윈스턴은 책을 읽기 시작했다.

제1장 무지는 힘이다

유사 이래, 아마도 신석기 말기 이래로 세상 사람들은 상중하 세 가지 계급으로 구분되어왔다. 그들은 다시 여러 하위 계급으로 세분화되었고, 각기 다른 명칭으로 셀 수도 없을 만큼 많이 생겨났다. 그들이 서로 대하는 태도와 마찬가지로 그들의 상호 관계도 시대마다 다르게 나타났다. 하지만 본질적인 사회 구조는 절대로 달라지지 않았다. 엄청난 격변과 결정적이라고 할 수 있는 변화가 일어난 이후에도 늘 재현되어온 것은 똑같은 패턴일 뿐이었다. 그것은 팽이가 아무리 이리 맞고 저리 맞아도 늘 균형을 되찾는 이치와 다르지 않다.

이러한 세 집단은 전적으로 타협될 수 없는 목표를 가진다…….

윈스턴은 읽기를 멈추었다. 내용을 편하게 그리고 무난히 음미하기 위해서였다. 그는 현재 혼자였다. 텔레스크린도 없고 열쇠구멍으로 몰래 엿듣는 사람도 없고, 뒤를 힐끗 돌아보거나 손으로 책장을 가리는 등의 신경을 써야 하는 것도 없었다. 뺨을 스치는 달콤한 여름 공기. 어딘가 멀리서 아이들 떠드는 소리가 들려왔다. 째깍거리는 시계 소리만이 방 안을 가득 채웠다. 그는 안락의자에 깊숙이 묻혀서는 난로 받침대에 발을 올려놓았다. 그야말로 지상낙원이 따로 없었다. 그는 결국은 자신이 독파할 것이고 낱말 하나하나를 다시 읽으리라는 것을 아는 사람이 책을 들었을 때 가끔 그러듯이 갑자기 다른 페이지를 펼쳤다. 3장이었다.

제3장 전쟁은 평화다

세계가 세 개의 초대국가로 갈라진다는 것은 20세기 중엽 이전부터 예측할 수 있었던 일이다. 실제로 그렇게 예견되기도 했었다. 소련이 유럽을, 미국이 영국을 합병함으로써 현재 존재하는 3대 열강 가운데 유라시아와 오세아니아 두 열강은 사실상 존재하고 있었다. 다만 제3의 동아시아만이 10년간 무질서한 전쟁을 치른 후에야 명백한 단일 국가로 존재하게 되었다. 세 초대국 간의 국경은 곳에 따라 제멋대로였고 또 어떤 장소에서는 전황에 따라 변하기도 했는데 일반적으로는 지리적 경계에 따랐다. 유라시아는 포르투갈에서부터 베링 해협까지 유럽과 아시아 대륙의 북부 지역을 모두 차지하고 있었다. 오세아니아는 아메리카 대륙과 영국, 오스트랄라시어를 포함한 대서양 제도 및 아프리카 대륙의 남부를 차지한다. 동아시아는 두 국가보다 작고 서쪽 경계도 명확하지 않기 때문에 중국과 남쪽 나라들, 일본제도, 그리고 변동은 있지만 만주, 몽골, 티베트 등 대부분의 지역을 차지하고 있었다.

이들 세 초대국은 각각 다른 초대국과 동맹을 맺으며 끊임없이 지난 25년 동안 전쟁을 겪어왔다. 하지만 이제 전쟁은 20세기 초엽 때와 같이 그렇게 절망으로 가득한 것이 아니고 누군가를 전멸시키는 싸움도 아니다. 이 전쟁은 상대를 파괴할 수 없는 교전국 사이에서 한정된 목표를 가진 것이고, 실질적인 전쟁의 이유도 없고 또한 순전히 이념의 차이에서 비롯한 것도 아니다. 이는 전쟁의 행위나 전쟁에 대한 전반적인 태도가 덜 무자비해졌다거나 더 기사도적으로 변했다는 것을 의미하지는 않는다. 오히려 그와는 반대다. 전쟁열은 모든 나라에서 멈추지 않고 넓게 퍼져 있으며, 강간과 약탈, 유아 살육과 전 인류의 노예화, 끓는 물에 삶아 죽이기 혹은 산 채로 매장하기 등 포로에게 행하는 보복 같은 처사들이 오히려 정상적인 것으로 여겨진다. 게다가 이런 일이 적으로부터 발생한 것이 아니라 자기편에서 행해질 경우에는 공적인 것으로 여겨진다. 하지만 전쟁이라는 것은 고도로 훈련받은 전문가들이 대부분 하는 것이며, 비교적 사상자의 수가 많지는 않다. 전투는 일반인들이 추측할 수 없는 어느 명확하지 않은 변경이나 해로의 전략 지점을 방어하는 유동 요새 부근에서 일어난다. 문명 중심 지역에서의 전쟁은 소비품 부족이나 때로 사망자 수십 명을 내는 로켓 폭탄의 파열만 의미 있을 뿐이다. 그 외에는 아무런 의미가 없다. 사실상 전쟁의 성격은 변했다. 보다 정확히 말하자면, 전쟁이 발발하는 이유 중에서 그 중대성의 순서가 바뀌었다. 20세기 초반 대전에서는 사소한 동기로 나타났다. 하지만 이제는 그 동기가 중요하게 되고, 또 의식적으로 인정되어 행동으로 옮겨지는 것이다.

현대 전쟁의 성격을 이해하기 위해서는, 몇 년에 한 번씩 상대국이 바뀌기는 하지만 전쟁은 언제나 똑같기 때문에, 우선 그것이 결정적일 수 없다는 사실을 알아야 할 필요가 있다. 세 개의 초대국 가운데 한 나라를 정복하는 것이 어느 두 나라가 연합한다고 해서 이루어지는 것은 아니다. 그들의 세력은 백중하고 또 자연의 방벽도 매우 공고하다. 각 나라마다 전쟁으로부터 보호받을 수 있는 이유가 있다. 유라시아는 광대한 국토 면적, 오세아니아는 대서양과 태평양, 동아시아는 그 주민의 다산성과 근면성으로 보호받는다. 그다음으로, 실질적인 면에서 싸워야 할 것이 없다. 자립 경제가 확립되어 있어서 생산과 소비가 서로 들어맞는 상황이므로 옛날 전쟁의 주요 원인이었던 시장 쟁탈전이 종식되고, 원자재 확보 경쟁 역시 생사의 문제가 될 수는 없다. 아무튼 이 세 개의 초대국들은 영토가 어마어마하게 크고 넓기 때문에 필요한 물자는 자국 내에서 거의 대부분 마련할 수 있다. 전쟁을 하는 이유가 직접적인 경제 목적에 있다면, 그것은 노동력 쟁탈전일 것이다. 영원히 그 어느 초대국에게도 소유될 수 없는 초대국들 경계 사이에는 탕헤르, 브라자빌, 다윈, 홍콩 등을 연결하는 네모꼴의 지역이 형성되는데, 그 지역 내에 세계 인구의 5분의 1이 거주한다. 이 세 열강이 싸우는 이유는 단순하다. 인구가 조밀한 이 지역과 북쪽의 얼음평원을 손에 넣기 위해서다. 사실상 어느 한 나라도 이 분쟁 지역을 모두 장악하지는 못한다. 부분적으로는 서로 끊임없이 빼앗고 빼앗기고를 반복했고, 예고 없는 기습 공격 등으로 동맹국에게 배신함으로써 특정 지역을 손에 넣는데, 그것은 동맹 관계가 유지되지 않고 계속적으로 변한다는 것을 의미한다.

분쟁 지역에는 그 어디든 매우 가치 있는 광물이 땅 속에 묻혀 있다. 또 어떤 지역에서는 고무 같은 중요한 식물 자원이 생산되는데, 고무는 한랭한 지역에서는 비교적 비싼 비용을 들여 합성해 생산해낸다. 하지만 이 지역에서 무엇보다도 중요한 것이 하나 있다. 그것은 바로 고갈되지 않는 값싼 노동력을 보유하고 있는 지역이라는 것이다. 어떤 열강이 이 지역을 장악하더라도 적도 지역의 아프리카나 중동 지방, 남쪽 인도나 인도네시아 군도에는 값싼 임금으로도 중노동을 시킬 수 있는 노동자 수만 명이 도처에 깔려 있다. 이 지역 주민들은 공공연하게 노예 신분으로 전락했고, 정복자가 바뀔 때마다 계속적으로 주인이 바뀌는 상황에 놓인다. 그리고 더 많은 무기 생산, 더 많은 영토 점령, 더 많은 노동력 확보, 또다시 더 많은 무기 생산, 더 많은 영토 점령 등과 같은 방식으로 언제 끝날지 모르는 끊임없는 경쟁에서 다량의 석탄이나 석유처럼 그렇게 당연한 듯 한없이 소모된다. 전쟁은 이 분쟁 지역의 경계 안에서만 일어날 뿐이다. 경계를 넘어서서는 일어나지 않는다는 것을 기억해야 한다. 유라시아 국경은 콩고 분지와 지중해 북안을 사이에 두고 서로 밀었다 밀렸다를 반복한다. 오세아니아와 동아시아는 인도양과 태평양의 섬들을 서로 번갈아가며 계속 정복하고 있다. 유라시아와 동아시아 사이 경계에 있는 몽골 지역은 단 한 번도 안정적인 상황에 놓였던 적이 없다. 세 열강은 실제로 거주하는 사람이 거의 있지도 않고 개척되지도 않은 극지 근처의 광활한 영토를 서로 자기네 것이라고 주장한다. 그렇지만 이 세 열강은 세력적 균형을 거의 대부분 유지하는 편이며 각 초대국의 중심부 지역은 지금껏 어떠한 침략도 받은 적이 없다. 게다가 적도 근방 피착취민의 노동력이 세계 경제에 반드시 필요한 것도 아니다. 그들은 세계 경제에 지금껏 아무것도 공헌하지 않았다. 이유는 간단하다. 그들이 생산하는 것은 그 무엇이든 전쟁 목적으로만 사용되고 있고, 항상 그다음 전쟁에서 유리한 입장을 선점하려는 것에 전쟁을 일으키는 목적이 있기 때문이다. 그들의 노동력과 함께 늘어난 노예 인구는 지구전의 속도를 더욱 빠르게 움직이는 데 기여한다. 하지만 그들이 설령 존재하지 않는다고 하더라도 달라지는 것은 없다. 세계의 사회구조나 그 세계가 지탱되는 과정에 본질적인 차이를 보이는 것은 아니다.

현대전의 기본 목적('이중사고'의 원칙으로 보자면, 내부 당의 지도급 수뇌부는 이 목적을 승인하기도 하고 하지 않기도 한다)은 전반적인 생활 수준은 향상시키지 않으면서 기계제품은 전부 사용하는 데 있다. 19세기 말엽 이후로 잉여 소비품을 어떻게 처리할 것인가에 대한 문제가 공업 국가 내적으로 계속 제기되어왔다. 하지만 오늘날에 이르러서는 식량이 충분하지 않기 때문에 이 문제는 인위적인 파괴 행위를 하지 않아도 그렇게 심각하게 고려되는 문제는 아니다. 오늘날의 세계를 1914년 이전의 세계와 비교해본다면 그때보다 더 헐벗고 굶주리고 황폐해졌다. 그 당시 사람들이 바라보았던 상상 속의 미래와 비교해본다면 더더욱 그러하다. 20세기 초반의 미래 사회에 대한 비전은 믿지 못할 만큼 풍요롭고 한가하고 질서정연하고 효율적인, 다시 말해 유리와 강철과 눈부신 하얀 콘크리트로 된 번쩍거리는 썩지 않은 세계였다. 지식인들도 대부분 그렇게 생각했다. 그들은 과학과 기술이 놀랄 만한 속도로 발전하며 또 그렇게 계속 발전할 것이라고 너무나 확신에 차서 생각해온 것 같다. 하지만 결과는 생각을 완전히 비껴갔다. 이유 가운데 하나는 전쟁과 혁명이 계속 발생하면서 빈곤이 일어났다는 것이고, 또 다른 하나는 과학과 기술은 발전하면서 경험적 사고방식에 의존하는데 엄격한 통제 사회에서는 그 발전이 지속되기 어려웠던 것에 있다. 전반적으로 보면 오늘날의 세계는 50년 전보다 분명히 원시적이다. 일부 후진 지역이 발전하고 전쟁과 사찰에 관련해 묘책이 다양하게 나오기는 했다. 하지만 실험과 발명은 대부분 중단되었고, 1950년대의 핵전쟁으로 인해 파괴된 폐허는 여전히 복구되지 않았다. 그렇지만 기계 자체가 가진 위험성은 지금도 여전히 존재한다. 기계라는 것이 그 첫 모습을 드러낸 순간에서부터 생각 있는 사람들은 모두 분명 인간의 고역이 사라졌다고 보았다. 더 크게는 인간 불평등이 사라졌다고 보았다. 기계가 그 목적을 위해서 신중히 사용된다면 기아나 과도한 노동, 불결, 문맹과 질병 등이 몇 세대가 가기 전에 반드시 근절될 것이었다. 하지만 실제로 기계가 그러한 목적으로 사용되지 않았다고 하더라도, 자동적인 과정으로, 때로는 분배하지 않을 수 없는 부를 낳음으로써 19세기 말엽과 20세기 초기의 대략 50년이라는 기간 동안 일반 국민의 생활 수준을 크게 향상시켜놓은 것은 부인할 수 없는 명백한 사실이다.

하지만 부가 전반적으로 증가했다고 하는 것이 진정 어떤 면에서는 그 자체로 파괴를 의미한다. 계급 사회를 파괴할 위협이 된다는 사실 또한 분명하다. 모든 사람이 노동력을 약간만 가지고도 먹을 것이 충분하고 욕실과 냉장고가 있는 집에 살고, 승용차와 비행기까지 소유할 수 있는 세상에 살게 된다면 어떻게 될 것인가. 아마도 우리가 아는 불평등이 가장 뚜렷하게 나타나는 형태는 모두 사라지고 말 것이다. 일단 한 사람도 빠짐없이 모두가 부를 누릴 수 있으려면 차별이 없어져야 한다. 사유와 사치라는 의미의 '부'가 공평하게 분배되고, 그와는 반대로 '권력'은 소수의 특권 계급이 장악하게 되는 사회를 그 어떤 의심의 여지없이도 상상할 수 있다. 하지만 그렇게 된 사회가 안정 상태를 긴 시간 동안 유지하는 건 실제적으로는 불가능한 일이다. 왜냐하면, 모든 사람이 시간적 여유와 경제적 안정을 똑같이 누리게 된다면, 빈곤으로 멍청이가 되는 것이 대중에게는 너무나 당연한데, 그 대중이 유식한 대중이 되고, 그러면서 자기 나름대로 사색하는 방법을 터득하게 된다. 그리고 그렇게 될 경우 소수의 특권층은 자신들이 가진 특권적 기능을 얼마 지나지 않아 빼앗기게 될 것을 깨닫고, 그들을 쓸어버리려고 할 것이기 때문이다. 장기적 관점에서 그것을 바라보면, 계급 사회라는 것은 오직 빈곤과 무지를 기반으로 해야만 가능한 것이다. 20세기 초기에 몇몇 사상가가 동경해왔던 것처럼 과거의 농경사회로 돌아가는 것이 모든 것을 해결해주는 정답은 아니다. 그것은 거의 전 세계에 통틀어 거의 본능에 가까워져버린 기계화 경향과는 적합하지 않는 것은 물론이며, 나아가 공업 분야에서 후진국으로 밀린 나라는 모두 군사적으로 힘이 없으므로 직접적이든 간접적이든 상관없이 선진국으로부터 지배받지 않을 수 없기 때문이다.

또한 생산하는 물품의 양을 줄임으로써 대중을 빈곤 속에 몰아넣는 것도 결코 만족시켜줄 만한 해결책은 될 수 없다. 이러한 방법은 자본주의의 마지막 양상을 보이던 1920년과 1940년 사이에 상당한 정도로 채택되었다. 수많은 국가에서 경제가 침체되었다. 농지가 휴작되고, 자본재는 더 이상 생산되지 않았다. 그리고 하루아침에 일자리를 잃는 인구 집단이 엄청났고, 국가에서 보조해주는 구호금으로 겨우 목숨을 연명했다. 하지만 이것 또한 군사력이 약해지는 결과를 가져왔고, 그로 인한 궁핍은 필요하지 않다는 것이 분명했기에 그 반대 현상도 불가피하게 나타났다. 세계의 부를 실질적으로 증가시키지 않으면서 어떻게 공업의 수레바퀴를 돌아가게 할 것인가, 바로 이것이 문제였다. 물건은 계속 생산되어야 했다. 하지만 그것을 분배할 필요는 없다. 그러므로 실제로 이를 달성하는 방법은 유일하다. 끝나지 않는 전쟁이었다.

전쟁 행위는 인간 생명을 파괴하는 것이 아니라 인간의 노동력으로 생산한 물품을 파괴해버리는 것에 그 본질이 있다. 전쟁이라는 것은 대중을 안락하게 하는 물자들, 즉 장기적으로 그들을 너무 똑똑하게 하는 데 사용되는 물자들을 산산조각 내버리거나, 하늘에 날려버리거나, 그것도 아니면 깊은 바다 속으로 던져버리는 것이다. 전쟁 무기가 실제로 파괴되지 않는다 하더라도 무기를 계속적으로 제조하는 것은 결국에는 소비 물자는 생산하지 않고 노동력은 소모시키는 편리한 방법이 되는 것이다. 예를 들어, 하나의 유동 요새는 화물선 수백 척을 건조할 노동력을 한곳에 집결시킨다. 궁극적으로는 그것으로 인해 물질적이득을 얻는 사람은 한 명도 없으며, 그것은 폐물로만 남을 뿐이다. 그리고 막대한 노동력을 더 동원해 유동 요새를 하나 더 구축하게 한다. 원칙적으로 전쟁 규모를 계획하는 건 국민의 최소한의 요구를 충족시켜주고 남는 잉여 물자를 완전히 소모할 수 있는 범위 안에서 언제나 이루어진다. 실제로 국민의 요구는 늘 과소평가되고, 그 결과로 생필품은 필요한 양의 절반에도 미치지 않는 현상이 고질적으로 계속된다. 하지만 이것은 이점으로 여겨진다. 정책으로서의 적합성을 지니고 있으려면, 정부로부터 총애를 받는 집단까지도 어느 정도는 궁핍한 상태로 붙들어두어야 한다. 전반적으로 궁핍에 놓인 상태에 있어야 소수 특권층이 중요하다는 점을 부각시킬 수 있고, 이렇게 해야 집단 간의 구분이 더 도드라지기 때문이다. 20세기 초엽을 기준으로 놓고 보면 내부 당원도 그 생활이 간소되고 고되었다. 그렇지만 그들은 몇 가지 사치를 누렸다. 설비가 좋은 큰 집, 조금 더 좋은 옷감으로 만든 의복, 좋은 음식, 술과 담배, 두세 명이나 되는 하인, 개인 승용차나 헬리콥터 등 외부 당원과는 전혀 다른 세상에 살았고, 그런 식으로 외부 당원 역시 우리가 소위 '무산 계급'이라고 부르는 최하층의 대중과 비교할 때는 내부 당원과 받은 특혜가 비슷했다. 사회 분위기는 말고기 한 덩이를 가지느냐 가지지 못하느냐에 따라 빈부가 결정되는 도시 분위기와 같다. 그리고 동시에 전쟁하는 중이고 따라서 위험 속에 놓여 있기 때문에 모든 권력을 소수 계급에게 넘겨주는 것이 당연하고, 그것이 불가피한 생존의 조건이라 여겨진다.

다시 이야기하겠지만, 전쟁은 매우 정당하게 보이는 방법으로 필요한 파괴를 행할 뿐만 아니라 심리적으로도 용납될 수 있는 방법으로 행해진다. 원칙적으로 세계의 잉여 노동력을 사원이나 피라미드를 짓는 것에, 땅굴을 파고 그것을 다시 메우는 것에, 혹은 엄청난 양의 물품을 생산했다가 다시 태워버리는 것에만 허비한다면 그것은 아주 간단한 일이 될 것이다. 하지만 이런 행위는 계급 사회를 위한 경제적 기반은 마련해줄 것이다. 하지만 감정적 기반을 마련하는 데는 무리가 있다. 여기에서 관건은 대중의 사기가 아니다. 당 자체의 사기가 중요하다. 대중이 꾸준히 일에만 매달리고 있는 한 그들의 태도가 문제될 리는 만무하다. 설령 최하급 당원이라고 해도 유능하고 근면하고 어떤 한정된 범위 안에서 지성적이어야 하겠지만, 공포와 증오, 찬탄과 승리에의 도취감에 휩쓸릴 수 있는 맹목적이고 무식한 열광 역시 필요한 것이다. 다시 말하자면, 전쟁 상태에 알맞은 정신 상태를 지녀야 한다는 것이다. 전쟁이 정말 일어나서 싸우고 있느냐 하는 점이 중요한 것은 아니다. 결정적인 승리라는 것은 존재할 수 없다. 그러므로 전쟁이 잘되든 못 되든 하는 것은 아무 관계가 없다. 필요한 것은 오직 한 가지다. 전쟁 상황이 지속되어야 한다는 것이다. 당이 당원들에게 요구하는 지성의 분열은 전쟁 분위기 속에서 더욱 쉽사리 달성할 수 있으며 이제 거의 만연해 있다. 그리고 지위가 올라가면 올라갈수록 그 분열

현상은 더욱더 선명해진다. 전쟁열과 적에 대한 증오는 확실히 내부 당원이 가장 강하다. 행정가로서의 임무를 수행하면서 내부 당원은 전쟁 뉴스의 이런저런 대목이 거짓이라는 것, 전쟁 자체가 허위라는 것, 전쟁은 결코 일어나지 않았다고 발표된 것과는 다르게 전혀 다른 목적을 위해 행해지고 있다는 사실을 알게 될 수밖에 없다. 하지만 그러한 지식은 '이중사고'의 기술로 인해 너무나 쉽게 그 힘을 잃고 만다. 그러는 동안 어느 내부 당원도 전쟁은 실제로 치러지고 있고, 오세아니아가 전 세계의 이의 없는 주인이 되어 그 전쟁을 승리로 끝맺게 해야 한다는 불가사의한 신념을 한순간도 의심하지 않는 것이다.

앞으로 다가올 승리를 신조로 믿지 않는 사람은 내부 당원 가운데 단 한 명도 없다. 그것은 점진적으로 영토를 확장해서 압도적인 힘의 우위를 구축함으로써, 또는 절대무적의 새로운 무기를 발명함으로써 달성되는 것이다. 신무기에 관해서는 끊임없이 연구가 이루어지며, 또한 그것은 탐구심이 매우 강하거나 사변적인 사람들이 돌파구를 찾을 수 있는 얼마 남지 않은 활동 분야 중 하나로서 기능한다. 옛날과 같은 의미의 과학은 오늘날 오세아니아에는 거의 남아 있지 않다. '과학'이라는 낱말은 더 이상 신어에는 존재하지 않는다. 과거의 과학적 업적을 세우는 데 토대가 되었던 경험적 사고방식은 영사의 기본 원칙에 있어서 가장 어긋난다. 기술의 발전마저도 인간의 자유를 억압하려는 목적으로 이용할 때만 존재할 수 있다. 아무리 유용

한 기술이라고 하더라도 그대로 정체되어 있거나 퇴보한다. 책은 기계로 저술되는 반면 농지는 말로 경작된다. 하지만 사안이 너무나 중요할 경우에는, 이를테면 전쟁과 사찰 부분에서는 경험적 방법이 여전히 장려되거나 적어도 묵인되고 있다. 당은 두 가지 목표를 가지고 있다. 첫 번째 목표는 전 세계를 정복하는 것이다. 두 번째 목표는 사람들이 독자적으로 사고할 수 있는 가능성을 단호하게 근절시키는 것이다. 그 두 가지 목표를 이루기 위해 당이 해결해야 할 문제가 두 가지 있다. 첫 번째 문제는 어떻게 하면 다른 사람의 생각을 의지에 반해 알아낼 수 있는가 하는 것이다. 두 번째 문제는 어떻게 하면 사전 예고 없이 몇 초만에 수억만 명의 생명을 죽일 수 있는가 하는 문제다. 과학적 연구가 멈추기 전까지는 이것이 그 연구 주제가 된다. 오늘날의 과학자는 심리학자와 심문자의 역할을 겸해서 얼굴 표정, 몸짓, 음성 등의 의미를 아주 면밀히 연구해 약물, 충격요법, 최면술, 고문 등으로 진실을 고백하게 만드는 효과를 실험하는 사람이다. 또 그것이 아니라면 생명을 앗아가는 데 관계된 특수 과제의 한 분야에 관심을 가진 화학자나 물리학자나 생물학자다. 평화부의 넓은 실험실에서나, 브라질에 있는 삼림이나 오스트레일리아의 사막 혹은 남극의 이름 없는 섬에 비공개로 실험소를 마련해놓고 여러 팀의 전문가들이 끊임없이 연구를 지속하는 것이다. 일부는 미래 전쟁에 관한 병참술을 계획하고, 일부는 더 큰 로켓 폭탄이나 더 강력한 폭탄, 더 방어력이 좋은 장갑판을 연구한다. 또 다른 일부는 더 치명적인 새로운 독가스나 전 세계 식물을 다 죽일 수 있을 만큼 다량 생산이 가능한 용해성 독약을 탐구한다. 혹은 존재하는 모든 항독소에 면역성을 가진 병균 배양을 연구한다. 또 어떤 무리는 바다 밑 잠수함처럼 땅 밑을 뚫고 다니는 차량이나, 선박처럼 기지가 없어도 괜찮은 비행기를 만들어내려 부단히 애쓰고 있다. 그리고 가능성은 거의 없다고 봐야 하지만, 공중 수천 킬로미터 위에 렌즈를 매달아 태양 광선이 그것을 통해 쏟아져 내리도록 하고, 지구 중심에 있는 불덩어리를 자극해 인위적으로 지진이나 해일을 일으키는 것까지 탐구하고 있다.

하지만 이러한 계획 가운데 실현된 계획은 아무것도 없다. 게다가 세 초대국 중 어느 한 국가도 다른 국가를 추월할 만한 성과를 가져오지 못했다. 더욱 놀라운 사실이 하나 있었다. 이 세 열강 모두 원자탄을 이미 확보하고 있는데, 이 원자탄들은 현재의 연구 수준으로 만들 수 있는 것 이상으로 강력하다는 것이다. 당은 원자탄을 자신들이 발견했다고 상투적 수법에 따라 자신들의 견해를 주장하지만, 그것은 이미 1940년대에 첫 선을 보였고, 그 후 10년쯤 지나서는 대규모로 사용되었다. 당시 원자탄 수백 개가 공업 중심 지역에 떨어졌다. 주로 유라시아와 서유럽, 북아메리카 지역이었다. 그 결과 모든 국가의 지도자들이 확신하게 된 것은, 앞으로 원자탄을 몇 개만 더 떨어뜨리면 기존 사회가 무너질 뿐만 아니라 자기네 권력도 끝장나게 된다는 사실이었다. 이후 공식적으로 협정을 맺거나 협정이 제안된 적은 없었지만, 원자탄은 더 이상 떨어지지 않았다. 세 열강은 마치 약속이라도 한 듯 누구 할 것 없이 원자탄을 계속 만들었다. 하지만 조만간 언제 올지 모른다고 믿는 결정적 시기에 대비해서 확보만 해놓고 있는 것이다. 그리고 한편 30~40년 동안 전쟁의 기술은 거의 제자리걸음 상태에 있었다. 헬리콥터는 종전보다 더 많이 사용되고, 전투기는 대부분 자력추진 로켓으로 대체되고, 기동성이 떨어지는 전함은 웬만해서는 침몰하지 않는 유동 요새로 바뀌었다. 하지만 다른 무기의 경우 발전이 거의 없이 그 상태를 유지한다. 탱크, 잠수함, 어뢰, 기관총 및 소총과 수류탄까지도 변함없이 여전히 그대로 사용하고 있다. 그리고 신문이나 텔레스크린에서 살육에 대한 보도가 끊임없이 흘러나오는데도, 몇 주 만에 수천, 수백만의 인명이 목숨을 잃는 이전 시대의 필사적인 전투는 반복되지 않는다.

세 초대국 가운데 어느 한 곳도 기동 작전을 시도하지 않는다. 치명적인 상태로 패배할 수 있는 위험을 안고 있기 때문이다. 대규모 작전이 실시되는 것은 주로 동맹국에 기습 공격을 가하는 상황이다. 이들 세 열강이 취하거나 취하려고 꾸미는 전략은 하나도 다르지 않다. 그 계획은 전투와 협상, 기회를 잘 탄 배신행위를 한데 모아 교전 상대국 중 어느 하나를 완전히 포위하는 반지 모양의 기지를 확보하고, 그 상대국과 우호조약을 체결하고, 의심이 사라질 만큼 여러 해 동안 평화롭게 지내는 것이다. 그리고 그동안 원자탄을 적재한 로켓을 모든 전략 지점에 배치해두는 것이다. 그래서 이것을 한꺼번에 발사하면 다시는 보복할 수 없을 만큼 치명타를 입힐 수 있다. 그런 다음 나머지 열강과 우호조약을 맺게 되면 또 공격을 준비할 수 있는 시간을 벌게 되는 것이다. 물론 이런 계획은 말할 필요도 없이 잠꼬대에 불과하며 그 수행도 불가능하다. 게다가 적도와 극지 부근의 분쟁 지역에서만 전투가 벌어지며, 적국의 영토를 침공하는 일도 전혀 없다. 이는 초대국 간의 국경이 지역에 따라서는 임의로 결정되었다는 사실을 보여준다. 예를 들면, 유라시아는 지리적으로 유럽의 일부분인 영국을 쉽사리 정복할 수 있고, 다른 한편 오세아니아는 라인 강이나 비스와 강까지 국경을 확장할 수 있다. 하지만 이런 행위는 공식화된 것은 아니지만, 모두가 인정하고 지키는 문화 보존 원칙을 깨뜨리는 것이다. 만약 오세아니아가 한때 프랑스와 독일로 알려졌던 지역을 정복한다고 치자. 그렇게 되면 그 주민을 몰살시키거나 아니면 1억 정도 되는 인구를 오세아니아인 수준으로 동화시켜야 할 필요가 있으므로 실제로는 매우 난처한 문제에 직면하게 된다. 세 초대국 모두 이런 문제에서 같은 조건에 놓인다. 그들의 체제를 유지하기 위해서는 어떤 원칙이 반드시 필요하다. 외국인과 접촉하려면 제한된 범위 내에서, 전쟁 포로나 유색인 노예를 제외하고는 가능하지 않다는 원칙이 바로 그것이다. 공식적으로 동맹국 관계라 하더라도 마찬가지다. 그들은 의심의 눈초리로 상대방을 예의주시하고 있다. 오세아니아에서 일반 시민은 전쟁 포로를 제외하고는 유라시아나 동아시아 시민을 볼 수 없고 외국어를 공부할 수도 없다. 외국인과 접촉하는 사람은 그 누가 되었든 그들 역시 자신과 똑같은 인간이고, 그들에 대해서 들었던 이야기가 대부분 거짓이었다는 사실을 알게 될 것이다. 자신이 살던 폐쇄된 세계는 무너지고 사기를 유지시켜주던 공포와 증오, 독선은 공기 중으로 사라질 것이다. 그러므로 페르시아, 이집트, 자바, 실론 등지에서는 그 주인이 셀 수 없이 바뀌더라도 폭탄을 제외하고는 그 어떤 것도 경계를 넘어갈 수 없다는 것을 모두가 잘 아는 것이다.

이런 상황 가운데 결코 자신을 부각시키지는 않지만 암암리에 이해되고 행동으로 옮겨지는 것이 한 가지 있다. 그것은 세 초대국의 생활 양상이 모두 동일하다는 사실이다. 오세아니아를 지배하는 철학은 영사이고, 유라시아는 신볼셰비즘이다. 동아시아의 철학은 보통 '죽음 숭배'라고 옮기지만, '자기말살'이라 부르는 것이 보다 적절할 것이다. 오세아니아 시민은 다른 두 나라의 철학이 지닌 교의를 조금이라도 알아서는 안 된다. 그들은 그 교의는 도덕과 상식에 대한 야만적 불법 행위라고 저주하도록 배운다. 실제로 이들 세 철학에서는 차이점을 거의 찾아볼 수 없고, 그것이 받쳐주는 사회제도에서도 마찬가지로 그 어떤 차이점도 발견할 수 없다. 세계 곳곳에 동일한 사회체제가, 또 그 절반은 신격화한 지도자에 대한 똑같은 숭배가, 또 계속

되는 전쟁에 따른 경제체제, 그리고 계속되는 전쟁을 위한 같은 경제체제가 존재한다. 그러므로 세 초대국은 다른 상대국을 정복할 수 없을 뿐만 아니라 그렇게 해보아야 그 어떤 이득도 얻지 못한다는 결론에 이른다. 그것과는 반대로 세 초대국은 분쟁을 계속하는 한 마치 옥수숫대 세 다발처럼 서로 버티어주는 것이다. 그리고 이들 열강의 지배자들은 자신들이 하는 것이 무엇인지를 알기도 하지만, 동시에 모르기도 한다. 그들은 자신의 생명을 세계 정복에 바치고 있지만 전쟁이 이기고 지는 것에 상관없이 한없이 지속될 필요가 있다는 사실은 잘 알고 있다. 한편 영사 및 이와 적대되는 두 사상 체계의 특징인 현실부정이 가능하게 된다. 자신들이 정복당할 위험이 없다는 사실 때문이다. 여기서, 전쟁이 계속됨으로써 근본적으로 그 전쟁 양상이 변화했다는 사실을 우리는 앞서 이야기한 것처럼 반복할 필요가 있다.

옛날에 일어났던 전쟁은 그 본질에 따라 늦든 빠르든 끝장이 나게 된다. 그리고 그 승패가 틀림없이 정해지게 마련이다. 또한 과거에 일어났던 전쟁을 통해 인간 사회와 물리적 현실 세계는 서로 접촉할 수 있었다. 전쟁은 접촉을 일으키는 주요 도구 가운데 하나였다. 그 어떤 시대를 보더라도 통치자들은 자신들의 국민에게 옳지 못한 세계관을 주입시키려고 무던히도 애썼다. 하지만 군사력을 약화시킬 기미가 있는 환상 같은 것은 고취시키는 것이 불가능했다. 패망이 독립성을 상실하게 하거나 혹은 어떤 바람직하지 못한 결과를 가져올 수 있다는 것을 알고 있기 때문에, 패배하지 않을 대책에 대해 심각하게 고려하지 않을 수 없었다. 물리적 사실들을 전혀 모른 척할 수 없었다. 철학이나 종교나 윤리학이나 정치학에서는 이 더하기 이는 다섯이 될 수도 있다. 하지만 대포나 비행기를 설계할 때는 넷이 되지 않으면 안 된다. 국민이 무능하다면 언제든 정복당할 가능성은 열려 있으며, 환상을 갖게 되면 실력을 쌓기 위한 노력에 방해만 받을 뿐이었다. 그리고 그것은 과거에 일어난 사건을 아주 정확하게 알아야만 한다는 것을 의미했다. 물론 신문이나 역사책에서 우리는 언제나 각색되고 한쪽으로 치우치는 모습을 확인했다. 하지만 오늘날 행해지는 식의 날조 같은 행위는 결코 가능하지 못했을 것이다. 전쟁, 그것은 정상적으로 정신이 세워질 수 있도록 지켜주는 수단이 되며, 지배층의 관점에서 말하자면 가장 중요한 안전방책이 되었을 것이다. 전쟁의 결과와 상관없이 지배층이 책임으로부터 완전히 자유로울 수는 없었던 것이다.

하지만 전쟁이 문자 그대로 계속 진행될 경우 전쟁은 더 이상 위험한 것으로 여겨지지 않는다. 또한 전쟁이 계속 진행되면 전쟁의 필연성 따위는 있을 수 없다. 기술은 더 이상 성장하지 않게 되고, 너무나 분명한 사실이더라도 부인되고 무시당하는 것이다. 앞에서 언급한 바와 같이 과학적이라고 볼 수 있는 연구가 여전히 전쟁의 목적을 위해 수행되고 있다. 하지만 그것은 본질적으로 물거품이 될 꿈에 지나지 않는 것이며, 결과가 좋지 않더라도 중요한 문제는 아니다. 능률이라는 것은 이제 더 이상은 필요하지 않다. 군사적 능률도 마찬가지다. 오세아니아에서는 사상경찰 외에는 아무것도 없다. 세 초대국 가운데 어느 하나도 정복될 수 없다. 그러므로 각 국가는 사실상 분리된 세계로, 그 안에서는 그 어떤 사상을 악용하더라도 아무 문제 없이 실행되었다. 현실이라는 것은 오직 먹고 마시고 거처와 의복을 구하고, 독약을 마신다거나 위층 창문에서 투신자살하는 것을 피하는 등 일상생활에서의 필요성을 통해 나타난다. 삶과 죽음, 육체적 쾌락과 신체적 고통 사이에는 여전히 선이 그어져 있다. 하지만 단지 그것뿐이다. 오세아니아의 시민들은 외부 세계와 과거와의 접촉이 끊겨서, 우주 공간에 사는 사람들처럼 올라가고 내려가는 방향을 알 수 있는 도리가 전혀 없다. 그러한 국가를 지배하는 자는 파라오나 시저도 두 손 두 발을 다 들 수밖에 없는 절대적 존재다. 그들은 곤란할 정도로 수많은 수의 국민이 굶어 죽지 않을 만큼만 해주고 군사적 기술도 상대국의 수준만큼만 유지하도록 해주면 된다. 그래서 그 목적이 최소의 정도만 달성되면 그들은 자신들이 하고 싶어 하는 대로 현실을 마음껏 왜곡할 수 있다.

이러한 연유로 오늘날 일어나는 전쟁은 옛날에 일어난 전쟁을 기준으로 판단하면 그저 사기 행위에 지나지 않는다. 그것은 마치 소나 염소 같은 반추동물이 뿔이 제대로 나지 않아서 어쩔 수 없이 상처를 입힐 수 없는 상태로 싸움을 벌이는 것과 다르지 않다. 하지만 그것이 비현실적인 것이라고 해서 무의미하지 않은 것은 아니다. 잉여 소비품을 소모시키고, 계급 사회가 요구하는 특수한 심적 분위기를 조성하는 데 그것은 도움이 된다. 추후에 이야기하겠지만, 전쟁이라는 것은 순전히 국내 안에서의 문제일 뿐이다. 과거에는 모든 국가의 지배자들이 자신들의 공동이익을 인정하고 전쟁으로 인한 파괴의 범위를 제한해 가면서 전쟁을 벌였다. 그리고 승자는 언제나 패자의 소유물을 약탈했다. 하지만 우리 시대는 다르다. 서로 적대하기 때문에 싸우는 것이 아니다. 우리 시대에 나타나는 전쟁은 각각의 지배 집단이 그 백성에 대해서 싸우는 것이고, 영토를 확장하는 것이 아니라 그들의 사회체제를 온전히 지켜내려는 데 전쟁의 목적이 있다. 따라서 '전쟁'이라는 낱말도 올바르게 쓰인 것이 아니다. 전쟁은 늘 계속 이루어지고 있기 때문에, 정확하게 표현하려면 전쟁은 없다고 말해야 하는 것일지도 모른다. 신석기시대로부터 20세기 초에 이르기까지 전쟁이 인간에게 끼친 그 특유의 압력은 사라졌다. 그리고 전혀 다른 것이 그 자리를 대신 차지했다. 설령 세 초대국이 서로 싸우는 대신에 자신들의 국경 안에서 침범하지 않고 평화롭게 영원히 살자고 합의했다고 가정하더라도 결과는 늘 마찬가지다. 그런 경우에도 각국은, 외부 세계의 위협이 주는 영향에서 마음을 푹 놓는다고 해도 여전히 그 자체가 지닌 문제가 존재하기 때문이다. 항구적 평화는 항구적 전쟁과 동일하다. 진실은 바로 이것이다. 설령 당원이라 해도 대부분 피상적인 의미로만 파악하는 '전쟁은 평화'라는 당 슬로건의 진정한 의미가 바로 이것이다.

윈스턴은 잠시 책을 읽는 것을 중단했다. 저 멀리 어디에선가 로켓 폭탄이 터지는 소리가 들려왔다. 그는 텔레스크린이 없는 방 안에서 금서를 들고 혼자 있다는 것에 매우 행복해하고 있었다. 고독하면서도 아늑한 느낌이 나른한 육체, 포근한 의자, 그리고 창문을 통해 뺨을 스치는 간지러운 미풍 같은 것과 어울려 온몸에가득 느껴졌기 때문이다. 책을 읽으면서 그는 완전히 매혹 당했다. 아니, 더 정확하게 말하자면 어떤 확신이 강하게 일어났다. 그 책에서 새롭게 얻은 것은 어떤 의미에서는 없었다. 하지만 바로 그것이 그를 잡아끄는 이유였다. 흩어진 생각들을 체계 있게 정리한다면, 그 책은 바로 그가 말하고 싶던 것을 정확하게 이야기하고 있었다. 그와 비슷한 생각을 가지고 쓴 책이기는 하지만, 엄청나게 더 강력하고 더 체계적이고 더 용감한 것이었다. 가장 훌륭한 책이 있다면, 독자가 이미 아는 사실을 말해주는 책이 그렇지 않을까 하는 생각이 들었다. 그가 제1장을 막 폈을 때 줄리아가 층계를 올라오는 소리가 들렸다. 그 소리를 듣고 윈스턴은 그녀를 마중하러 나갔다. 그녀는 그 망태기를 마루에 털썩 놓더니 그의 품 안으로 뛰어들었다. 서로 만나지 못한 지가 벌써 일주일이 넘은 것이다.

"그 책을 얻었어." 그가 안았던 팔을 풀면서 말했다.

"아, 그래요? 좋겠네요." 그녀는 별다른 관심을 보이지 않으며 짧게 대꾸하고는 금방 석유난로 옆에 무릎 꿇고 앉아 커피를 탔다.

두 사람은 침대에서 반시간 정도 함께 있고 나서야 다시 그 책 문제를 꺼냈다. 저녁 날씨가 서늘한 탓에 침대 덮개를 끌어 덮었다. 아래쪽에서 귀에 익숙한 노랫소리와 마당을 거니는 구두 소리가 들려왔다. 윈스턴이 여기에 처음 왔을 때 보았던 구릿빛의 탄탄한 팔뚝을 가진 여자였는데, 그 마당에서 늘 무언가를 하는 듯했다. 그녀는 날마다 동이 트면 빨랫대야와 빨랫줄 사이를 왔다 갔다 하며 번갈에 입에 빨래집게를 잔뜩 물었다가 큰 소리로 노래했다가 하는 것 같았다. 줄리아는 벌써 깊은 잠에 빠져 있었다. 그는 팔을 뻗쳐 마룻바닥에 있는 책을 집어서는 침대 머리 쪽을 향해 앉았다.

"우리는 이 책을 읽어야 해." 윈스턴이 말했다. "당신도 마찬가지야. 형제단 단원이라면 모두 이 책을 다 읽어야 해."

"당신이 읽어요." 그녀는 눈을 지그시 감은 채 대꾸했다. "크게 읽어요. 그게 제일 좋아요. 그리고 읽으면서 저에게 무슨 말인지 설명해주세요."

시곗바늘이 6자를 가리키고 있었다. 18시였다. 앞으로 서너 시간 정도는 여유가 있었다. 그는 책을 무릎에 기대 놓고 읽기 시작했다.

제1장 무지는 힘이다

유사 이래, 아마도 신석기 말기 이후로 세상 사람들은 상중하 세 계급으로 나뉘어왔다. 그들은 다시 여러 갈래로 세분화되었고, 각기 다른 이름으로 헤아릴 수도 없이 많이 생겨났다. 그들이 서로 간에 대하는 태도와 마찬가지로 그들의 상호 관계도 시대마다 같지 않았다. 하지만 사회구조는 본질적으로는 결코 달라지지 않았다. 엄청난 격변과 결정적이라고 할 수 있는 변화가 일어난 후에도 마찬가지였다. 동일한 패턴이 언제나 재현되어왔다. 그것은 팽이가 아무리 이리 맞고 저리 맞아도 늘 균형을 되찾는 이치와 같다.

"줄리아, 자는 거야?" 윈스턴이 말했다.
"잘 듣고 있어요. 계속해요. 정말 놀랍네요."
그는 다시 책을 읽어가기 시작했다.

이러한 세 집단은 전적으로 타협될 수 없는 목표를 저마다 가지고 있다. 상위 계급의 목표는 간단하다. 현 상태 그대로를 유지하는 것이다. 중간 계급의 목표는 상위 계급의 위치로 올라가는 것이다. 하위 계급의 목표는, 만약 목표를 가지고 있다면 (너무나 고달픈 일에 짓눌리므로 하위 계급의 특성이란 일상생활 이외에는 어떠한 것도 그다지 의식하지 않는 것이니까) 모든 차별을 없애고 모든 사람이 평등한 사회를 건설하는 것이다. 그리하여 모든 역사에 걸쳐 그 주된 요점이 동일한 투쟁이 끊임없이 일어났다. 오랜 세월 상위 계급은 아무 어려움 없이 권력을 손에 쥔 것처럼 보일 수 있다. 하지만 조만간 그들 자신에 대한 신념 혹은 효율적인 통치 능력, 혹은 그 두 가지 전부를 잃게 될 시기가 반드시 온다. 그 이후 중간 계급은 상위 계급을 전복시킨다. 그들은 자신들이 투쟁하는 이유가 자유와 정의를 위한 것이라고 가장한 채 하위 계급을 끌어들인다. 그리고 자신들이 가진 목적을 이루기 무섭게 하위 계급을 옛날의 노예 신분으로 전락시키고 자기 스스로 상위 계급으로 올라서는 것이다. 그리고 당장 새로운 중간 계급이 어느 한 계층이나 두 계층 모두에서 갈라져 나온다. 그렇게 투쟁이 또다시 시작된다. 이 세 가지 계층 가운데 하위 계급만이 일시적으로라도 자신들이 지닌 목적을 이루지 못하는 계층인 것이다. 역사를 통해 볼 때 물질적으로 발전하지 못했다고 하면 이는 허풍이 될 것이다. 쇠퇴기에 들어선 오늘날에도 일반인들은 몇 세기 이전보다는 물질적으로 훨씬 풍요로운 삶을 누리고 있다. 하지만 부가 증가하고 태도가 부드러워지고 개혁이나 혁명이 일어났지만 인간 평등은 여전히 제자리걸음이다. 전혀 개선되지 않았다. 하위 계급의 관점으로 볼 때 역사적 변화라는 것은 그들의 주인이 바뀌었다는 것을 제외하고는 그 어떤 의미도 없다.

19세기 후반에 이르러 이러한 패턴이 반복되는 모습이 많은 사람의 눈에 들어오고 말았다. 그리하여 역사를 순환 과정으로 해석하고 불평등은 인간 생활에 있어 변하지 않는 법칙이라고 주장하는 학파까지 생겼다. 물론 이러한 주의가 그 이전부터 주장되어온 것이지만, 이 시점에서부터 태도에 뚜렷한 변화가 나타났다. 옛날에는 사회 계급 제도가 필요하다고 말하는 쪽은 특히 상위 계급이었다. 그러한 주의는 왕과 귀족, 승려와 법률가, 그리고 그들에게 기생충처럼 딱 붙어서 먹고사는 족속들이 설교했고, 다른 계급들은 삶을 다한 후에 저세상에서 보상을 받을 것이라는 약속을 받고 위안을 삼는 것이 일반적인 관점이었다. 중간 계급은 권력을 잡으려고 발버둥 치는 한 언제나 자유니 정의니 우애니 하는 말을 사용하는 것을 두려워하지 않았다. 하지만 인류형제애라는 개념은 지배자의 위치에 있는 것은 아니지만 오래 지나지 않아 지배하기를 바라는 사람들로부터 공격받기 시작했다. 과거의 중간 계급은 평등이라는 기치를 올리고 혁명을 일으켰고, 전날의 정권이 엎어지자마자 새로운 전제를 일으켜 세웠다. 실제로 새롭게 등장한 중간계층은 새로운 전제를 선언하며 앞으로 나섰다. 사회주의 이론은 19세기 초기에 출현했지만 고대의 노예 반란으로까지 소급되는 사상 계열의 마지막 단계로서, 옛 시대의 유토피아 이론에서 크게 영향 받은 것이다. 하지만 대략 1900년 이후부터 나타나기 시작한 여러 가지 결의 사회주의 이론에서는 자유와 평등을 수립하겠다는 목적을 점차 더 공공연하게 포기하기에 이르렀다. 20세기 중기에 나타난 새로운 운동, 즉 오세아니아의 영사, 유라시아의 신 볼셰비즘, 동아시아의 죽음 숭배 같은 것은 의식적으로 부자유와 불평등을 영구화하자는 목표로 이루어지고 있다. 물론 이 새로운 운동들은 과거의 것으로부터 자라난 것이고 그때의 이름을 그대로 유지하는 경향이 있다. 하지만 발전을 제지하고 자신들이 편리한 시기에 역사를 동결시켜버리는 것이 이들의 목적이다. 항상 되풀이되던 진동이 한 번만 더 흔들리게 하고는 곧장 정지하도록 하는 것이다. 보통 상위 계급은 중간 계급에게 밀려나고, 중간 계급이 상위 계급으로 올라간다. 하지만 이번에는 의식적인 전략을 써서 상위 계급은 항구적으로 자기 자리를 고수할 수 있는 것이다.

이 새로운 주의는 19세기 이전에는 있지도 않았던 역사 지식의 축적과 역사의식의 성장에 기대왔다. 역사의 순환 운동은 이제 이해될 수 있는 것, 혹은 이해될 듯한 것이 되었다. 그런데 그것이 이해될 수 있는 것이라면 반대로 변경되는 것도 가능했다. 하지만 20세기 초에 이르러 인간 평등이 기술적으로 가능해졌다는 사실, 이것이 바로 원칙적이고 기본적인 문제다. 인간의 타고난 재질이 같지 않고 그 기능이 개인적인 취향에 따라 전문되어야 한다는 것은 여전히 옳다. 하지만 계급의 차이나 부의 격차에 대한 실질적 필요성이 이제는 사라졌다. 옛 시대에는 계급 차이가 어쩔 수 없는 것일 뿐만 아니라 바람직한 것으로 여겨졌었다. 문명을 이룬 대가로 사람들은 불평등을 얻었다. 하지만 기계 생산이 발전하면서 상황은 완전히 바뀌었다. 사람이 서로 다른 직종에 종사할 필요는 있다고 치더라도 그들이 사회적으로나 경제적으로 서로 다른 수준에서 살 필요는 사라지게 되었다. 그렇기 때문에, 권력을 막 장악하려는 새로운 집단의 관점에서 인간 평등은 애써서 쟁취해야 하는 이념이 아니라 반드시 막아야 할 위험으로 여겨졌다. 아주 먼 원시시대 때는 의롭고 평화로운 사회라는 것은 사실상 불가능했다. 따라서 평등이라는 말을 쉽게 믿을 수 있었다. 인간이 법 없이, 혹독하게 노동하지 않고 형제애로 함께 살아가는 지상낙원을 이루고자 하는 이상은 인간이 수천 년에 걸쳐 품어온 염원이 된 것이다. 그리고 역사적 변화로 실제 이득을 얻은 무리까지도 이러한 미래상을 품게 되었다. 프랑스와 영국, 미국의 혁명 후계자들도, 인간의 권리니 언론의 법 앞에서의 평등이니 하는 등의 그들 나름의 캐치프레이즈를 믿었고, 어느 정도까지는 그 말을 실행에 옮겼다. 하지만 20세기의 1940년대부터는 권위주의가 정치사상의 주류가 되었다. 지상낙원은 그것이 막 실행에 옮겨지는 순간 사람들에게 불신을 얻게 되었다. 새로운 정치 이론은 그 무엇이든, 그리고 그것이 어떤 이름으로 불리든 상관없이 계급주의와 통제 체제로 역발전했다. 그리고 대략 1930년경의 험악한 일반 정세 밑에서는 수백 년 동안 폐기되었던 몇 가지 일들, 다시 말해 재판 없는 투옥이나 전쟁 포로를 노예로 부리는 일, 공개 처형이나 자백을 받기 위한 고문, 인질 이용과 인구 전체에 대한 추방 등이 다시 흔한 일상이 되었을 뿐만 아니라 스스로 문명화되고 진보적이라고 자신을 생각하는 사람들에게까지도 묵인되고 옹호되기까지 했다.

세계 도처에서 전쟁과 내란이 일어나고 혁명과 반혁명이 터진 지 10년 후에야 영사와 그 경쟁국의 정치 이론이 충분한 형태를 띠고 나타났다. 하지만 그런 이론들은 20세기 초반에 나타난 소위 전체주의라 불리는 여러 체제로 미리 그 모습을 드러낸 것이었고, 혼란이 팽배한 상황 속에서 그와 같은 세계 대세가 출현하리라는 것은 오래전에 이미 명백해진 사실이다. 그런 세계를 어떤 종류의 인간들이 지배하리라는 것도 충분히 예상할 수 있었다. 새로운 귀족 정치는 대부분 공무원, 과학자, 기술자, 노동 운동가, 선전 전문가, 사회학자, 교사, 언론인과 직업 정치인으로 이루어졌다. 이들은 그 출신이 중류층 봉급생활자와 노동 계급의 상류층인데, 독점산업과 중앙집권으로 세계가 황폐해지자 하나로 모여 자신들만의 세력을 형성한 것이다. 과거 그들의 반대 세력에 비교해볼 때 그들은 덜 탐욕스럽고 덜 사치스러웠다. 반면 순수한 권력에 대한 갈망이 더 크고, 무엇보다도 자신들이 하고 있는 일에 대해 더 잘 알았으며, 반대 세력을 타도하는 데도 더욱 적극적으로 임했다. 주가 되는 것은 바로 이 마지막 차이점이다. 오늘날 존재하는 전제자와 비교해보면 과거의 그들은 열의가 낮고 비능률적이다. 과거 모든 지배 집단들이 언제나 어느 정도는 자유사상에 젖어 있고, 어디에나 엉성한

면이 남아 있고, 행동이 명백한 것만을 문제 삼고, 자기네 국민들이 어떤 것을 생각하는지에 대해서는 조금도 관심을 두지 않았다. 중세의 가톨릭교회까지도 오늘의 기준으로 보면 관대한 것이다. 이렇게 된 이유는 과거에는 어떤 정부도 국민을 계속해서 감시할 힘이 없었다는 것에서 조금은 찾을 수 있다. 하지만 인쇄술이 발명되면서 국민 여론은 쉽게 조작할 수 있게 되었다. 영화와 라디오는 그것을 한 단계 더 진일보시켰다. 텔레비전이 발명되면서, 그리고 한 번에 동시에 송수신이 가능한 기계가 발명되면서 더 이상 개인의 사생활이라는 것은 존재하지 않는 것이다. 모든 시민, 적어도 감시할 만한 가치가 있는 중요 인물들은 하루 24시간 내내 경찰들이 감시하며, 다른 모든 통신망은 하나도 남김없이 봉쇄된 채 정부 선전만 듣게 된다. 그래서 국가가 하자는 대로 아무런 의견도 내놓지 않고 그대로 복종할 뿐만 아니라 모든 국민의 의사를 획일화시킬 수 있는 가능성이 처음으로 출현하게 되었다.

1950년대와 1960년대의 혁명기가 지나간 이후에도 마찬가지였다. 사회는 여전히 상중하의 세 계급으로 재편성되었다. 하지만 새로 나타난 상위 계급은 그들의 선배와는 다른 노선을 걸었다. 그들은 본능에 따라 행동하지 않았다. 어떻게 하면 그 위치를 안전하게 고수하는지를 알고 있었다. 그리고 과두 정치를 안전하게 이끌어갈 수 있는 기반은 오로지 집산주의뿐이라는 것도 너무나 잘 알고 있었다. 부와 특권을 가장 쉽게 보호할 수 있는 건 그 둘을 함께 손에 넣을 때다. 20세기 중반에 행해진 소위 '사유 재산 폐지'는 사실상 이전보다 훨씬 적은 수의 사람에게 재산을 집중시킨다는 의미였다. 하지만 이번에는 이전과는 달랐다. 새 소유주는 하나의 집단이었지, 다수의 개인은 아니었다. 집단적으로는 당이 오세아니아의 모든 것을 소유하고 있다. 그 이유는, 당에게는 온갖 것을 모두 지배하고 내키는 대로 생산품을 처리할 수 있는 권한이 있기 때문이다. 혁명이 있은 후 수년이 흐르도록 당은 모든 정책 수행을 집산주의적 관점에서 처리해버렸다. 그래서 지배층의 자리로 오르는 데 거의 아무런 저항도 없었다. 자본가 계층이 재산을 몰수당하면 반드시 사회주의가 뒤따르리라는 것은 언제나 예측되어왔다. 그리고 의심할 여지 하나 없이 자본가들은 재산을 몰수당하고 말았다. 공장, 광산, 토지, 가옥, 수송선 등 그 어떤 것도 몰수당하지 않은 것이 없었다. 그리고 그 재산은 반드시 공유 재산이 될 수밖에 없는데, 왜냐하면 이제는 사유 재산이 될 수 없기 때문이다. 초기 사회주의 운동에서 성장해 그 용어까지 그대로 이어받은 영사는 사실상 사회주의자들의 계획 가운데 주요 조항을 수행했고, 그 결과 이미 예측했고 의도했던 대로 경제적 불평등이 영구화되어버렸다.

하지만 계급 사회를 무너뜨리지 않고 영속시키는 문제는 이것보다 훨씬 더 헤아리기가 어렵다. 지배 집단이 권좌에서 떨어지는 이유는 네 가지를 찾을 수 있다. 외부로부터 정복당했다든지, 아주 무능하게 통치해서 대중이 봉기를 일으켰다든지, 강력하고 불만 가득한 중간 계급이 세력을 형성했다든지, 또는 스스로 통치할 자신감과 의지를 상실했을 때 지배 집단은 권좌에서 떨어진다. 이러한 원인들은 단독으로 작용하는 것이 아니라 이 네 가지가 어떤 법칙처럼 어느 정도는 동시적으로 나타난다. 그리고 권력을 영원히 누릴 수 있는 것은 지배층뿐이다. 오직 이 모든 원인을 방어할 수 있는 존재이기 때문이다. 최종적 결정인자는 지배 계급 자체의 정신 자세에 달렸다.

금세기 중엽이 지나고 첫 번째 위험성은 사실상 없어졌다. 사실 세계를 분할하고 있는 세 개의 강대국은 각각 정복될 수 없다. 다만 그 속도가 더딘 인구통계학적 변화를 통해서만 정복될 수 있을 뿐인데 광범위하게 권력을 장악하는 정부는 그것도 너무나 손쉽게 피할 수 있다. 두 번째 위험 역시 그저 이론적인 것에 불과하다. 대중이란 결코 스스로 봉기할 수 없다. 그리고 단지 압박을 받는다는 이유만으로 봉기하지는 않는다. 실제로 비교해볼 기준이 하나도 없는 이상 자신들이 압박당한다는 사실을 절대 알지 못한다. 과거에 경제 위기가 자주 발생했는데, 이제는 전적으로 불필요해졌고 다시는 발생하지 않도록 조치가 취해져 있다. 하지만 그와 비슷한 다른 대규모의 혼란은 그 어떤 정치적 결과를 가져오지 않고도 발생할 수 있으며, 실제로도 발생하고 있다. 왜냐하면 민중이 불만으로 가득 차 있을 때, 자신들의 불만을 표현하는 방법은 오직 그것뿐이기 때문이다.

기계 기술이 발전하면서 우리 사회에 잠재되어 있는 과잉생산 문제는 계속되는 전쟁 상태라는 방법으로 손쉽게 해결될 수 있다(제3장을 보라). 그런 전쟁은 또한 국민의 사기를 필요한 지점까지 끌어올리는 데 매우 유용하다. 그러므로 현 지배층의 관점에서 볼 때는, 유능하지만 하급의 일자리에 고용되어 있고 권력에 굶주린 사람들로 구성된 새로운 집단이 출현하는 것과, 지배 계급 자체 내에서의 자유주의와 회의주의가 성장하는 것이 진짜 위험한 것이다. 다시 말하자면 교육 문제다. 즉, 지배층과 그 아래에 있는 실무진의 의식구조를 끊임없이 새롭게 형성하는 문제인 것이다. 대중의 의식은 소극적인 방법으로 단지 영향만 주면 된다.

배경이 이러하다는 것을 알게 되면 누구든 오세아니아 사회의 전반적 구조를 추측할 수 있다. 아직 그 사실을 알지 못하는 사람이라 하더라도 가능하다. 피라미드의 정점에는 빅 브라더가 있다. 빅 브라더는 절대적인 존재이며, 모든 것을 다 지휘할 수 있는 막강한 권력을 쥐고 있다. 온갖 성공, 온갖 성취, 온갖 승리, 온갖 과학의 발견, 모든 지식과 지혜, 행복, 미덕 등은 그의 영도력과 영감에서 직접 나온 것이다. 빅 브라더는 지금껏 그 누구에게도 얼굴이 노출된 적이 없어서 사람들은 그가 어떻게 생겼는지 아무도 모른다. 게시판에 붙은 얼굴과 텔레스크린에서 나오는 음성이 그에 대해 알 수 있는 전부다. 우리는 그가 절대로 죽지 않을 것이라고 확신해도 좋다. 그리고 그가 태어난

연월일은 이미 불확실하니 확인할 필요도 없다. 빅 브라더는 당이 자신의 존재를 세상에 드러내기 위해 선택된 허수아비일 뿐이다. 그의 역할은, 집단에 대해서보다는 개인에 대해서 어렵지 않게 느낄 수 있는 사랑, 공포, 존경, 감동을 한곳에 모으는 초점이 되는 것이다. 빅 브라더 아래에는 오세아니아 인구의 2퍼센트도 채 되지 않는 수준인 약 600만 명의 제한된 내부 당원이 있다. 내부 당원 아래에는 외부 당원이 있는데, 내부 당원을 국가의 두뇌라고 한다면 그들이 하는 역할은 그 두뇌의 손과 발이다. 그 아래로는 우리가 입버릇처럼 '노동자'라고 부르는 벙어리 대중이 있는데, 이들은 전체 인구의 85퍼센트에 해당한다. 앞에서 언급한 분류 용어를 빌리자면, 노동자는 하위 계급에 속한다. 계속 그 정복자가 바뀌는 적도 지방의 노예 인구는 사회 구성의 항구적이고 불가결한 존재로는 볼 수 없다.

이들 세 집단의 신분은 원칙적으로는 세습이 허용되지 않는다. 내부 당원의 자녀라 해도 이론적으로는 내부 당원으로 태어난 것이 아니다. 당원이 되고 싶다면 16세에 시험을 봐야 한다. 거기에 어떤 인종차별이라든지 이렇다 할 지역적 특혜가 개입할 여지는 결코 있을 수 없다. 유대인이나 흑인이나 남미의 순수 인디언 혈통도 당 최고위직에 있으며, 지방 행정가가 선출되는 건 언제나 그 지방 주민 가운데다. 오세아니아의 어떤 지역 주민들도 자신들이 멀리 떨어진 수도로부터 통치 받는 식민지 주민이라는 느낌을 받지 않는다. 오세아니아에는 수도가 없고,

이름만 남아 있는 우두머리는 거처를 전혀 알 수 없는 인물이다. 중앙집권적인 측면을 찾아볼 수 있는 건 영어가 주요 통용어이고 신어가 공용어라는 사실뿐이다. 그것을 제외하고는 그 어디에서도 중앙집권적인 측면을 찾아볼 수 없다. 통치자들은 혈연이 아니라 공통의 교의로 결속되어 있다. 우리 사회는 어떤 의미에서는 세습 제도가 아닌가 싶을 정도로 계층별로 아주 엄격하게 나뉘어 있다. 자본주의 아래에서 혹은 이전 산업시대보다도 훨씬 더 서로 다른 계층끼리 교류가 없다. 내부 당원과 외부 당원은 서로 어느 정도는 교류하고 있다지만, 그것은 내부 당의 무능력자를 제거하는 동시에 야심 가득한 외부 당원을 무마하기 위해 진급시키는 정도에 불과하다. 무산 노동자들은 실제로는 당에 가입하지 못한다. 그들 중 아주 유능한 자들의 경우 불만의 씨가 될 가능성이 있기 때문에 사상경찰이 이목을 집중하고 있다가 단번에 제거해버린다. 하지만 이러한 사태는 필연적으로 영구적이지도 않을뿐더러 원칙에 있어서도 문제되지 않는다. 예전 낱말의 뜻에서 당은 계급을 말하지 않는다. 또 권력을 자기 자식들에게 넘겨주는 것에 그 목적을 두는 것도 아니다. 고위부에 유능한 인재가 없을 경우 당은 무산 노동자 계급 출신인 전혀 새로운 세대를 기용하는 것에 만발의 준비를 갖춘다. 위기에 처한 시대에는 당이 세습적 기구가 아니라는 사실이 반대파를 무마시키는 것에 매우 중대한 역할을 했다. 옛날 사회주의자들은 소위 '계급 특권'이라는 것에 대항해 투쟁하는

데 길들여진 사람들인데, 그들은 세습적이지 않은 것은 오래 지속될 수 없다고 믿어왔다. 그 사람들은 과두 정치의 지속이 반드시 물리적일 필요는 없다는 것을 알지 못했을뿐더러, 세습적 귀족 정치는 언제나 수명이 짧지만 가톨릭교회 같은 선임제 조직이 때로는 수백, 수천 년 동안이나 지속되었다는 사실도 알지 못하고 있었다. 과두 정치적 통치의 본질은 아버지에게서 아들로 내려가는 세습 제도가 아니다. 죽은 사람이 산 사람에게 부여한 어떤 세계관이나 생활 양식을 끈질기게 이어나가는 것이다. 그 후계자를 지명할 수 있는 권한을 가지고 있는 한 지배층은 역시 지배층이라 할 수 있다. 당은 그 자체를 항구화하려는 데 신경을 쓸 뿐이다. 그 혈육을 영속시키는 것에 있어서는 전혀 신경을 쓰지 않는다. 계급상의 조직 구조가 늘 똑같기 때문에 권력을 휘두르는 사람이 누가 되었든 그것은 전혀 중요한 것이 아니다.

우리 시대를 특징짓는 모든 신념과 습관, 취미, 감정 및 정신 자세 등으로 당의 비밀을 알 수는 없다. 현대 사회의 참된 성격도 마찬가지로 알 수 없다. 눈에 보이는 반란이나 반란을 위한 사전 준비도 현재로서는 불가능하다. 노동자들은 무서워할 것이 없으니 거칠 것도 없다. 그냥 두어도 그들은 몇 대가 지나도록, 몇 세기가 지나도록 반란을 일으킬 마음이 생기지 않을 뿐만 아니라 세상이 바뀌어가는 것도 파악할 힘 하나 없이 일하고 자식을 키워가며 삶을 마감해가는 것이다. 단지 산업 기술이 발달해서 그들이 받는 교육이 더욱 높은 수준이 될 때가 있을 뿐이다. 하지 군사적 · 상업적 경쟁은 더 이상 중요하지 않다. 따라서 일반 대중에 있어서는 그 교육 수준이 사실상 떨어지게 마련이다. 대중이야 그들의 의견이 어떠하든 상관없이 그것은 관심 밖의 일로 취급된다. 그들은 지식을 갖고 있지 않으므로 지식을 얻을 수 있는 자유를 그들에게 허가해도 문제없다. 다른 한편 당원에게는, 전혀 중요하지 않은 문제라고 하더라도 아주 사소한 다른 의견도 결코 용서받을 수는 없다.

당원은 태어나면서 죽을 때까지 사상경찰에게 평생 감시받으며 살아간다. 비록 혼자 있을 때라고 해도 사상경찰의 눈을 피했다고는 확신하기 어렵다. 그가 어디에 있든지 자고 있든지 깨어 있든지, 일을 하든지 쉬고 있든지, 목욕을 하든지 침대에 누워 있든지 상관없이, 그는 사전 예고 없이 감시당하는 것이다. 감시받는다는 사실도 알지 못한다. 그가 하는 일은 무엇이 되었든 관심의 대상이 된다. 친구 관계, 휴식 시간, 아내와 아이들에 대한 태도, 혼자 있을 때의 얼굴 표정, 잠자리에서의 잠꼬대, 심지어 몸짓에 나타나는 특징까지 모두 하나하나 자세히 살핀다. 실제로 저지른 어떤 비행뿐만이 아니다. 아무리 사소하더라도 이상하게 보이는 행동, 버릇이 바뀌는 것, 그리고 내적 갈등의 징조로 나타날 수 있는 신경성 버릇까지 하나도 남김없이 탐지된다. 선택의 자유 따위는 어떤 일이라도 해도 없다. 반면 그의 행동은 법이나 어떤 확실하게 규정된 행동 법칙으로 통제받지 않는다. 법이라는 것은 오세아니아에는 존재하지 않는다. 발각되면 틀림없이 사형을 당할 수밖에 없는 그 어떤 사상이나 행동도 공식적으로는 금지된 것이 아니다. 끝없는 숙청과 체포, 고문과 투옥, 증발 따위도 장래 어느 순간 범죄를 저지를 가능성이 있는 사람을 쓸어버리는 작업일 뿐 실제로 저지른 범죄에 대한 처벌이 아니다. 당은 당원에게 올바른 생각뿐만 아니라 올바른 성향을 지닐 것을 요구한다. 당원에게 요구하는 수많은 신념과 처신은 절대로 분명하게 언급되지 않았다. 가령 그것을 밝혀놓는다면 영사에 속해 있는 모순된 것들의 모습이 훤히 보일 것이다. 만약 그가 타고난 정통파(신어로는 선심자(善心者))라면, 어떤 상황에서도 무엇이 진정한 신념인지, 그리고 바람직한 감정인지를 생각하지 않고도 알게 될 것이다. 하지만 신어 '죄과중지(罪過中止)'나 '흑백' '이중사고'를 중심으로 구분되어 어렸을 때부터 행해진 투철한 정신 훈련은 어떠한 경우에도 어떤 문제에 대해 깊이 생각할 의욕과 능력을 일으키지 못하게 만든다.

당원에게 사사로운 감정을 가지는 것은 금지되어 있다. 열성을 내는 것에 있어서 조금이라도 주저하는 모습을 보이는 것도 금지되어 있다. 그는 국외의 적과 국내의 반역자에 대해 광포한 증오심, 승리에 대한 도취감, 당의 권력과 지혜로움 앞에서 자기 모멸감을 끊임없이 느껴야 한다. 헐벗고 만족스럽지 못한 생활에서 생겨난 불만은 2분 증오와 같은 책략을 통해 말끔하게 털어내고, 회의적이거나 반항적인 태도를 자아낼 만한 사색은 어린 시절 훈련한 내적 단련으로 일찌감치 뿌리째 뽑아버려야 한다. 어린아이들에게도 가르칠 수 있는 훈련의 초보적인 첫 단계를 신어로 '죄과중지'라고 한다. 그것은 무언가 위험한 생각이 떠오르려고 할 찰나에 본능처럼 그 생각을 그 즉시 멈출 수 있는 능력을 의미한다. 그뿐만 아니라 비슷한 것을 파악하지 못하고, 논리적으로 잘못된 것을 깨닫지 못하고, 영사에 해가 된다면 아무리 간단한 논증이라고 해도 제대로 이해하지 못하며, 이단적 방향으로 선회할 수 있을 만한 일련의 사고가 나오기라도 하면 넌더리를 내면서 혐오감을 느낄 수 있는 능력을 말하기도 한다. '죄과중지'란 이른바 보호하는 힘을 가진 우매성을 말한다. 하지만 우매성만으로는 모든 것이 되지는 않는다. 그뿐만 아니라 완전한 의미의 정통파는 몸을 자유자재로 놀리는 곡예사처럼 자신의 사고 과정을 처음부터 끝까지 완벽하게 조정할 수 있어야 한다. 오세아니아 사회는 궁극적으로 빅 브라더는 전지전능하고 당은 완전무결하다는 신념으로 둘러싸여 있다. 하지만 실제로 빅 브라더는 전능하지 않다. 당에 결함이 없는 것도 아니기 때문에 일을 처리하는 데는 끊임없이 순간순간의 임시변통이 요구되는 것이다. 여기에 열쇠가 되는 '흑백'이라는 말이 있다. 수많은 신어와 마찬가지로 이 낱말 역시 두 개의 반대 개념을 동시에 가지고 있다. 반대편에 적용할 때는 명백한 사실인데도 흑을 백이라고 역으로 뻔뻔스럽게 주장하는 버릇을 의미한다. 당원에게 적용할 때는 당이 요구하는 대로 흑을 백이라고 말할 수 있는 충성심을 의미한다. 하지만 그것은 또한 흑을 백이라고 '믿는' 능력을 말하며, 나아가 흑을 백이라고 '알고' 전에 반대로 믿었다는 사실을 머릿속에서 지워버리는 능력을 의미하는 것이다. 끊임없는 과거의 변조를 요구하고, 사실상 나머지 모든 것을 포함하는, 신어로 '이중사고'라고 알려진 사고 체계로부터 가능하게 되는 것이다.

과거를 변조하는 것이 필요한 것은 두 가지 이유가 있다. 첫 번째는 보조적인 것, 이를테면 예방을 위한 것이다. 보조적인 이유란 당원도 노동자처럼 부분적으로는 비교할 기준이 없기 때문에 현재의 상태를 그저 참고 견디어낸다는 것이다. 그는 외국과 단절되는 것처럼 과거와도 단절되어야 한다. 자신은 선조들보다 더 풍요롭게 살고 있고 물질적으로 누리는 혜택의 평균 수준도 계속적으로 향상되고 있다고 믿을 필요가 있는 까닭이다. 하지만 과거를 재조정하려고 하는 훨씬 더 중요한 이유는 따로 있다. 그것은 바로 당이 완전무결하다는 것을 보장해야 하기 때문이다. 당의 예언이 그 어떤 경우에도 틀리지 않았다는 것을 확증시키기 위해 연설이나 통계, 각종 기록들을 계속 현재에 맞추어야 할 뿐만 아니라, 거기에서는 당의 강령이나 정치 노선의 변경 역시 절대로 인정해서는 안 된다. 사람이 마음을 바꾸거나 정책을 바꾸거나 하는 것은 자신이 약자라는 것을 스스로 인정한다는 의미이기 때문이다. 어느 국가라 하더라도 상관없는데, 예컨대 유라시아나 동아시아가 오늘의 적이라면, 그 국가는 언제나 적이었어야 한다. 사실이 그렇지 않다면 그 사실을 바꾸지 않으면 안 된다. 이렇게 해서 역사는 끊임없이 다시 쓰이는 것이다. 진리부에서 맡고 있는 이 과거에 대한 매일매일의 날조 행위는 애정부가 수행하는 억압과 사찰 행위만큼이나 정권을 유지하는 데 반드시 필요하다. 영사는 과거가 변한다는 것을 중심 철학으로 삼고 있다. 과거의 사건들은 객관적으로 존재하지 않는다. 단지 기록된 서류와 인간의 기억 속에서만 존재한다고 주장된다. 과거란 그 기록과 기억이 서로 일치된 것을 말한다. 그리고 당은 모든 기록을 마음대로 통제하고, 그와 마찬가지로 당원들의 속마음을 완전하게 지배한다. 그러므로 자신들이 원하는 바대로 과거를 제멋대로 만들어낼 수 있는 것이다. 또한 과거는 변경될 수 있는 것이다. 하지만 어떤 특별한 경우에는 절대로 변경되지 못한다. 어떤 시기에 알맞은 형태로 과거가 제멋대로 재창조되면 이 새로운 과거가 과거일 뿐 다른 과거는 절대로 있을 수 없기 때문이다. 흔히 그렇듯 1년을 지나는 동안에 같은 사건이 여러 번 수정되더라도 이것은 괜찮다. 언제나 당은 절대 진리를 가지고 있고, 그 절대 진리란 현재의 것과 절대로 같다는 사실은 변하지 않고 고정된다. 무엇보다도, 과거를 지배하는 것은 기억의 훈련에 달려 있을 것이다. 기록된 문서가 하나도 다르지 않고 그 당시의 정통성과 일치한다고 확인하는 것은 단순히 기계적 작용에 불과하다. 하지만 모든 사건이 바람직한 형태로 일어났다고 '기억'해두는 것 또한 필요하다. 그리고 사람의 기억을 재조정하거나 기록된 문서를 변경해야 한다면, 그 후에는 자기가 그렇게 했다는 사실까지도 '잊을' 필요가 있다. 이러한 재주는 다른 정신 훈련으로 얻는 기술처럼 습득하는 것이 가능한 능력이다. 당원들은 거의 다, 그리고 지적이며 정통적인 사람이라면 누구나 배울 수 있는 것이다. 구어로는 이것을 '현실 통제'라고 부른다. 신어로는 '이중사고'라고 하는데, 이 이중사고는 이것 외에도 지니고 있는 뜻이 아주 많다.

이중사고란 사람의 마음 가운데 동시에 두 가지 상반된 믿음을 품게 하는 능력을 말한다. 따라서 그 두 가지를 모두 다 받아들이게 만드는 능력을 말한다. 자신들의 기억을 어느 방향으로 변경시켜야 할지에 대해서 당의 지식층은 너무나 잘 알고 있다. 그러므로 자신이 현실을 조작하고 있다는 사실도 잘 알고 있다. 하지만 그들은 '이중사고'의 작용으로 현실이 방해받지 않는다고 스스로 만족하는 것이다. 그 과정은 의식적으로 이루어져야 하는 것이다. 의식적으로 이루어지지 않는다면 정확하게 수행될 수 없을 것이다. 하지만 그것은 동시에 무의식적이어야 한다. 그렇지 않다면 날조를 한다는 기분이 들 것이다. 그래서 죄를 짓는다는 기분이 들 것이다. '이중사고'는 영사의 핵심이다. 당의 본질적인 행위가 완전히 정직하게 수행된다는 핵심을 잘 지키면서 의식적으로 기만하기 때문이다. 고의적으로 거짓말을 하면서 그 거짓말을 진심으로 믿고, 형편이 좋지 않으면 잊어버렸다가 다음에 다시 필요하면 필요한 기간만큼 망각 속에서 꺼내 올리고, 객관적인 진실의 존재를 인정하지 않으면서 그 부정한 진실을 언제나 마음에 두는 등 이러한 모든 것이 불가피하게 요구되는 것이다. 심지어 '이중사고'라는 낱말을 사용하는 데도 '이중사고'의 작용을 사용해야 한다. 그 말을 사용하면 현실을 인위적으로 조작했다는 사실을 인정하는 꼴이므로 또다시 '이중사고'를 작용시켜 이런 생각을 제거해버리는데, 이런 식으로 끝없이 진행되면 거짓말은 항상 진실보다 한 걸음 앞서서 뛰어가게 되어 있다. 우리 모두가 알다시피 궁극적으로 당은 역사의 정상적인 흐름을 막아왔다. 앞으로 수천 년 동안 계속해서 그럴 수 있을지도 모른다. 그리고 그것은 '이중사고'의 힘을 빌려서만 가능한 것이다.

과거의 과두 정치가 실권한 것은 너무 경직되어서 혹은 너무 물러서였다. 우매했거나 오만했기 때문에 상황이 변화하는 것에 적응하지 못하고 몰락해버린 것이다. 아니면 관대했다든지 비겁했기 때문에 강권을 사용해야 할 때 양보함으로써 역시 몰락을 자초한 것이다. 이를테면 그들은 의식적이었기 때문에 망했고, 무의식적이었기 때문에 망했다. 이러한 두 가지 조건이 동시에 깃들 수 있는 사고 체계를 만들어낸 것, 그것이 바로 당이 성취한 업적이었다. 그리고 어떤 다른 지적 기반으로는 당의 통치를 항구화시킬 수 없다. 만약 통치하고 싶고, 계속 통치하려 한다면 현실 감각을 완전히 비틀어놓아야 한다. 과거의 실수에서 배우는 힘과 자신의 완전무결함에 대한 신념을 결합하는 데 통치하는 비결이 있기 때문이다.

'이중사고'를 가장 교모하게 행하는 이들은 '이중사고'를 만들어낸 사람들이다. 이중사고가 얼마나 위험한 정신적 사기 체계인지에 대해서 아는 사람들이 바로 이들임을 두말할 필요도 없다. 우리 사회가 어떤 문제에 당면에 있는지를 잘 아는 사람일수록 현실을 있는 그대로 보지 못한다. 일반적으로 이해력이 크면 클수록 더 많이 실망하고, 지식이 많으면 많을수록 온전하게 정신을 유지하기가 힘들다. 이러한 뚜렷한 예는 사회적인 지위가 높을수록 전쟁에 대한 히스테리가 훨씬 강하게 나타난다는 사실에서 알 수 있다. 분쟁 지역에 사는 피압박 국민은 전쟁을 대하는 태도가 가장 이성적이라 할 수 있는 사람이다. 이들에게 전쟁은 강력한 파도처럼 순식간에 자신들을 휩쓸어버리는 끊임없는 재앙으로밖에 생각되지 않는다. 어느 쪽이 이기든 그들에게는 전혀 관심 너머의 일이다. 통치자가 바뀐다는 것은 전주인과 똑같이 자신들을 대하는 새 주인을 위해 전과 똑같은 일을 한다는 뜻이라는 것을 그들은 알고 있다. 우리가 '하위 계급'이라 부르는, 이들보다 약간 나은 형편에 있는 노동자들은 아주 가끔 전쟁을 의식할 뿐이다. 그리고 필요할 경우에는 광적인 공포와 증오심으로 흥분한다. 하지만 혼자 있게 되면 전쟁을 하고 있다는 사실을 오랫동안 잊고 지낸다. 전쟁의 열기에 마음껏 들뜨는 이들은 지위 있는 당원들, 그중에서도 특히 내부당원이다. 세계 정복을 가장 열렬하게 믿는 사람들은 오히려 세계 정복이라는 것이 절대로 불가능하다고 믿는 사람들이다. 이러한 상반되는 것, 즉 무지와 지식, 열광과 냉소가 특이하게 결합하는 것은 오세아니아 사회에서 볼 수 있는 가장 뚜렷한 특징 가운데 하나다. 공식적인 이념은 전혀 그럴 만한, 이렇다 할 이유가 없는 일에서조차 모순 덩어리다. 이렇게 해서 당은 사회주의 운동이 애초에 내세웠던 모든 원칙을 타기하고 중상하며, 사회주의라는 이름으로 이런 것들을 선택하고 자행한다. 당은 과거 몇 세기 동안 그 예를 찾아볼 수 없을 정도로 노동자 계급에 대해 경멸을 퍼붓고, 당원들에게는 한때 육체노동자에게 맞도록 채택했던 제복을 입혔다. 당은 가족 간의 유대가 약화되도록 조직적으로 움직이고 가족의 경애심에 직접적으로 호소할 수 있는 이름으로 그 지도자를 부르게 한다. 우리를 통치하는 부처네 곳의 이름도 마찬가지다. 너무도 뻔뻔스럽게 그 사실을 교묘히 뒤집어놓은 것이다. 평화부는 전쟁을, 진리부는 거짓말을, 애정부는 고문을, 그리고 풍부부는 기아를 담당한다. 이러한 자가당착은 결코 우연이 아니다. 통상의 위선 행위에 따른 결과로 나온 것도 결코 아니다. '이중사고'를 이용해 너무나 계획적으로 만들어낸 것이다. 정권을 무한정 유지하는 것은 이런 모순들을 잘 융합시킴으로써만 가능하기 때문이다. 옛날의 순환 과정에서 벗어나려면 다른 방법으로는 불가능하다. 인간 평등을 영원히 저지하려면, 즉 상위 계급이 영원히 자신들의 자리를 유지하려면 일반인들의 정신 상태를 광적 상태로까지 몰아넣어야만

하는 것이다.

하지만 지금 이 순간까지 우리가 거의 무시해온 문제가 하나 있다. 그것은 '왜' 인간 평등이 저지되어야 하는가라는 것이다. 만일 그 과정의 역학이 정확히 설명될 수 있다면, 어느 특정한 순간에 역사를 고정시켜놓기 위해 이렇게 거창하고 치밀하게 계획된 노력을 하는 이유는 무엇인가?

이제 핵심 비밀에 이르렀다. 앞에서부터 보아온 바와 같이 당의 계책은, 특히 내부 당의 계책은 절대적으로 '이중사고'에 의존하고 있다. 하지만 이보다 더 깊은 곳에 근본적인 동기가 있다. 먼저 권력을 장악하게 하고, 그 후에 '이중사고'나 사상경찰이나 끊임없는 전쟁이나 기타 모든 필요한 것들을 세상에 내놓게 한, 결코 의심받아본 일이 없는 본능이 바로 그것이다. 이 동기는 사실상…….

윈스턴은 주위가 조용하다는 사실을 그제야 깨달았다. 마치 다른 소리를 듣고 나서야 주변이 조용했다는 사실을 알게 되는 것처럼 말이다. 줄리아는 한동안 아무 말도 없이 가만히 있었던 것 같다. 그녀는 상의를 벗어젖힌 채 자기 팔을 베개 삼아 뺨에 대고 검은 머리카락에 눈이 덮인 채로 가만히 누워 있었다. 그녀의 젖가슴이 느리면서도 일정하게 오르내렸다.

"줄리아."

그녀는 아무 대답도 없다.

"줄리아, 자는 거요?"

역시 아무런 대답이 없다. 그녀는 잠들어 있었다. 윈스턴은 책을 덮어 조심스레 마루에 내려놓고는 이불을 끌어당겨 그녀와 같이 덮었다.

그는 책을 읽으면서 아직 궁극적인 비밀을 알아내지 못했다고 생각했다. '어떻게'는 이해했지만 '왜'는 이해하지 못했다. 1장도 3장처럼 모르는 사실을 가르쳐준 것은 하나도 없었다. 그가 이미 습득한 지식을 체계적으로 정리했을 뿐이었다. 하지만 그것을 읽고 나자 이전보다 더 확실히 알 수 있는 것은 자신이 미치지 않았다는 것이었다. 소수파에 속했다고 해서 미쳤다고 볼 수는 없다. 심지어 한 사람만 있는 소수파라고 해도 미친 것은 아니다. 세상에는 진실과 진실이 아닌 것이 있는 법이다. 모든 세상에 대항해서라도 진실에 가닿아 있다면 그것은 미친 것이 아니다. 태양의 노란 빛줄기가 창문을 통해 들어와 베개를 비추고 있었다. 윈스턴은 눈을 감았다. 얼굴에 닿는 햇빛과 여자의 부드러운 몸이 졸리면서도 강력하고 자신감에 찬 기분을 주었다. 그는 안전했고, 빈틈없이 완벽할 정도로 모든 것이 좋았다. 그는 '온전한 정신이란 통계로 결정되는 게 아니지.'라고, 마치 이 말 속에 무언가 지혜의 정수가 담겨 있는 듯한 기분으로 중얼거리며 잠이 들었다.

10

잠에서 깼을 때 윈스턴은 무척 오랫동안 잠잔 것 같다는 기분이 들었다. 하지만 구식 벽시계를 힐끗 보니 이제 겨우 20시 30분이었다. 그는 누운 채로 잠시 꾸벅거렸다. 그때 아래쪽 마당에서 늘 듣던, 가슴 깊은 곳에서 울려 나오는 듯한 노랫소리가 귓가를 맴돌았다.

덧없는 환상이었지,
4월의 꽃처럼 사라졌네,
눈빛과 말과 꿈을 흔들어놓고
내 마음 앗아가 버렸네!

이 노래가 아직도 인기 있는 모양이었다. 어디에 있어도 이 노래가 들렸다. '증오가'보다 더 오래가는 것이다. 줄리아가 노랫소리에 잠에서 깨더니 기분 좋게 기지개를 켜며 침대에서 나왔다.

"배고파요." 그녀가 말했다. "커피나 더 타 먹어야지. 이런 제길! 난로도 꺼졌고 물도 다 식었네." 그녀는 난로를 들고 흔들었다. "기름이 없어요."

"채링턴 씨에게 좀 얻을 수 있을 거야."

"아까 분명히 가득 찬 걸 보았는데 참 이상하네요. 옷이라도 입어야겠어요." 그녀가 덧붙였다. "날씨가 좀 쌀쌀해진 것 같아요."

윈스턴도 자리에서 일어나 옷을 입었다. 지치지도 않는지 그 목소리는 다시 노래를 계속했다.

> 시간이 모든 걸 해결해준다지만,
> 언제나 잊을 수 있다 하지만,
> 웃음과 눈물이 해마다 엇갈려
> 아직도 내 가슴 뒤틀리게 하네!

그는 제복 허리띠를 졸라매면서 창가로 걸어갔다. 해가 집 뒤로 넘어가버렸다. 마당에 햇빛이 들지 않았다. 돌이 깔린 마당은 막 씻어낸 듯 촉촉하게 젖어 있었고, 하늘 역시 씻긴 것처럼 매우 싱싱하면서도 푸르게 느껴졌다. 그 여자는 피로한 기색도 없이 이리저리 왔다 갔다 하면서 어떤 때는 멋지게, 또 어떤 때는 형편없이 노래했다 멈추기를 반복하며 기저귀를 널었다. 그는 그녀가 빨래를 해주는 고용인인지 아니면 20~30명의 손자들을 봐주느라 그러는지 도무지 알 수가 없었다. 줄리아가 윈스턴 곁으로 다가왔다. 두 사람은 그 건장한 여인에게 혼이 빠져 함께 가만히 내려다보고 있었다. 빨랫줄에 뻗치고 있는 굵은 팔이라든가, 툭 튀어나온 건강한 궁둥이와 그 평범하지 않은 교태를 보면서 그는 처음으로 그녀가 무척이나 아름다워 보였다. 아이를 배서 몸이 괴물처럼 엄청나게 불어났다가 다음에는 딱딱해지고, 일을 해서 시들해져 버린 홍당무처럼 거칠고 험악해진, 나이 50 먹은 여자의 몸이 도대체 어떻게 이렇게 아름다울 수 있을까, 지금껏 단 한 번도 생각한 적이 없었다. 하지만 그녀는 아름다웠고, 아름답지 않을 이유가 과연 어디에 있는가 하는 생각도 들 정도였다. 화강암처럼 딱딱하고 무너진 몸매, 강판같이 거칠고 불그스름한 피부는 처녀의 그것에 비하면 장미 열매와 장미꽃으로 비유될 수 있었다. 그런데 어찌해서 그 열매가 그 꽃만 못하다는 말인가?

"저 여자는 아름다워." 그는 중얼거렸다.

"엉덩이가 못해도 1미터는 되겠어요." 줄리아가 말했다.

"저 나이의 몸치고는 무척이나 아름다운 거야."

윈스턴은 줄리아의 나긋나긋한 허리를 팔로 껴안았다. 엉덩이에서 무릎까지 넓적다리가 그의 다리에 바싹 붙었다. 두 사람 사이에 아이는 태어나지 않을 것이다. 그것만은 절대로 안 될 일이다. 그들은 무언중에 이심전심으로 그 비밀을 서로에게 전했다. 아래에 있는 저 여자는 마음이 없다. 다만 강한 팔뚝과 따뜻한 심장과 다산을 할 수 있는 배를 가지고 있을 뿐이다. 그녀가 아이를 몇이나 낳았을까를 생각해보았다. 아무리 못 해도 열다섯 명은 족히 될 것 같았다. 아마 그랬을 것이다. 그녀도 잠깐은, 아마 1년 동안은 들장미처럼 아름답고 수줍게 꽃피웠을 것이고, 그 후에는 갑자기 잘 익은 열매처럼 부풀어 올랐다가 딱딱하고 또 볼품없이 꼴사나워지고, 그다음부터는 빨래하고, 설거지하고, 바느질하고, 음식을 만들고, 비질을 하고, 걸레질하고, 수선하고, 또다시 빨래하는 생활을 반복하면서 예전의 꽃다운 모습을 잃어갔을 것이다. 처음에는 자기 자식을 키우느라, 그다음부터는 손자들을 거두느라 30년 넘게 그런 생활을 했을 것이다. 그런 인생에서도 그녀는 여전히 노래를 부르고 있었다. 그녀에 대한 신비스러운 존경심이 일었고, 그 존경심은 굴뚝 뒤로 끊임없이 펼쳐진 저 구름 한 점 없는 하늘과 한데 어우러져 묘한 분위기를 자아냈다. 그 하늘이 이곳과 마찬가지로 유라시아에서나 동아시아에서나 누구에게나 똑같이 보인다고 생각하니 기분이 이상했다. 그 하늘 아래에 사는 사람들 또한 누구나 다 똑같은 것이다. 전 세계를 통틀어 어디에서나 수십억의 사람들이 이와 같다. 비록 서로의 존재를 알지 못한 채 증오와 허위의 장벽을 세운 채 서로 거리를 두고 있지만, 그럼에도 거의 똑같은 것이다. 이 사람들은 생각할 줄은 모르지만, 자신의 심장과 배와 근육 속에 언젠가는 세상을 전복시킬 막대한 힘을 쌓아두고 있었다. 희망이 있다면, 그것은 노동자에게 있다! '그 책'을 끝까지 읽지 않더라도 이것은 틀림없이 골드스타일의 마지막 예언이라는 것을 윈스턴은 잘 알았다. 그렇다. 미래는 노동자들의 손에 달려 있다. 그들의 시대가 온다면, 당이 만든 세계와는 달리 그들이 세운 세계는 윈스턴 스미스에게 소원하지 않으리라는 사실을 과연 믿어도 괜찮을까? 그렇다! 적어도 그 세계는 올바른 정신을 가진 올바른 세계일 것이다. 제대로 된 정신이 깃들어 있으려면 평등이 반드시 있어야 한다. 머지않아 그런 세계는 반드시 올 것이다. 힘은 의식으로 바뀔 것이다. 절대로 노동자는 죽지 않는다. 마당에 있는 저 당당한 여자를 보면 그 사실을 결코 의심할 수 없을 것이다. 종내에는 그들도 각성할 것이다. 그때까지 1,000년이 걸릴지도 모르지만, 그들은 새처럼 당이 가질 수도 죽일 수도 없는 생명력을 몸과 몸으로 전해가며 모든 불리한 조건을 견디며 끝까지 살아남을 것이다.

"우리가 처음 만난 날이었지. 숲에서 우리를 보고 지저귀던 지빠귀 기억나?" 그가 말했다.

"우리를 보고 지저귄 게 아니에요." 줄리아가 대꾸했다.

"제멋에 겨워 지저귄 거예요. 아냐, 그것도 아니지. 그냥 울었던 거예요."

새들도 노래한다. 노동자들도 노래한다. 하지만 당은 노래하지 않는다. 세계 어느 곳에서나, 런던과 뉴욕에서, 아프리카와 브라질에서, 국경을 넘어서는 신비한 나라에서, 그리고 발길이 금지된 나라에서, 파리와 베를린의 거리에서, 한없이 펼쳐진 러시아 벌판의 마을에서, 중국과 일본의 장바닥에서, 어느 곳을 막론하고 정복당하지 않는 굳건한 모습을 한 그 여인과 똑같은 사람들이 여전히 노래를 부를 것이다. 일하고 아이를 낳느라 괴물같이 되었어도, 태어나서 죽을 때까지 지독하게 일하면서도 저 힘찬 허리에서 언젠가는 세상을 전복시킬 만한 의식 있는 사람들이 삶을 시작할 것이다. 너는 죽었다. 미래는 노동자들의 것이다. 하지만 그들이 육체로 살아가듯이 네가 만약 마음으로 살아간다면, 그리고 둘 더하기 둘이 넷이 된다는 비밀의 원칙을 오롯이 전한다면, 너도 그 미래에 참여할 수 있을 것이다.

"우리는 죽은 사람이야." 그가 말했다.

"맞아요. 우리는 죽은 사람이에요." 줄리아도 마지못해 따라 했다.

"너희는 죽은 사람이다." 뒤에서 금속성의 날카로운 음성이 들렸다.

그들은 용수철처럼 떨어져나갔다. 윈스턴은 간담이 서늘

해졌다. 줄리아의 눈에서 홍채 주변이 하얗게 변한 것이 눈에 띄었고, 얼굴은 우윳빛으로 변해 있었다. 두 뺨에 바른 연지가 피부에서 떨어져나온 듯 도드라졌다.

"너희는 죽은 사람이다." 금속성의 음성이 또다시 들려왔다.

"저 그림 뒤예요." 줄리아가 속삭였다.

"저 그림 뒤예요." 그 음성이 말했다. "지금 있는 그대로 꼼짝 말고 있어. 명령이 있을 때까지 꼼짝 말고 있으란 말이야."

왔다. 그렇다. 결국은 오고 말았다! 그들은 꼼짝 못 하고 서로의 눈만 바라보았다. 그 집에서 도망치기에는 너무 늦었다. 살기 위한 타이밍은 이미 저만치 가버렸다. 도망칠 생각이 들지도 않았다. 벽에서 나오는 금속성의 음성에 복종하지 않는다는 것은 생각하지도 못할 일이었다. 고리가 빠지는 듯한 딱 소리와 함께 유리가 와장창 깨지는 소리가 났다. 그림이 마룻바닥에 떨어지고 뒤에 숨겨져 있던 텔레스크린이 나타났다.

"이제 우리를 볼 수 있겠네요." 줄리아가 말했다.

"이제 너희를 볼 수 있다." 목소리가 말했다. "방 가운데로 나와. 서로 등지고 서. 손을 머리 위로 맞잡아. 서로 몸은 대지 마."

윈스턴과 줄리아는 서로 몸을 대지 않았다. 하지만 줄리아의 몸이 파르르 떨리는 것이 느껴지는 듯했다. 그것도 아니면 윈스턴 자신의 몸이 파르르 떨리고 있는 것인지도 몰랐다.

윈스턴은 이는 악물 수 있었다. 하지만 그럼에도 바들바들 떨리는 무릎은 어쩔 수가 없었다. 집 안팎에서 저벅거리는 구두 소리가 났다. 마당에 사람이 가득한 모양이었다. 마당에 깔린 돌 위로 무언가가 쫙 끌리는 소리가 났다. 여자도 노래를 뚝 그치고 말았다. 빨래통이 마당에 밀쳐졌는지 길게 굴러가는 시끄러운 소리가 들리고, 화난 고함 소리가 나더니 이내 고통스러운 비명으로 이어졌다.

"집이 포위당했어." 윈스턴이 말했다.

"집은 포위당했다." 그림 뒤편에 들리는 목소리가 메아리처럼 받아쳤다.

줄리아가 이를 악무는 소리가 들렸다. "우리 이제 작별인사를 하는 게 좋겠어요." 그녀가 말했다.

"둘이 이쯤에서 마지막 작별인사를 하는 게 좋을 거다." 목소리가 말했다. 그런 다음 윈스턴이 전에 들어본 듯한 다른 목소리가 가늘고 교양 있는 어투로 튀어나왔다. "그건 그렇고 그동안 노래나 하지. '그대 침대를 밝혀줄 촛불이 오네. 그대 목을 칠 도끼가 오네!'"

윈스턴의 등 뒤에 있는 침대에서 무언가 부서지는 소리가 났다. 사다리 끝이 창문을 뚫고 들어오면서 창살을 부숴다. 누군가가 창을 넘어 기어올라 왔다. 계단을 오르는 군화 소리도 들렸다. 검은 제복을 입은 남자들로 순식간에 방이 가득 찼다. 그들은 징을 박은 군화를 신고 곤봉을 들고 있었다.

윈스턴은 이제 떨지 않았다. 눈동자도 거의 움직이지 않았다. 오직 하나만이 그에게 중요했다. 아무것도 하지 않고 꼼짝하지 않고 있는 것이다. 꼼짝하지도 않아야 하고, 놈들이 때릴 만한 구실을 주는 것도 절대로 안 된다! 턱이 권투선수처럼 둥글고 입이 쫙 찢어진 모습을 한 사내가 곤봉 하나를 엄지와 검지 사이에 끼우고는 생각에 골몰해 있는 듯한 표정으로 윈스턴 앞에 섰다. 남자의 시선이 윈스턴과 마주쳤다. 손을 머리 위로 올리고 전신을 다 드러내놓은 듯한 기분이 너무나 수치스러워서 참기 어려웠다. 사내는 하얀 혀끝을 내밀고 제 입술을 핥더니 그대로 지나쳐버렸다. 다시 요란한 소리가 들렸다. 누군가가 책상 위에 놓은 유리 문진을 난로 받침돌에 내던져 산산조각 낸 것이다.

분홍빛의 주름진 산호 조각들이 그 자리에서 뒹굴었다. 참 작구나, 정말 작구나 하고 윈스턴은 생각했다. 뒤에서 쾅 하는 소리가 나는가 싶더니 누군가가 발목을 세차게 걷어찼다. 하마터면 바닥에 엎어질 뻔했다. 또 그들 가운데 하나가 줄리아의 명치를 주먹으로 후려쳤고, 그녀는 그대로 몸이 굽혀지고 포개졌다. 줄리아는 숨도 제대로 쉬지 못하고 그대로 마룻바닥에 나가떨어졌다. 윈스턴은 머리를 조금도 돌릴 수가 없었다. 하지만 이따금 사색이 되어 헐떡거리는 그녀의 얼굴을 바라볼 수 있었다. 그는 이러한 공포 속에서도 그녀가 겪는 고통이 마치 자신이 겪는 고통처럼 느껴졌다. 숨을 되돌리려

발버둥 치는 것만큼은 덜 절박할지라도 너무나 참혹한 고통이었다. 그는 그 아픔이 어떠한 것인지 잘 알고 있었다. 무섭도록 자신을 짓누르는 고통이 계속 이어졌지만, 무엇보다도 먼저 숨을 쉬어야 하기에 아직은 느끼지 못하는 고통이었다. 그런 뒤에 사내 둘이 그녀의 무릎과 어깨를 들더니 자루처럼 밖으로 끌고 나갔다. 윈스턴은 거꾸로 늘어진 그녀의 얼굴을 힐끗 보았다. 노랗고 일그러졌으며 눈이 감겨 있었지만 양 볼의 연지는 여전했다. 그것이 그가 마지막으로 본 줄리아의 모습이었다.

윈스턴은 죽은 사람처럼 가만히 서 있었다. 아직 아무도 그에게 폭력을 가하지 않았다. 그 어떤 관심도 전혀 들지 않는 생각들이 제멋대로 나타났다가 사라졌다. 채링턴 씨도 체포되었는지 궁금했다. 마당에 있던 여자에게도 어떤 일이 일어났을지 궁금했다. 소변이 몹시 마려웠다. 눈 지 두세 시간밖에 지나지 않았는데 참으로 이상한 일이었다. 벽난로 뒤의 시계는 9시를 가리키고 있었다. 21시였다. 하지만 아직 너무 밝은 듯했다. 8월 저녁의 21시라면 빛이 어스름해지지 않나? 결국 그와 줄리아가 시간을 잘못 알고 있었던 것인가 하는 생각이 들었다. 즉, 시계가 한 바퀴 돌 때까지 잠을 자고, 사실은 다음 날 아침 8시 30분인데 20시 30분이라고 착각한 것이다. 하지만 더 이상은 파고들지 않았다. 그다지 흥미로워 보이는 일이 아니었다.

통로에서 가벼운 발소리가 또다시 들려왔다. 채링턴 씨가 방문을 열고 들어왔다. 별안간 검은 제복을 입은 사내가 기를 펴지 못했다. 채링턴 씨의 얼굴 표정이 무언가 달라져 있었다. 그의 시선은 깨어진 유리 문진 조각으로 떨어졌다.

"저 조각들을 집어." 그가 사나운 목소리로 말했다.

한 사내가 몸을 굽혀 주웠다. 런던 토박이 말투가 사라졌다. 윈스턴은 그것이 불과 몇 분 전에 텔레스크린에서 들은 목소리라는 것을 금새 알아차렸다. 채링턴 씨는 여전히 그 낡은 벨벳 조끼를 입고 있었다. 하지만 거의 새하얗던 머리카락은 물을 들였는지 까맣게 변해 있었다. 안경도 끼고 있지 않았다. 그는 신원을 확인하듯 윈스턴을 한 번 날카롭게 쏘아보았는데, 그다음에는 관심을 두지 않았다. 그는 아직 알아볼 수는 있지만 전혀 다른 사람이었다. 그가 몸을 곧게 펴자 키가 더 커 보였다. 얼굴도 조금밖에 달라진 것이 없는 완전히 다른 모습으로 보였다. 검은 눈썹은 숱이 많지 않았고 주름살은 죄다 없어져 전체적인 윤곽이 완전히 바뀐 것 같았다. 코마저 짧아진 것처럼 보였다. 한 35세 정도로 보이는, 빈틈없고 냉혹해 보이는 사나이로 탈바꿈해 있었다. 윈스턴은 처음으로 자기가 사상경찰을 보고 있다는 생각이 들었다.

제3부

Nineteen Eighty Four

1

그는 자신이 지금 어디에 있는지 알지 못했다. 애정부에 있는 것은 아닐까, 라고 가늠만 해볼 수 있을 뿐이었다. 하지만 확인할 수 있는 방법은 아무것도 존재하지 않았다.

그가 있는 곳은 창이 없는 감방이었는데, 천장이 높고 벽은 반들거리는 하얀 사기로 되어 있는 곳이었다. 갓을 씌운 램프의 차가운 빛이 방 안을 비추었고, 정체를 알 수 없는 소리가 끊임없이 들려왔다. 환기를 시키는 것인지도 알 수 없었다. 문이 있는 벽을 빼고는 나머지 모든 벽에 겨우 한 사람 정도 앉을 만한 작은 벤치 하나가 놓여 있었다. 문 맞은편 끝에는 변기가 하나 있었는데, 변좌가 없었다. 그리고 벽마다 하나씩, 총 네 개의 텔레스크린이 설치되어 있었다.

배가 조금씩 아파왔다. 죄수 호송차에 실려 끌려올 때부터 배의 통증은 계속되었다. 배도 고파서 기분도 그다지 좋지 않고 미쳐버릴 것만 같았다. 굶은 지 하루가 꼬박 지나간 것 같았다. 아니면 서른여섯 시간은 족히 넘었는지도 모를 일이었다. 그들에 체포당한 때가 아침이었는지 아니면 저녁이었는지도 매한가지로 알 수 없었다. 과연 그것들을 알 수 있을지는 종잡을 수 없었다. 그는 체포되기 전까지만 음식을 먹었다. 체포된 이후로는 계속 굶고 있었다.

그는 양손을 깍지 낀 채로 무릎 위에 올려 벤치 위에 앉아 있었다. 꿈쩍도 하지 않고 그대로 가만히 있었다. 그는 가만히 앉아 있는 법을 배울 수밖에 없었다. 왜냐하면 아주 조금만 살짝 움직여도 텔레스크린에서 벼락같이 호통을 쳐댔기 때문이었다. 하지만 멈출 줄 모르는 것이 있었는데, 그것은 바로 음식을 먹고 싶은 욕구였다. 많이 바란 것도 아니었다. 작은 빵 한 조각이면 부족할 것 없었다. 그때 그는 제복 호주머니에 빵 부스러기가 조금 남아 있다는 것이 떠올라서 속으로 군침을 삼켰다. 생각보다 큰 조각이 있어서 순식간에 이 굶주림으로부터 벗어나게 될지도 몰랐다. 때때로 무언가가 다리를 간지럽히는 것 같아서 이런 생각이 들었다. 그는 마침내 빵 조각을 찾아보자는 강렬한 유혹에 이끌렸고, 자신이 어떤 상황에 놓여 있는지는 안중에도 없는 채로 재빠르게 호주머니에 손을 넣어 뒤지기 시작했다.

"스미스!" 아니나 다를까 텔레스크린에서 호통이 쏟아졌다. "6079 스미스 W! 감방에서는 주머니에 손 넣지 마!"

그는 다시 무릎 위에 양손을 깍지 끼고 입을 꽉 다문 채 자리에 앉았다. 이곳에 끌려오기 전에는 일반 감옥인지 경찰서 유치장인지 그 정체를 알 수 없는 곳에 갇혀 있었다. 얼마나 오래 그곳에 있었는지는 알지 못하지만, 족히 몇 시간이 지났다는 것은 알 수 있었다. 시계도 없었고 햇빛도 차단된 곳이어서 시간이 어떻게 흘러가는지를 짐작하기가 무척이나 어려웠다. 냄새는 어찌나 고약하던지 구역질이 날 것 같은 곳이었다. 지금 자신이 있는 감방과 비슷한 점이 많았지만, 더럽기도 몹시 더러웠거니와 죄수들도 많아서 항상 열 명에서 열다섯 명 정도는 수감되어 있었다. 일반 범죄자가 대부분이었고, 단 몇 명만이 그중에서 정치범이었다. 그는 더러운 몸뚱이들에 이리 채이고 저리 채여서 조용히 벽에 기대 앉아 있었다. 두렵기도 했고 배고픔으로 겪는 고통도 지독해서 주변 사람들에게 눈길을 돌릴 상황이 되지 못했다. 하지만 당원 범죄자와 일반 범죄자는 태도에 있어서 엄청난 차이를 보인다는 것은 쉽게 알아차릴 수 있었다. 당원 범죄자들은 늘 입을 다물고 있고 겁에 질려 있었다. 하지만 일반 범죄자들은 자신들이 잘못한 것에 대해서 그 어떤 거리낌도 갖지 않는 것 같았다. 그들은 간수에게 욕을 퍼붓고, 가지고 있는 물건을 뺏길 때는 도로 빼앗으려고 매섭게 반항하기도 했다. 마룻바닥에는 성적으로 음탕한 글을 써놓고, 옷 속 깊숙이 감추어두었던 음식을 쥐 죽은 듯 몰래 꺼내 먹었다. 심지어는 텔레스크린에서 호통을 칠 때에도 오히려 악바리처럼 대들었다. 그중 몇 명은 간수들과 친해져 별칭을 써가며 그들을 부르기도 했고, 문에 붙은 감시 구멍으로 담배를 얻어내려고 꼼수를 부려보기도 했다. 간수들도 마찬가지로 범죄자들을 심하게 다룰 필요가 있을 때라고 해도 상당히 너그러운 태도를 보였다. 대부분의 죄수들은 이송되리라 여겨지는 강제 노동 수용소에 대해 가장 많이 떠들어댔다. 그는 그곳에서도 접선만 잘해 라인만 잘 타면 '별일 없다.'고 하는 말을 들었다. 또 뇌물과 특혜, 공갈협박이 있고, 동성애와 매춘에, 감자로 만든 밀주까지 있다고 했다. 일반 범죄자 중에서도 유독 강도범과 살인범만이 책임자가 될 수 있었다. 그리고 마치 자신이 귀족이라도 된 것처럼 행세했으며, 모든 더러운 일은 정치범들에게 맡겨졌다.

들락날락하는 죄수들이 쉴 새 없이 들어왔다. 마약상, 도둑, 강도, 암상인, 주정뱅이, 그리고 매춘부 들이었다. 주정뱅이 몇몇은 너무나 사납게 굴어서 죄수들이 진정시키지 않으면 큰일로 번질 정도로 위험했다. 나이가 예순쯤 되어 보이는 덩치 큰 여자 하나는 거대한 유방을 덜렁거렸는데, 싸움질을 하느라 흰 머리카락이 마구 풀어헤쳐져서는 간수 네 명에게 팔다리를 들린 채 다소 추한 몰골로 끌려나왔다. 게다가 발길질을 하면서 바락바락 악까지 써댔다. 간수 두 명이 마구 발길질해대는 구두를 벗기고 그녀를 윈스턴의 무릎으로 내던졌다. 여자의 육중한 몸이 어찌나 무거웠는지 윈스턴은 그때 넓적다리뼈가 부러지는 줄 알았다. 여자는 곧장 몸을 일으키더니 간수들을 향해 "에라이, 이 쌍놈의 새끼들 같으니!" 하고 악을 써댔다. 그러고 나서 자신이 앉아 있는 곳이 평평하지 않다는 낌새를 채고는 윈스턴의 무릎에서 곧장 의자 위로 내려앉았다.

"미안해요." 여자가 말했다. "당신 위로 앉으려던 게 아니야. 저 개새끼들이 날 던졌어. 저놈들은 아무리 그래도 그렇지 어떻게 여자를 이 따위로 대하나? 그렇지 않아요?" 그녀는 입을 다물고 가슴을 치더니 꺼억 하고 트림했다. "좀 봐줘요. 내가 지금 제정신이 아니야."

그녀는 앞으로 몸을 굽히더니 마룻바닥이 흥건해질 정도로 토를 해댔다.

"아, 이제 좀 살겠네." 그녀는 눈을 감고 몸을 뒤로 젖히면서 말했다. "정말이지 못 참겠는 거야. 토하니깐 이렇게 속이 편한걸."

그녀는 기운을 차리고 고개를 돌려 윈스턴을 또 한 번 바라보았다. 그러고는 금방 호감을 느꼈는지 자신의 무지막지한 팔로 그의 어깨를 휘감아 자기 쪽으로 와락 끌어당겼다. 그러고는 술 냄새와 구토한 냄새를 윈스턴이 어떻게 반응하든 전혀 개의치 않겠다는 것인지 그의 얼굴에다 마구 뿜어댔다.

"당신 이름이 뭐지?" 그녀가 말했다.

"스미스요."

"스미스?" 여자가 말했다. "재미있네. 내 이름도 스미스인데." 그녀는 다정하게 덧붙였다. "내가 당신 어머니일지도 모르겠군!"

윈스턴은 그녀가 자기 어머니일지도 모른다고 생각했다. 나이나 몸집도 비슷했고, 강제 노동 수용소에서 한 20년을 보내고 나면 그렇게 변할 가능성도 충분히 예상해볼 수 있었다.

그에게 말을 건네는 사람은 하나도 없었다. 일반 범죄자들은 왜 그러는지 모르겠으나 놀랄 만큼 정치범들을 무시했다. 그들은 안중에도 없었고 경멸하는 투로 '정범(政犯)'이라고 불렀다. 정치범들은 누구에게도 말 붙이기를 두려워했는데, 특히 자기들끼리는 더욱더 공포에 몸서리치는 것 같았다. 꼭 한 번 그는 여자 당원 두 사람이 함께 의자에 바짝 붙어 앉아서는 소란을 틈타 급히 몇 마디 속삭이는 것을 엿들었다. 그들은 특히 '101호실'에 대해 언급했는데 무슨 소리인지 당최 이해할 수가 없었다.

윈스턴이 이 감방에 끌려오고 나서 두세 시간 정도 흐른 듯했다. 배가 살살 아픈데 좀처럼 나을 기미가 보이지 않았다. 어떤 때는 좀 낫고, 어떤 때는 더 아팠는데 그에 따라 생각도 왔다 갔다 했다. 더 아플 때는 오직 아프다는 그 자체와 음식에 대한 갈망만 생각날 뿐 그 외에는 도저히 생각나는 것이 없었다. 그리고 통증이 조금 가실 것 같으면 이내 공포에 사로잡혔다. 앞으로 자기에게 어떤 일이 일어날지를 생각하면 가슴이 두근거리고 숨 쉬기 힘들었으며, 팔꿈치를 얻어맞고 군화로 정강이를 차이는 것 같은 답답하고 괴로운 느낌이 들었다. 또 마룻바닥에 뒹굴면서 부러진 이빨 사이로 살려달라고 비명을 지르는 자신을 보는 것 같아서 그 괴로움은 점점 더 커져만 갔다. 그는 줄리아를 생각할 겨를이 없었다. 그녀에게 마음을 집중한다는 것이 도저히 불가능했다. 자기는 그녀를 사랑하기 때문에 배반하는 일 따위는 결코 없을 것이다. 하지만 그것은 그가 뻔히 아는 수학공식일 뿐이었다. 그는 사랑을 느낄 수도 없었고, 그녀에게 무슨 일이 일어날지도 전혀 걱정되지 않았다. 오히려 마치 희망을 품은 태양이 떠오르는 것처럼 오브라이언이 머릿속을 맴돌 뿐이었다. 오브라이언은 자기가 갇혀 있다는 사실을 분명 알고 있을 것이다. 하지만 그는 형제단은 그 어떤 일이 있어도 단원을 구하지 않는다고 말했다. 다만 면도날을 건네는 일만 있을 뿐이었다. 간수들이 감방으로 몰려온다고 해도 5초면 충분할 것이다. 면도날은 불로 지지는 것 같은 느낌으로 그의 몸을 벨 것이다. 면도날을 든 손가락도 뼈까지 베일 것이다. 모든 것이 그의 아픈 몸에 뼈저리게 와 닿았다. 아주 작은 아픔에도 너무나 큰 고통이 엄습해 잔뜩 움츠러들었다. 때가 온다 한들 과연 면도날을 사용할 수 있을까. 윈스턴은 자신이 없었다. 비록 마지막에 가면 고문 외에는 아무것도 없는 것이 확실하더라도 단 한순간이라도, 단 10분이라도 조금이라도 더 목숨을 부지하려고 하는 것이 인간이라면 부인할 수 없는 자연스러운 본능처럼 보였다.

때때로 그는 감방 벽에 붙은 사기 벽돌의 수를 헤아려보려 했다. 어려운 일은 아니었지만 어느 정도에 가서는 늘 세던 숫자를 잊어버렸다. 무엇보다도 지금 자기가 어디에 있는 것인지, 시간은 지금 얼마나 되었을지 하는 생각이 계속 떠올랐다. 한때는 밖이 환한 대낮일 거라고 느끼다가 또 한때는 어두컴컴한 밤이 분명하다고 생각했다. 여기에서는 전기가 끊기는 상황이 절대로 발생하지 않으리라는 것을 그는 깨달았다. 어둠이 존재하지 않는 곳이었다. 그는 이제야 오브라이언이 자신에게 건넨 암시가 무엇을 말하는지를 알 것 같았다. 애정부에는 창문이 없었다. 그가 갇힌 감방이 이 건물의 한가운데에 있는지 아니면 그 바깥쪽에 있는 것인지 전혀 알 수 없었다. 어쩌면 지하 10층 아래일지도 모르고 지상 30층일지도 몰랐다. 그는 속으로 이곳이 어떻게 생겼는지, 그리고 자신이 어떻게 이동했는지를 머릿속으로 그려보며 느낌만으로 공중에 높이 떠 있는 것인지 아니면 지하 깊숙이 묻혀 있는 것인지 가늠해보려고 애썼다.

그때였다. 구둣발 소리가 밖에서 들렸다. 철문이 열리며 쾅 소리를 냈다. 열린 문 사이로 차가운 기운이 들어왔다. 제복을 잘 갖추어 입은 장교 한 사람이 재빠르게 문 안으로 들어왔다. 윤기가 철철 넘치는 가죽옷을 입었는데, 어찌나 온몸이 번쩍거리고 잘생겼던지 일단 한번 보면 절대로 잊을 수 없을 만큼 매력적인 얼굴이었다. 그는 밖에 있는 간수들에게 죄수를 데리고 오라는 시늉을 했다. 시인 앰플포스가 감방 안으로 휘청거리며 들어왔다. 문이 다시 쾅 소리를 내며 닫혔다. 열린 문을 타고 들어온 차가운 기운은 사라지지 않았다.

앰플포스는 자신이 도망갈 수 있는 문이 또 있는 것처럼 생각이라도 하는지 감방 안을 이리저리 돌아다니기 시작했다. 그는 윈스턴의 존재를 아직 알아차리지 못했다. 불안으로 가득 찬 눈은 윈스턴의 머리 위 1미터쯤 되는 벽을 향했다. 그는 신발을 신고 있지 않았다. 크고 더러운 발가락이 뚫린 양말 구멍으로 삐져나왔다. 수염이 덥수룩하게 자라 있는 것을 보니 며칠 동안 면도도 하지 않은 듯한 모습이었다. 그 수염은 광대뼈까지 덮을 정도였는데, 약골의 커다란 몸집과 신경질적으로 반응하는 움직임이 서로 어긋나는 듯한 분위기를 느끼게 했다.

윈스턴은 무기력해서 아무것도 하기 힘들었지만 정신을 차리려고 애썼다. 그는 텔레스크린이 호통을 치더라도 앰플포스에게 말을 걸어야겠다고 생각했다. 어쩌면 그가 면도날을 가지고 있지는 않을까 하는 생각도 들었다.

"앰플포스." 그가 불렀다.

텔레스크린에서는 아무런 호통도 나오지 않았다. 앰플포스는 멈칫하더니 약간 놀라는 기색을 보였다. 그의 시선이 천천히 윈스턴을 향했다.

"아, 스미스!" 그가 말했다. "자네 역시!

"그래, 어쩌다 이곳에 들어온 겐가?"

"사실은……." 앰플포스가 윈스턴의 맞은편에 있는 벤치에 털썩 주저앉았다.

"죄라야 꼭 한 가지밖에 없지. 그렇잖나?" 그가 말했다.

"그래, 그것을 범했다는 건가?"

"물론 그래."

그는 무언가 기억해내야 할 것이 있기라도 한 듯 이마에 손을 얹었다. 그러고는 잠시 동안 관자놀이를 지그시 눌렀다.

"이런 일이 있었어." 그가 애매한 듯한 말을 시작했다. "한 가지 일이 생각나는데…… 있을 수 없는 일이었지. 분명히 경솔했어. 키플링의 시를 결정판으로 내는 작업을 진행하고 있었어. 시행 끝에 '신(God)'이란 낱말이 있었는데 그냥 놔두었지. 뭐 어떻게 할 방법이 없었거든!" 그는 얼굴을 들어 윈스턴을 바라보면서 화를 못 이기겠다는 듯 말을 덧붙였다. "그 행을 바꿀 수가 없었어. 각운이 '회초리(rod)'였거든. 우리말에서 '회초리'에 운이 맞는 말은 열두 개밖에 안 되는 건 자네도 알지? 며칠 밤낮으로 머리를 쥐어짰지만 그것 말고는 다른 운을 찾지 못했어."

그의 얼굴 표정이 변했다. 괴로움이 모습을 감추고 기쁨이 그 자리를 대신했다. 지적으로 보이는 따뜻한 기운 같은 것이, 그리고 어떤 사실을 무척이나 어려운 과정 끝에 발견해낸 것 같은 기쁨이 그의 초라해 보이는 얼굴 위로 피어올랐다.

"자네, 이런 생각 한번 해본 적 있나?" 그가 말했다. "영어에 운이 부족하다는 점 때문에 전체 영국 시문학의 역사가 결정된다는 사실 말이야."

윈스턴은 그런 비상식적인 생각은 단 한 번도 해본 적이 없었다. 또 이런 상황에서는 그런 생각이 그다지 중요한 것 같지도 않았다. 흥미 따위도 존재하지 않았다.

"지금 몇 시나 됐는지 알겠나?" 그가 물었다.

앰플포스는 또다시 깜짝 놀란 듯한 표정을 지었다. "나는 한 번도 그런 생각은 해본 적도 없네. 사흘 전이었지. 내가 체포된 때가 그랬던 것 같아. 아니면 이틀 전일지도 모르지." 그는 창문이 어디에 있는지 살펴보려는 듯 벽을 향해 눈길을 돌리고 있었다. "여기에서는 밤이든 낮이든 아무 소용이 없네. 몇 시를 가리키고 있는지 도대체 어떻게 추측해야 할지 막막해."

그들은 몇 분 동안 쉬지 않고 이야기했다. 그런데 그때 별다른 이유 없이 텔레스크린에서 조용하라는 호통이 터졌다. 윈스턴은 두 손을 마주 잡고 조용히 자리에 앉았다. 앰플포스는 몸집이 너무 큰지라 좁은 벤치에 앉아서 편히 있지 못하고 몸을 이리저리 움직이며 좌불안석했다. 처음에는 그 기다란 손을 왼쪽 무릎에 깍지 끼고 있다가 다음에는 오른쪽 무릎으로 옮겼다. 텔레스크린은 그를 향해 가만히 있으라고 다시금 소리쳤다. 그리고 시간이 흘렀다. 20분이 지났는지 1시간이 지났는지 판단하기는 여전히 쉽지 않았다. 또각또각 다시 구둣발 소리가 들려왔다. 윈스턴은 오장육부가 뒤틀리는 것 같았다. 곧, 당장, 아마 5분 이내에, 어쩌면 지금, 그 살 떨리는 듯한 구둣발 소리가 이제 자신의 차례가 다가온다는 것을 말해줄 것 같았다.

드디어 문이 열렸다. 그 냉혹한 얼굴을 한 젊은 장교가 감방 안으로 들어섰다. 그는 앰플포스를 향해 손짓했다.

"101호실." 그가 말했다.

앰플포스는 간수들 사이에서 정신 나간 듯 걸어 나갔다. 도대체 자기에게 왜 이러는 것인지 알지 못해 어리둥절해 있었다. 이유가 무엇인지도 도무지 알 수 없다는 표정이었다.

시간이 오래 지난 듯했다. 윈스턴은 다시 배의 통증을 느끼기 시작했다. 쭉 이어진 구멍을 따라 같은 궤도를 뱅뱅 도는 구슬이었을까. 윈스턴의 생각도 같은 궤도를 다람쥐 쳇바퀴 돌 듯 자꾸만 맴돌았다. 그는 오직 여섯 가지 생각만 하고 있었다. 즉, 복통과 빵 한 조각, 피와 비명, 오브라이언, 줄리아, 면도날이었다. 또다시 심한 경련이 배 속에서 일어났다.

묵직한 구둣발 소리가 가까이 다가왔다. 문이 열렸다. 차가운 땀 냄새가 지독하게 코를 때렸다. 그리고 카키색 반바지와 운동용 셔츠를 입고 있는 파슨스가 감방 안으로 걸어 들어왔다.

이번에 놀란 건 윈스턴이었다.

"아니, 자네가 여길!" 그가 말했다.

파슨스는 윈스턴을 힐끗 보았다. 하지만 그 어떤 관심도 놀라움도 보이지 않는 눈길이었다. 다만 고통만이 느껴졌다. 그는 안절부절 어쩔 줄을 몰라 하고 이리저리 왔다 갔다 걷기 시작했다. 무릎을 펼 때마다 부들부들 떨리는 것을 볼 수 있었다. 그는 마치 방 한가운데 있는 무언가를 응시하지 않을 수 없는 것처럼 눈을 크게 뜨고 빤히 쳐다보았다.

"자네는 무엇 때문에 여기로 끌려왔나?" 윈스턴이 물었다.

"사상죄!" 파슨스가 징징대며 말했다. 그의 목소리는 자신이 지은 죄를 인정하는 동시에 그런 죄가 자기에게 적용되었다는 사실을 믿을 수 없다는 것 마냥 공포에 떨고 있었다. 그는 윈스턴의 맞은편에 서더니 열심히 이야기하기 시작했다. "내가 총살당하지는 않겠지? 그냥 생각만 했고 실제로는 한 게 아무것도 없으니 총살당할 이유는 없겠지? 마음속에서 일어나는 생각이 일어나는 걸 도대체 어쩌란 말인가? 사정을 잘 들어주겠지. 나도 그건 믿고 있어. 내 경력을 모르지 않을 거야. 내가 어떤 사람인지 윈스턴 자네도 잘 알지? 나는 나쁜 놈은 아냐. 물론 머리는 없긴 하지만 열성적이었어. 당을 위해서 내 있는 힘을 다했어. 그렇지 않나? 뭐 한 5년 정도 콩밥 먹으면 되려나? 아니면 10년? 나 같은 놈은 노동 수용소에서는 상당히 쓸 만할 거야. 딱 한 번 정도를 벗어난 건데 설마 나를 총살하지는 않겠지?"

"죄를 범한 건 아닌가?" 윈스턴이 물었다.

"음, 죄를 안 지은 건 아니야." 파슨스는 비겁하게 힐끔 텔레스크린을 보고는 말했다. "당이 죄 없는 사람을 잡아들일 일이 있겠는가?" 이내 그의 얼굴이 평온한 기운으로 바뀌더니 약간 경건한 표정을 짓기까지 했다. "사상죄는 무서운 거야." 그가 훈계하듯 말했다. "음흉하지. 그래서 사람들은 알지도 못하고 그 죄에 자기도 모르게 이끌리거든. 내가 어쩌다 그 죄를 짓게 되었는지 자네 이제 좀 알겠나? 자는 동안에 그랬어! 정말이야. 내가 맡은 일은 무엇이든 다 하려고 애썼어. 내 마음속에 못된 것이 있다는 걸 전혀 모르고 말이야. 그런데 잠꼬대를 하게 된 거지. 내가 뭐라고 말했는지 아나?"

그는 마치 의학적인 어떤 이유 때문에 음란한 말을 하지 않을 수 없는 사람처럼 목소리를 낮추었다.

"빅 브라더 타도! 그래, 그렇게 말했다네! 내가 그 소리를 자꾸만 반복해서 한 모양이야. 여보게, 내 자네니까 하는 말이지만 내가 더 큰 죄를 짓기 전에 이렇게라도 잡혀온 게 다행이야. 내가 판사 앞에 나서서 어떻게 말하려고 생각하고 있는지 자네 알겠는가? '감사합니다. 조금이라도 더 늦기 전에

구해주셔서 감사합니다.'라고 말할 생각이라네."

"음, 도대체 누가 자네를 고발했는가?" 윈스턴이 말했다.

"가까이 있었어. 우리 집 꼬맹이 딸년이야." 파슨스는 자랑하듯 말했지만 침울한 기색을 감출 수는 없었다. "그 애가 열쇠구멍으로 내가 하는 이야기를 들었어. 내가 하는 소리를 듣자마자 바로 다음 날 경찰에게 고발하러 간 거지. 일곱 살밖에 안 된 꼬맹이가 참 똑똑해. 안 그런가? 그 부분에 대해서는 조금도 걸리는 건 없어. 오히려 난 그 계집애가 자랑스럽다네. 이 일만 봐도 내가 그 애를 올바른 잘 키운 거지. 아무튼 말이야."

그는 갑자기 몇 번 더 왔다 갔다 움직이더니 볼일을 보고 싶은지 여러 번 변기 쪽으로 눈길을 돌렸다. 그러더니 별안간 바지를 내렸다.

"여보게, 나 여기에 좀 실례하겠네." 그가 말했다. "도저히 안 되겠어. 진짜 많이 참았거든."

그는 커다란 엉덩이를 변좌 위로 올리며 털썩 주저앉았다. 윈스턴은 두 손으로 얼굴을 가렸다.

"스미스!" 텔레스크린에서 고함 소리가 나왔다. "6079 스미스 W! 당장 손 내려. 감방에서 얼굴 가리지 마."

윈스턴은 얼굴에서 손을 내렸다. 파슨스가 요란한 소리를 내며 지독하게 싸댔다. 그리고 변을 본 다음에야 방수마개가 고장 난 것을 알았다. 감방은 오랫동안 악취로 가득했다.

파슨스는 다른 곳으로 갔다. 이상하게도 많은 죄수들이 들어왔다가 나가곤 했다. 윈스턴은 한 여죄수가 '101호실'로 가라는 소리를 듣고는 몸을 움츠리고 이내 안색이 바뀌는 것을 보았다. 그가 이곳에 온 시간이 아침이라면 지금은 오후쯤일 것이고, 만약 오후에 왔다면 한밤중이 될 시간이었다. 감방에는 총 여섯 명이 있었다. 그 어떤 사람도 앉아서 시끄럽게 하고 있지 않았다. 윈스턴의 맞은편에는 몸집은 크긴 해도 해를 입히지는 않는 설치류 동물처럼 턱이 없고 얼굴이 뾰족하게 생긴 사내 한 명이 앉아 있었다. 얼룩덜룩하고 살찐 아래쪽 볼은 주머니처럼 툭 튀어나와 음식을 잔뜩 물고 있는 것처럼 보였다. 그리고 잿빛의 두 눈은 겁에 질려 이 얼굴 저 얼굴을 바라보았는데, 누군가와 눈이 마주치면 얼른 눈길을 피했다.

문이 열렸다. 또 죄수 한 명이 들어왔다. 그 모습을 본 윈스턴은 순간 화들짝 놀랐다. 그는 평범한 무슨 기사나 기술자처럼 보였다. 하지만 윈스턴이 놀란 건 너무나 마른 그의 얼굴 때문이었다. 마치 해골을 보는 것 같았다. 도대체 얼마나 말라야 이렇게 보이는 것일까. 너무 말라서 얼굴에는 입과 눈만 달려 있는 것 같았다. 눈에는 어느 누군가 혹은 무엇인가에 대한 살기로 가득하고 평생 지울 수 없는 증오가 새겨져 있는 듯했다.

남자는 윈스턴에게서 약간 떨어진 벤치에 앉았다. 윈스턴은 다시는 그를 보지 않았지만, 고통으로 뒤범벅된 듯한 그의 얼굴이 바로 눈앞에 있는 것처럼 머릿속에 생생하게 떠올랐다. 별안간 그는 무엇이 문제인지 깨달았다. 남자는 먹지 못해서 죽어가고 있던 것이다. 감방 안에 있는 모든 사람이 거의 같은 시간에 동일한 생각을 떠올린 것 같았다. 작은 동요가 일어났다. 턱이 없는 사내도 그 해골 같은 얼굴을 한 남자를 바라보더니 죄를 진 듯 피했다가 참지 못하고 다시 바라보았다. 곧 그는 제자리에서 안절부절못하기 시작했다. 그러더니 일어나 감방 안을 이리저리 방황하는데, 이내 얼굴을 붉히다가 시간이 오래 지나 약간 굳어 있는 빵 조각 하나를 꺼내서는 그 빼빼 마른 사내에게 건넸다.

텔레스크린에서 귀청이 떨어져나갈 듯한 호통이 감방 안을 매웠다. 턱 없는 사내는 자리에서 펄쩍 뛰었다. 해골 같은 남자는 재빨리 두 손을 등 뒤로 가져갔다. 마치 주는 것을 받지 않았다고 만천하에 자신의 억울함을 호소하려는 듯했다.

"범스테드!" 텔레스크린이 고함쳤다. "2713 범스테드 J! 빵 조각을 던져!"

턱 없는 사내는 마룻바닥에 빵 조각을 떨어뜨렸다.

"지금 그 자리에 그대로 서 있어." 텔레스크린이 명령을 내렸다. "문을 바라보고 서. 움직이지 마."

턱 없는 사내는 텔레스크린이 시키는 대로 순종했다. 주머니 같은 커다란 두 볼이 겁에 질린 듯 벌벌 떨리고 있었다. 문이 쾅 소리를 내며 열렸다. 젊은 장교가 들어와 옆으로 비켜

서자 우람한 체구의 간수 한 사람이 그 뒤로 나타났다. 그는 턱 없는 사내 바로 앞에 섰다. 그러고는 장교의 신호를 따라 사내의 입을 사정없이 무섭게 한 대 후려쳤다. 사내는 마룻바닥에 그대로 꼬꾸라졌다. 몸이 감방을 가로질러 변기 쪽으로 나가떨어졌다. 시간이 흘렀다. 그는 입과 코에서 검붉은 피를 쏟으며 기절한 듯 그대로 가만히 누워 있었다. 무의식적으로 입에서 가냘픈 흐느낌과 신음하는 소리가 새어나왔다. 그러더니 사내는 몸을 굴려 불안스럽게 손과 무릎으로 겨우 일어났다. 입에서 피와 침이 한데 엉켜 흘러나오고 틀니 두 개가 부서져 바닥에 떨어졌다.

죄수들은 무릎 위에 두 손을 올려놓고 쥐 죽은 듯 조용히 앉아 있었다. 턱 없는 사내는 제자리로 기어 올라왔다. 얼굴 한쪽 아래에 검푸른 멍이 생겨 있었다. 입은 볼썽사납게 부어올라 검은 구멍처럼 보였다. 이따금 핏방울이 제복을 입은 가슴 위로 떨어졌다. 그는 잿빛으로 충만한 눈을 이리저리 굴리며 전보다도 더 큰 죄를 짓기라도 한 것처럼 불안에 떨며 사람들이 어떻게 반응하는지를 면밀히 살폈다. 마치 굴욕당한 자신의 모습을 다른 사람이 보고 얼마나 경멸하고 있는지를 확인하고 싶어 하는 것 것 같았다.

문이 열렸다. 장교가 손을 까딱거리면서 해골 같은 남자를 가리켰다.

"101호실." 그가 말했다.

윈스턴 옆에서 숨도 못 쉬고 당황하는 기색이 역력했다. 남자는 마룻바닥에 몸을 내던져 무릎을 꿇더니 두 손을 모았다.

"동무! 장교님!" 그가 외쳤다. "저를 그곳으로 보내지 말아 주십시오! 이미 다 말씀드리지 않았습니까? 더 알고 싶으신 것이 무엇인가요? 더 이상 자백할 것도 남아 있지 않습니다! 하나도요! 말씀만 하십시오. 그러면 당장 자백하겠습니다. 조서를 쓰십시오. 서명하겠습니다. 그 무엇이든 다 좋습니다! 101호실만은 제발!"

"101호실로!" 장교가 명령했다.

파랗게 질려 있던 남자의 얼굴이 윈스턴으로서는 도무지 믿을 수 없는 빛깔로 변했다. 말로 설명하기 힘든, 고통으로 범벅된 빛깔이었다.

"나한테 무슨 짓이라도 하란 말이야!" 남자가 소리쳤다. "몇 주씩 날 굶겼지. 차라리 죽여. 총살하란 말이야. 목을 매서 죽여. 25년 징역살이를 하라고 해. 내가 더 이상 불 사람이 있나? 누구든 말만 해. 그러면 원하는 대로 다 말해줄 테니까. 그게 누구든, 당신네가 어떻게 하든 아무 상관 없어. 여편네도 있고 새끼도 셋이나 있지. 제일 큰놈이 이제 여섯 살도 채 안 됐어. 몽땅 끌어다 내 눈앞에서 목을 쳐도 참고 보겠어. 그러니 제발 101호실만은!"

"101호실로!" 장교가 또다시 명령을 내렸다.

그는 다른 사람이 자기 대신 희생되기라도 바라는 듯 다른 죄수들을 퀭한 눈으로 바라보았다. 그가 턱 없는 사내의 엉망이 된 얼굴로 시선을 옮겼다. 남자는 별안간 가느다란 팔을 내뻗었다.

"데려갈 사람은 내가 아니라 바로 저 사람이야." 그가 고함을 질렀다. "저 사람이 얼굴을 얻어맞고 나서 뭐라고 중얼거렸는지 알아듣지 못했지? 나한테 말할 기회만 줘. 하나도 빠뜨리지 않고 그대로 이야기할 테니까. '저 사람'이야말로 당의 적이야. 나는 당의 적이 절대로 아니야!" 간수가 앞으로 걸어 나왔다. 남자가 찢어지는 목소리를 냈다. "당신네들 저 사람이 뭐라고 했는지 못 들었단 말이야!" 그는 반복해서 소리쳤다. "텔레스크린이 무언가 잘못되었어. 당신들이 잡아갈 놈은 내가 아니야. 바로 '저 사람'이야. 저 사람을 잡아가! 내가 아니라고!"

기운 센 간수 두 사람이 그의 팔을 잡으려고 몸을 굽혔다. 그러자 순간 남자는 몸을 던져 감방 저쪽 바닥에 떨어졌고, 벤치를 받치고 있는 쇠다리를 온 힘을 다해 붙잡았다. 그가 짐승처럼 으르렁거리며 발악했다. 간수들이 쇠다리를 붙잡은 손을 놓게 하려고 몸을 비틀었지만 소용없었다. 그는 놀라운 힘으로 그것을 붙잡고 물고 늘어졌다. 그와 실랑이를 벌인 게 아마도 20초 정도는 되었을 것이다. 죄수들은 모두 두 손을 무릎에 올려놓고 정면을 응시하며 말없이 가만히 앉아 있었다. 울부짖는 소리가 잦아들었다. 남자는 매달리기만 했지 힘은 이미 하나도 남아 있지 않았다. 또 다른 비명 소리가 들렸다. 간수의 발길질에 차여서 그의 손가락이 부러진 것이었다. 간수들이 그의 발을 잡아끌었다.

"101호실로." 장교가 말했다.

남자의 반항은 그렇게 끝이 났다. 더 이상의 반항은 없었다. 몰골은 매우 처참했고, 머리를 한없이 늘어뜨린 채로 다친 손을 만져가며 맥없이 끌려 나갔다.

꽤 긴 시간이 흘렀다. 해골 같았던 사내가 101호실로 끌려 나간 시간이 밤중이라면 지금은 아침일 것이고, 아침이었다면 지금은 오후일 것이다. 윈스턴은 홀로 남았다. 좁은 벤치에 계속 앉아 있자니 몸이 저렸다. 이따금씩 벤치에서 일어나 조금씩 걸어 다녔지만, 텔레스크린은 그런 행동까지는 제재를 가하지 않았다. 턱 없는 사내가 바닥에 떨어뜨린 빵 조각이 그대로 남아 있었다. 윈스턴은 처음에는 그것을 보지 않으려고 안간힘을 썼는데, 신경 쓰지 않기가 여간 힘든 것이 아니었다. 하지만 배고픔은 이내 곧 갈증으로 바뀌었다. 배고픔은 이내 갈증으로 바뀌었다. 입 안이 쓰고 텁텁하니 제정신이 아니었다. 계속해서 들리는 웅웅거리는 소리와 변함없이 하얗게 비치는 전등의 불빛이 머릿속을 하얗게 하고 텅 비게 하는 것 같았다. 그는 어지럼증을 느꼈다. 상태가 심각해서 자리에 가만히 있을 수가 없었다. 뼛속이 쑤셔서 더 이상 참을 수 없으면 일어나고, 서 있다가 너무 어지러워서 제 발로 버티기 힘들면 다시 앉곤 했다. 몸을 조금 가누려고 하면 공포가 몰려왔다. 이따금 소멸하려는 듯 가물거리는 희망을 가지고 오브라이언과 면도날을 생각해보았다. 음식이 들어온다면 면도날이 그 안에 모습을 감추고 있을 거라는 생각도 들었다. 줄리아에 대한 생각은 거의 나지를 않았다. 세상 어디에선가 그녀는 그보다 더 심한 고통을 당하고 있을지도 모른다고 윈스턴은 혼자 중얼거렸다. 이 순간 고통에 못 이겨 비명을 지르고 있을지도 모른다. 그는 생각했다. '몇 배로 고통을 당한다고 해도 줄리아를 구할 수 있다면 나는 과연 그녀를 구할까? 물론 그렇게 해야지.' 하지만 그것은 그렇게 하지 않으면 안 된다는 것을 알고 있기 때문에 내릴 수 있는 마음의 결정일 뿐이었다. 그는 그 상황에 닥치면 정말로 그렇게 할 수 있을지에 대해서는 확신하지 못했다. 여기서는 고통과 고통이 있으리라는 예감만 느껴질 뿐이었다. 그 어느 누가 지금 고통을 당하고 있는데, 어떤 이유로든 간에 그 고통이 더해지기를 바랄 수 있을까? 하지만 그런 문제에 대한 질문에는 아직은 답을 내릴 수가 없었다. 구둣발 소리가 다시 가까워졌다. 문이 열렸다. 오브라이언이 들어왔다.

윈스턴은 깜짝 놀라 자리에서 일어섰다. 오브라이언을 보고는 주의해야 할 것을 모조리 잊어버릴 정도로 너무 큰 충격을 받았다. 몇 년 만에 처음으로 그는 텔레스크린의 존재를 잊어버린 것이다.

"당신도 체포되었군요." 그가 외쳤다.

"체포된 건 오래전이지." 오브라이언이 친근하지만 날이 서 있는 듯한 투로 말했다. 그가 옆으로 비켜서자 가슴이 떡 벌어진 간수가 손에 검고 기다란 곤봉을 들고 나타났다.

"윈스턴, 자네가 이럴 줄은 알고 있었어." 오브라이언이 말했다. "쓸데없는 희망일랑 버리게. 자네는 이럴 줄 알고 있었어. 이럴 줄 늘 알고 있었다고."

그렇다. 그는 지금 보고 있고, 늘 이럴 줄 알고 있었다. 하지만 그것에 대해 생각할 여유 같은 건 없었다. 그의 시선에 들어오는 간수 손에 들려 있는 곤봉뿐이었다. 그놈의 곤봉이 어디로 떨어질지 무서웠다. 머리통, 귓바퀴, 팔, 팔꿈치 도대체 어디일까…….

퍽. 곤봉이 팔꿈치를 강하게 때렸다! 그는 얻어맞은 팔꿈치를 다른 손으로 잡고, 거의 마비된 것처럼 무릎을 꿇고 주저앉았다. 세상이 노랗게 보였다. 딱 한 대 맞았을 뿐인데 이렇게 아프다니! 도무지 알 수가 없었다. 눈앞이 밝아지면서 자기를 내려다보는 두 사람이 보였다. 간수는 그가 몸을 비비 꼬는 모습을 보며 너무나 즐거운 듯 조롱 섞인 눈길을 보내고 있었다. 어찌 되었든 한 가지 의문은 풀린 셈이었다. 절대로, 이 세상에서는 그 어떤 이유로도 자기의 고통이 더해지기를 바란다는 것은 불가능했다. 고통에 대해 바랄 것은 오직 한

가지뿐이었다. 바로 고통이 멈추는 것이었다. 육체적 고통보다 더 못된 무엇은 결코 없었다는 것, 그것은 변하지 않는 진리였다. 고통 앞에서는 그 누구도 영웅이 될 수 없다. 그럴 수는 없다. 윈스턴은 못쓰게 된 왼팔을 부둥켜 잡고 마룻바닥에서 몸을 뒤틀며 몇 번이고 그 생각만 되풀이했다. 다른 생각이 들어올 틈은 없었다.

2

그는 일반 것보다는 조금 높은 야전 침대 같은 것에 누워 있었다. 다만 침대라고 하기에는 너무 높았는데, 도대체 어떤 식으로 매어놓은 건지 몸을 움직일 수가 없었다. 평소 때보다 더 강하게 느껴지는 불빛이 그의 얼굴을 비추었다. 오브라이언이 옆에 서서 그를 내려다보고 있었다. 그리고 맞은편에는 흰 가운을 입은 사람이 주사기를 들고 서 있었다.

그는 눈을 뜬 후에도 금방 알아볼 수 없어서 서서히 주위를 살펴볼 수밖에 없었다. 깊은 바다 속 같은 곳에서 이 방으로 헤엄쳐 건너온 기분이었다. 그 바다 속에서 얼마나 오래 있었는지는 전혀 알 수 없었다. 그는 잡혀온 순간부터 지금까지 단 한 번도 밤과 낮을 보지 못했다. 그뿐만이 아니었다. 기억조차 연결되지 않았다. 잠잘 때 생기는 그런 의식마저도 완전히 끊겼고, 몽롱한 상태를 거친 다음 다시 시작되는 때가 한두 번이 아니었다. 하지만 그 무의식 상태가 며칠, 몇 주일, 또는 단 몇 초 동안인지 알 수가 없었다.

악몽이 시작된 건 팔꿈치를 얻어맞았을 때부터였다. 그때가 처음이었다. 나중에 알게 된 사실이지만, 당시에 일어났던 일들은 거의 모든 죄수들이 으레 습관처럼 겪는 과정에 불과했다. 범죄에는 간첩 행위나 태업 등등 여러 종류가 있으며, 죄수들은 그 누구든 그것을 마땅히 자백해야 했다. 고문은 실질적으로 행해지는 반면 자백은 형식의 하나로 보일 뿐이었다. 얼마나 두들겨 맞았는지, 얼마 동안 그 구타가 지속되었는지는 하나도 기억할 수 없었다. 그의 곁에는 검은 제복을 입은 사내 여섯 명이 언제나 달라붙어 있었다. 때리는 방법도 어찌나 다양하던지 어떨 때는 주먹질이고, 어떨 때는 곤봉질을 퍼부었고, 또 어떤 때는 쇠몽둥이 찜질, 어떤 때는 발길질 세례가 이어졌다. 얼마나 아프고 고통스러웠는지 그는 창피한 줄도 모르고 몸을 짐승처럼 이리저리 비틀어가며 마룻바닥에 뒹굴었다. 발길질을 피하려고 발버둥을 치게 되면, 결과적으로는 더욱 심하게 발길질 당하는 일밖에 일어나지 않았다. 갈빗대고, 배고, 팔꿈치고, 정강이고, 사타구니고, 불알이고, 척추 끝 뼈고 자비는 없었다. 매질은 더 심하게 이루어졌다. 매질은 계속되고 또 계속되었으므로, 잔인무도하고 용서할 수 없는 것은 자기를 계속 매질하는 간수가 아니라, 스스로 의식을 잃지 못하는 자신이라는 생각에서 도무지 자유로울 수 없었다. 그의 신경은 너무나 겁에 질려서 매질을 하려고만 해도 살려달라고 소리를 지르기 시작했고, 주먹만 내밀면서 때리는 시늉을 하기만 해도 진짜든 가짜든 죄를 자백하곤 했다. 또 어떤 때는 아무것도 고백하지 않겠다고 마음을 다잡다가도 고통으로 신음하며 짧은 한 마디라도 내뱉어야 그나마 덜했다. 또 때로는 마음속으로 혼자서 체념한 듯 타협해보려고도 했다. '고백은 해야겠지. 그래도 아직은 아니야. 참지 못할 때까지 버틸 수 있는 만큼만 버텨보자. 세 번만 더, 아니 두 번만 더 맞자. 그런 다음 놈들이 원하는 걸 말해주자.' 가끔씩 그는 어찌나 두들겨 맞았는지 서 있는 것조차 힘에 부쳤고, 그러면 감방 돌바닥에 감자자루처럼 내던져졌는데, 회복되는 것만 해도 몇 시간이 지나야 했다. 게다가 회복되면 또다시 끌려 나가 상상을 초월할 정도로 두들겨 맞았다. 회복하는 데 갈수록 더 많은 시간이 걸리기도 했다. 곯아떨어져 있거나 혼수상태였기 때문에 그런 일은 기억이 가물가물했다. 그가 기억하는 건 벽에서 나온 선반 같은 날판 침대, 양철 세숫대야, 뜨거운 국과 빵, 때때로 커피가 있는 식사 정도였다. 또 험상궂게 생긴 이발사가 와서 턱수염을 밀고 머리를 깎아주고, 또 흰 가운을 입은 사무적이고 매정하게 보이는 사내들이 맥박을 짚고 청진기를 대고 두드려보고 눈꺼풀을 뒤집어보고 부러진 뼈를 찾으려고 온몸을 손가락으로 거칠게

만지기도 하고, 잠을 재우기 위해 팔에 수면제를 주사하던 것 등을 떠올렸다. 시간이 지나면서 매질은 점점 횟수가 줄었다. 하지만 대답이 석연찮으면 언제라도 다시 때리겠다고 으름장을 놓곤 했다. 이제 심문자는 행동이 잽싸고 번쩍거리는 안경을 쓴 작고 땅딸막한 당의 지식층이었다. 검은 제복의 사내들이 아니었다. 그들은 번갈아가며 심문했다. 다만 확실하지는 않았지만, 한 번에 열 시간 내지 열두 시간 동안 심문을 이어갔다. 이런 심문자 가운데 몇 명은 심한 것은 아니지만 조금씩 계속 고통을 가했다. 따귀를 때리기도 하고, 귀를 꼬집기도 하고, 머리카락을 잡아당기기도 하고, 한 발로 서 있게도 하고, 오줌 등의 생리현상을 참게도 하고, 얼굴에 번쩍거리는 빛을 비춰 눈물을 흘리게 하기도 했다. 하지만 그들이 이렇게 하는 이유는 단지 그를 모욕함으로써 자기의 의견을 내세우고 분별하는 힘을 잃게 하려는 목적에 있었다.

몇 시간이고 무자비한 질문이 연신 이어졌다. 이처럼 무서운 공격 수단도 없었다. 그가 하는 말마다 꼬투리를 잡고, 함정을 파놓고, 비꼬는 건 예삿일이고, 말마다 다 거짓말이고 모순덩어리라고 윽박지르며 숨도 못 쉬게 했다. 그렇게 심문하다 보면 그는 결국에는 창피하기도 하고 지치기도 해서 울음을 터뜨리는 것이었다. 어떨 때는 한 차례 심문당하는 동안 여섯 번이나 눈물을 흘린 적도 있었는데, 욕설을 퍼붓고 좀 머뭇거리면 다시 간수에게 넘기겠다고 협박하면서 심문을 하는지라 그것도 참기가 여간 어려운 게 아니었다. 그러다가도 별안간 친근한 말투로 바꾸면서 동무라 부르고 영사와 빅 브라더의 이름으로 간절히 호소하는 것처럼 말하면서 그가 지은 죄를 씻기 위해 이제라도 당에 충성하는 게 좋지 않겠느냐며 물었다. 심문으로 몇 시간을 하다 보면 지치고 신경도 너덜너덜해지는데, 그따위 호소에도 훌쩍훌쩍 눈물이 떨어지게 마련이었다. 결국 그 진절머리 나는 목소리를 들으면서 간수의 발길질이나 주먹질보다 더 지치고 녹초로 만드는 것이었다. 그의 입은 그들이 요구하는 것은 무엇이든 말하고, 손이라는 것은 그것을 서명하는 도구 따위로 유명무실해졌다. 그는 그들이 무엇을 자백하기를 원하는지 알아내서 다시 귀찮게 굴기 전에 재빨리 털어놓는 것만 유일하게 관심을 가질 뿐이었다. 그는 고위 당원 암살, 불온 책자 배포, 공금 횡령, 군사 기밀 부정거래, 갖가지 형태의 태업에 대해 다 내려놓은 듯 자백했다. 또 1968년까지 올라가 동아시아 정부의 간첩으로 활동하며 돈을 받은 사실도 이실직고했다. 그는 또 자신도 심문자들도 자기 아내가 아직 살아 있다는 사실을 알고 있었는데도 아내가 죽었다고 자백했다. 그리고 골드스타인과 몇 년 동안 개인적인 친분 관계를 가졌으며, 그가 아는 사람 거의 모두 가담하고 있는 지하 운동 조직의 일원이라는 것도 털어놓았다. 모든 것을 다 자백하는 일, 그리고 모든 사람을 다 끌어넣는 일은 너무나 쉬운 일이었다. 어떤 의미로는 그것이 모두 사실이기도 했다. 그가 당의 적이었다는 것은 사실이고, 당에서 볼 때 생각과 행동 사이에는 그 어떤 차이도 찾을 수 없기 때문이다.

기억이 난 건 또 있었다. 다른 것도 하나둘 떠올랐다. 연관성 없이 떠오르는 그 기억들은 마치 어둠 속에 널린 그림들 같았다.

그는 어두운지 밝은지도 알 수 없는 감방 안에 있었는데, 오직 두 개의 눈밖에 보이지 않았다. 가까이에서 어떤 기구가 천천히 그리고 규칙적으로 소리를 내고 있었다. 그 눈은 더욱 커지고 더욱 빛이 났다. 느닷없이 그는 제자리에서 떠올라 그 눈 속으로 빨려 들어갔다. 마치 그 눈에 삼켜진 것 같은 느낌이 들었다.

그는 눈부신 불빛 아래에서 온통 다이얼로 둘러싸인 의자에 묶여 있었다. 흰 가운을 입은 남자가 다이얼을 읽었다. 밖에서 묵직한 구둣발 소리가 들렸고 문이 쾅 하고 열렸다. 조각같이 잘생긴 얼굴의 장교가 간수 두 명을 거느리고 들어섰다.

"101호실." 장교가 말했다.

가운을 입은 남자는 뒤로 돌아서지 않았다. 윈스턴을 쳐다보지도 않았다. 그는 오직 다이얼만 바라볼 뿐이었다.

그는 너비가 1킬로미터나 되는 어마어마한 복도를 굴러 내려가고 있었는데, 그곳에 가득한 건 찬란한 황금빛 등불이었다. 그는 그 복도를 굴러가면서 낄낄거리고 웃으며 고래고래 큰 소리로 소리 지르면서 자기 죄를 털어놓고 있었다. 하나도 남김없이 모든 것을 낱낱이 털어놓았다. 심지어 고문을 당하면서 숨기고 있던 사실까지 모두 이실직고했다. 그는 이미 다 알고 있는 사람들에게 자신의 과거를 이야기했다. 그와 더불어 간수들, 또 다른 심문자들, 흰 가운의 남자들, 그리고 오브라이언, 줄리아, 채링턴 씨가 모두 함께 복도로 굴러 떨어지면서 큰 소리로 웃고 소리 지르고 있었다. 아무튼 미래 속에 묻혀 있던 어떤 끔찍한 것은 어떻게 해서 일어나지 않았다. 모든 일이 다 잘되었다. 이제는 고통도 없고 인생 이야기도 자세히 밝혀져 이해되고 용서받았다.

오브라이언의 목소리를 어렴풋이 들은 것 같은 그가 침대에서 벌떡 일어났다. 심문을 받는 동안 오브라이언을 보지는 못했다. 하지만 그가 자기 팔꿈치 옆에 있고 다만 보이지 않을 뿐이라는 확신을 받았다. 모든 것을 지시하는 사람은 오브라이언이 분명했다. 윈스턴에게 간수를 보내고 죽이지 않게 하는 사람도 오브라이언이었다. 윈스턴이 고통으로 비명을 지를 시간, 휴식을 취할 시간, 그에게 밥을 먹이는 시간, 잠을 재우는 시간, 그리고 팔에 주사 놓는 시간을 결정하는 사람도 바로 오브라이언이었다. 심문을 하고 그 답변을 가르쳐주는 사람도 오브라이언이었다. 오브라이언, 그는 고문자였고 보호자였고 심문자였다. 친구이기도 했다. 그러다가 한번은 수

면제로 인해서 자게 된 것이었는지 정상적인 수면이었는지 혹은 깨어 있는 순간이었는지조차 기억나지는 않지만 누군가의 목소리가 속삭였다. "걱정 말게, 윈스턴. 자네는 내가 보살피고 있어. 7년 동안 자네를 지켜보았네. 이제야말로 전환기가 온 걸세. 자네를 구해주지. 자네를 완전한 사람으로 만들어주겠어." 그는 그것이 오브라이언의 목소리인지는 확신할 수 없었지만 7년 전 꿈속에서 "우리는 어둠이 없는 곳에서 만날 것입니다."라고 말했던 것과 똑같은 목소리라는 것은 알아차렸다.

그는 심문이 끝난 시기가 언제인지조차 기억하지 못했다. 윈스턴은 어둠 속에서 한동안 보낸 후에야 그가 지금 와 있는 곳이 감방인지 방인지 차츰 주위를 살피며 그 형태를 알 수 있었다. 그는 등을 대고 움직일 수 없이 가만히 누워 있었다. 신체의 중요한 부위는 죄다 묶여 있었다. 뒤통수마저 무엇인가에 끼워져 있었다. 오브라이언이 근엄하게, 아니 슬픔에 가득 찬 눈으로 그를 내려다보았다. 아래에서 본 오브라이언의 얼굴은 눈 밑 살이 늘어지고 코에서 턱까지의 윤곽이 일그러져 거칠고 매우 피곤해 보였다. 그는 윈스턴이 생각했던 것보다 더 나이 들어 보였다. 나이로 따져도 마흔여덟이나 쉰 살 정도 되어 보였다. 그는 꼭대기에는 레버가 달리고 앞면에는 숫자가 둘려 있는 다이얼을 들고 있었다.

"내가 자네에게 말했지." 오브라이언이 말했다. "우리가 다시 만난다면 이곳이 될 거라고."

"네." 윈스턴이 대꾸했다.

오브라이언의 손이 약간 움직이기는 했는데 그것 말고는 아무런 경고도 없었다. 그런데 갑자기 그 어떤 예고 하나 없이 고통의 전율이 온몸에 흘렀다. 무슨 일이 벌어질지 알 수 없었을뿐더러 치명적인 타격이 자신에게 가해지고 있다는 느낌만 들 정도로 두렵고 무시무시한 고통이었다. 그런 치명타를 실제로 당하고 있는 것인지, 아니면 전기 작용에 따른 결과인 것인지도 그들은 알지 못했다. 하지만 몸이 심각하게 뒤틀리고 뼈마디가 하나도 남김없이 떨어져나가는 것 같은 고통이 있는 건 존재가 느끼는 확실한 사실이었다. 고통이 너무나 극심하니 이마에서도 식은땀이 연신 쏟아져 내렸다. 하지만 훨씬 더 괴로운 것이 있었다. 등뼈가 우두둑 하고 부러질 듯한 공포였다. 그는 이를 악물고 코로 간신히 숨을 쉬며 될 수 있으면서 꾹 참고 소리를 지르지 않으려고 애썼다.

"자네, 겁이 나나 보군." 오브라이언이 그의 얼굴을 지켜보며 말했다. "곧 뭐가 부러지는 것은 아닐까 싶어 말이야. 등뼈가 어떻게 될까 봐 그게 아무래도 걱정되고 그러는 거지. 척추가 뚝 하고 부러져 척수액이 뚝뚝 떨어지는 게 자네 머릿속에서 훤히 그려지는군. 윈스턴, 지금 그것을 생각하고 있는 거 아닌가?"

윈스턴은 그의 말에 그 어떤 반응도 보이지 않았다. 오브라이언이 다이얼의 레버를 제자리로 돌려놓았다. 고통의 충격은 그와 동시에 단숨에 사라졌다.

"이건 40이야." 오브라이언이 말했다. "이 다이얼은 숫자가 100까지 올라간다는 걸 알아두도록 해. 우리가 이야기하는 동안 언제든지, 하고 싶은 어떤 정도까지라도 자네에게 고통을 가하는 힘이 내게 있다는 걸 기억해주게. 만약 거짓말을 하거나 대충 얼버무리면서 얼렁뚱땅 넘어가려고 하면, 또 지적 수준이 평상시 이하로 떨어지거나 하면 당장 고통을 느끼게 될 거야. 내 말 알아듣겠나?"

"네." 윈스턴이 대답했다.

오브라이언이 가혹한 태도를 좀 누그러뜨렸다. 그는 생각에 잠긴 듯 안경을 고쳐 쓰고 한두 발자국 떼어놓았다. 그의 목소리는 부드럽고 인내심이 많아 보였다. 태도는 의사 같았고, 선생 같기도 했다. 벌을 주지 않고 오히려 설명해주고 설득시켜주는 성직자처럼 보이기도 했다.

"윈스턴, 내가 자네 때문에 얼마나 고통 받고 있는지 아는가?" 그가 말했다. "왜냐하면 자네는 그런 고통을 줄 만한 가치가 있기 때문이야. 자네는 문제가 어떤 것인지 잘 알고 있어. 자네는 아는 것이 없다고 내내 버텨왔겠지만 몇 년 전부터 알고 있었던 거야. 자네의 정신은 지금 온전하지 않은 상태야. 완전하지 않은 기억 때문에 고통 받고 있어. 실제 일어난 사건은 기억하지 못하고 전혀 일어나지도 않은 엉뚱한 일만 그것이 사실이라고 기억한다네. 다행히도 치료가 불가능한 병은 아니야. 그런데 자네는 결코 고치지 못했어. 왜 그런지 아나? 자네가 치료받기를 원하지 않았기 때문이야. 의지만 있다면 조금만 노력해도 되는데 그렇게 하려고 하지 않은 거야. 지금 이 순간에도 자네는 마치 그 병이 무슨 미덕이라도 되는 줄 아는지 놓지 않으려고 한다는 걸 나는 잘 알고 있다네. 하나만 예를 들어보지. 지금 오세아니아가 전쟁하고 있는 나라는 어디인가?"

"제가 체포될 때는 오세아니아가 동아시아와 전쟁 중이었습니다."

"동아시아하고, 좋아. 그런데 오세아니아는 늘 동아시아와 전쟁하고 있었지?"

윈스턴은 숨을 들이쉬었다. 그는 입을 벌려 말을 하려는 걸 중지했다. 다이얼로부터 시선을 돌리기가 도무지 쉽지 않았다.

"사실을 말해봐, 윈스턴. 자네가 알고 있는 사실을 말이야. 자네가 기억하고 있는 대로 말을 해."

"체포되기 일주일 전만 해도 우리는 동아시아와 절대 전쟁을 벌이지 않았었다고 기억합니다. 우리는 그들과 동맹을 맺고 있었지요. 전쟁은 유라시아와 했고요. 그 전쟁은 4년을 끌었습니다. 그전에는……."

오브라이언이 손짓으로 말을 막았다.

"다른 예를 하나 더 들지." 그가 말했다. "몇 년 전이었을 거야. 자네는 아주 심한 망상에 사로잡혀 있었네. 자네는 한때 당원이었던 존스, 아론슨, 러더퍼드 이 세 사람이 반역을 하고 태업을 했다고 충분히 납득이 될 만큼 자백하고 처형을 당했는데도 그들에게 아무런 죄가 없다고 믿고 있었어. 자네는 또 그 자백이 허위라는 걸 증명하는 확실한 증거를 문서에서 보았다고 믿었지. 그건 자네가 그런 착각을 일으킬 만한 사건이 있었기 때문이야. 자네는 그 증거를 직접 손에 쥐고 있었다고 믿었지. 그건 이런 사진이었네."

직사각형의 긴 신문 조각이 오브라이언의 손가락 사이에서 나타났다. 그것은 약 5초 동안 윈스턴의 시야에 머물러 있었다. 의심할 여지없이 그것과 똑같았다. 바로 그 사진이었다. 그가 11년 전 우연히 입수했다가 금방 찢어버린, 뉴욕에서 열린 당 행사에서 존스와 아론슨과 러더퍼드가 찍은 사진을 복사한 것이었다. 그 사진은 아주 잠깐 동안 눈앞에 나타났다가 이내 자취를 감추었다. 하지만 그는 그것을 보았다. 분명히 그것을 보았던 것이다. 그는 상체를 움직여 조금이라도 자유로워지려고 했다. 어느 쪽으로도 단 1센티미터도 움직일 수가 없었다. 그 순간 그는 다이얼까지도 잊어버리고 있었다. 그가 바라는 전부는 다시 그 사진을 손가락 사이에 끼워보거나 최소한 보기라도 하는 것이었다.

"그게 남아 있군요!" 그가 외쳤다.

"아닐세." 오브라이언이 말했다.

그는 방을 가로질러 발걸음을 옮겼다. 맞은편 벽에 기억 구멍이 있었다. 오브라이언은 뚜껑을 올렸다. 볼 수는 없지만 그 덧없는 종이쪽지는 뜨거운 기류에 회오리치며 내려가 불길 속에 재가 되어버리는 것이었다. 오브라이언이 벽에서 몸을 돌렸다.

"재가 되었어." 그가 말했다. "흔적도 없는 재야. 먼지지. 그건 이제 존재하지 않아! 전에도 존재한 적이 한 번도 없어."

"그렇지만 분명 존재했습니다! 지금도 존재하고요! 기억 속에 존재한다는 말입니다. 저는 그것을 기억하고 있습니다. 당신도 기억하고요."

"나는 기억하지 않아." 오브라이언이 말했다.

윈스턴은 가슴이 철렁 내려앉았다. 눈앞에서 벌어지고 있는 것이 바로 이중사고이기 때문이었다. 그는 손끝 하나 까딱할 수 없이 힘이 사라지는 것을 느꼈다. 오브라이언이 확실히 거짓말을 하고 있다면 그것은 별 문제가 될 것 같지 않았다. 하지만 오브라이언이 그 사진을 정말 잊어버렸다는 가능성도 충분히 있다. 그리고 만약 그렇다면 그다음 단계로 자신이 그것을 기억했던 일을 부인한 사실마저 잊게 될 것이며 또 잊었다는 행위마저 잊게 될 것이었다. 어떻게 그것이 단순한 계략이라고 확신할 수 있겠는가? 그렇다면 자기 마음속에서 정말 환각에 따른 혼란이 일어났을 가능성도 배제할 수 없다.

그런 생각이야말로 그를 완전히 패배시키는 것이었다.

오브라이언은 생각에 잠긴 채 그를 내려다보고 있었다. 그의 태도는 그전보다도 더, 고집스럽지만 그래도 장래가 유망해 보이기 때문에 쉽사리 포기하지 못하는 아이 때문에 고민하는 선생의 모습 같았다.

"과거를 지배하는 데 대한 당의 슬로건이 있네." 그가 말했다. "괜찮다면 그것을 한번 외워보게."

"과거를 지배하는 자가 미래를 지배한다. 현재를 지배하는 자가 과거를 지배한다." 윈스턴은 순순히 그것을 외웠다.

"현재를 지배하는 자가 과거를 지배한다." 오브라이언이 동의한다는 듯 고개를 끄덕이며 말했다. "윈스턴, 과거가 실제로 존재한다는 건 자네 의견인가?"

알 수 없는 무력감이 또다시 윈스턴을 감쌌다. 시선이 다이얼로 향했다. 그는 고통을 당하지 않기 위해 '네.'라고 대답해야 할지 '아닙니다.'라고 대답해야 할지도 몰랐고, 심지어 자기가 어떤 답변이 옳다고 믿는지조차 스스로 판단할 수 없었다.

오브라이언은 미소를 지었다. "윈스턴, 자네는 형이상학자가 아니라네." 그가 말했다. "자네는 존재라는 게 무슨 의미인지 한 번도 생각해본 적이 없어. 그러니 내가 정확히 말해주지. 과거라는 것이 구체적으로 공간에 존재한다고 생각하나? 세상 어느 곳에 과거가 여전히 일어나고 있는 어떤 분명한 객체의 세계가 존재하고 있다는 말인가?"

"없습니다."

"그렇다면 도대체 과거가 어디에 존재하나?"

"기록 속에요. 과거는 기록되는 것이지요."

"기록 속이라. 그리고……?"

"정신 속에요. 인간의 기억 속에 말입니다."

"기억 속이라. 그러면 좋아. 우리, 즉 당은 모든 기록을 지배하고 통제하네. 그리고 모든 기억도 우리가 지배하는 걸세. 그렇게 되면 우리가 모든 과거를 지배하는 것이 되지 않는가?"

"하지만 사람들이 사물을 기억하는 것을 어떻게 제어한다는 말입니까?" 윈스턴이 또 순간적으로 다이얼을 잊고 소리쳤다. "그건 마음대로 할 수 있는 게 아니에요. 의지로 할 수 있는 영역의 것이 아니지요. 도대체 사람들의 기억을 어떻게 지배한다는 겁니까? 불가능한 일입니다. 당신들은 내 기억을 지배하지는 못했습니다!"

오브라이언의 태도가 다시 단호해졌다. 그는 다이얼에 손을 댔다.

"반대야." 그가 말했다. "자네도 그것을 지배하지 못해. 그래서 자네가 지금 여기 와 있는 거야. 자네는 겸손하지도 않고 자기 몸 하나도 제대로 추스르지 못해서 여기 와 있는 거야. 정상적인 사람이라면 할 수 있는 복종을 자네는 하지 못한 거야. 정신이상자, 단 한 명의 소수파가 자네는 더 좋았던 거지. 윈스턴, 현실을 볼 수 있는 건 오직 훈련된 사람만이 가능하다네. 자네는 현실이 객관적이고 외부적인 존재로 실재한다고 생각하는 거겠지. 자네는 또 현실의 본질을 명석 판명한 것으로 여길 거야. 자네는 자네가 무엇인가를 보고 있다고 환상에 빠져 있을 때 다른 사람들도 자네가 보고 있는 것을 똑같이 보고 있다고 믿는 것이네. 하지만 내가 자네에게 말하네만, 윈스턴, 현실은 외적인 것이 아닐세. 현실이란 인간의 마음속에 존재하고 그 어디에도 존재하지 않아. 실수를 할 수도 있고 또 어떤 때는 당장 사라져버리는 그런 개인의 마음속에 존재하는 것이 아니야. 집단적이고 영원한 당의 마음속에만 현실은 존재하는 걸세. 당이 무엇을 주장하든 간에 그것이 진실이라면 바로 진실인 거야. 또 진실을 보기 위해서는 반드시 당의 눈을 통해야만 해. 그것이 윈스턴, 자네가 다시 배워야 할 일이네. 자네가 정상적 정신을 가진 사람이 되려면 먼저 겸손을 알아야 해."

그는 자기가 말한 것을 마음에 새기려는 듯 잠시 말을 멈추고 있었다.

"자네, 혹시 기억하고 있나?" 그가 말을 이었다. "자네 일기장에 '자유란 둘에다 둘을 더하면 넷이 된다고 말할 수 있는 것이다.'라고 쓴 것 말이야."

"네." 윈스턴이 대꾸했다.

오브라이언은 손등이 보이도록 왼손을 쳐들고 엄지손가락을 감춘 후 네 손가락을 펴 보이며 말했다.

"윈스턴, 내가 지금 들고 있는 손가락이 몇 개인가?"

"넷입니다."

"그러면 당이 네 개가 아니라 다섯 개라고 말한다면, 그러면 몇 개인가?"

"그래도 넷이지요."

말이 끝나기가 무섭게 숨 가쁜 고통이 물밀 듯 쏟아졌다. 다이얼의 바늘이 55를 가리키고 있었다. 윈스턴의 온몸에서 식은땀이 쏟아졌다. 가슴이 터져나가는 것 같았고 아무리 이를 악물고 버텨보려고 해도 신음이 새어 나오고 참기도 쉽지 않았다. 오브라이언은 여전히 네 손가락을 펴들고 그를 지켜보고 있었다. 그는 레버를 늦추었다. 그러자 고통이 아주 조금 누그러졌다.

"윈스턴, 손가락이 몇 개지?"

"넷입니다."

바늘이 60으로 올라갔다.

"손가락이 몇 개지, 윈스턴?"

"넷이요! 넷! 제가 다른 무슨 말을 하겠습니까? 네 개!"

다이얼의 바늘이 더 올라갔겠지만 그는 보지 않았다. 심각하게 굳어버린 얼굴과 네 개의 손가락만이 눈앞을 가득 채웠다. 그 손가락은 기둥처럼 어마어마하고 어른어른하고 흔들리는 것 같았지만, 틀림없이 네 개였다.

"손가락이 몇 개야, 윈스턴?"

"네 개! 그만, 그만 좀 하세요! 도대체 뭘 어쩌자는 겁니까? 넷! 넷!"

"손가락이 몇 개냔 말이야, 윈스턴?"

"다섯, 다섯, 다섯!"

"안 돼, 윈스턴. 그건 소용없어. 자네는 거짓말하고 있어. 여전히 자네는 네 개라고 생각하는 거야. 손가락이 몇 개인가? 말해보게."

"네 개! 다섯 개! 마음대로 하세요. 그만 해주십시오. 제발 그만요!"

그는 오브라이언의 팔에 어깨를 감싸인 채로 자리에서 일어나 앉았다. 몇 초 동안 의식을 잃은 모양이었다. 그의 몸을 꽁꽁 묶고 있던 끈이 느슨해졌다. 추웠다. 너무 으스스해서 몸이 떨리고 이가 덜덜거리며 부딪쳤다. 눈물이 주룩주룩 흘러내렸다. 어린아이처럼 오브라이언에게 한동안 매달렸고 묵직한 팔이 자기 어깨를 감싸고 있자니 포근한 느낌이 들어 기분이 묘했다. 그는 오브라이언이 그의 보호자이고, 고통은 어디 다른 외부 세계로부터 온 것이며, 그 고통에서 자기를 구해준 사람은 바로 오브라이언이라고 생각했다.

"윈스턴, 자네는 터득하는 게 느리군." 오브라이언이 부드럽게 말했다.

"어떻게 그렇지 않을 수 있습니까?" 그는 울먹이면서 말했다. "눈앞에 보이는 게 그런데 도대체 어쩌라는 겁니까? 네? 둘 더하기 둘은 넷입니다."

"때로는, 윈스턴. 때로는 다섯이 돼. 때로는 셋도 되고, 또 때로는 네 개도 다섯 개도 세 개도 동시에 된다는 말일세. 자네는 아직 한참 더 노력해야 해. 온전한 정신을 갖게 된다는 건 어려운 일이야."

그는 윈스턴을 침대 위로 다시 눕혔다. 사지를 묶은 끈이 다시 꽉 죄어왔다. 고통은 사라지고 떨리는 것도 멈추었지만 기력이 하나도 남아 있지 않고 오한까지 느껴졌다. 오브라이언은 그동안 꼼짝하지 않고 서 있던 흰 가운을 입은 남자에게 고갯짓을 해 보였다. 가운을 입은 남자가 몸을 굽히더니 윈스턴의 눈을 자세히 들여다보고, 맥을 짚어보고 가슴에 귀를 대보고, 이곳저곳을 툭툭 건드려보았다. 그런 다음 오브라이언에게 고개를 끄덕였다.

"다시 해봐." 오브라이언이 말했다.

고통이 윈스턴의 온 몸을 감쌌다. 바늘이 70이나 75를 가리키고 있는 것이 틀림없었다. 이번에는 눈을 감았다. 눈앞에는 여전히 손가락이 있을 것이고, 여전히 네 개일 것임을 알았다. 문제는 이 고통이 사라질 때까지 어떻게든 목숨을 유지하고 있어야 한다는 것이었다. 그는 자기가 악을 쓰는지 그러지 않는지도 모를 형편이었다. 고통이 다시 줄어들었다. 그는 눈을 떴다. 오브라이언이 레버를 제자리에 둔 것이다.

"손가락이 몇 개지, 윈스턴?"

"네 개, 네 개 같은데요. 다섯 개로 보고 싶습니다. 다섯 개로 보려고 애쓰고 있어요."

"자네는 어떤 것을 원하나? 다섯 개로 보인다고 나에게 말만 하고 싶은가, 아니면 정말 다섯 개로 보고 싶다는 건가?"

"정말 다섯으로 보고 싶은 거지요."

"다시." 오브라이언이 말했다.

바늘이 80이나 90을 가리켰을 것이 분명했다. 윈스턴은 자신이 왜 이런 고통을 당해야 하는지에 대해서 매우 피상적으로만 기억할 뿐이었다. 꽉 감은 눈꺼풀 위로 손가락들이 춤을 추는 것처럼 이리저리 움직이며 서로 겹쳐졌다가 없어졌다가 다시 나타나기를 반복했다. 그는 영문도 모르는 채로 그것들을 세어보려고 했다. 물론 그것을 센다는 일이 불가능하다는 것을 알 뿐이었다. 그리고 다섯 개와 네 개가 이상하게도 서로 엇갈리고 있다는 이상한 일치성 때문인 듯했다. 고통이 다시 사라졌다. 눈을 떴을 때는 여전히 똑같은 것이 보일 뿐이었다. 수많은 손가락들이 바람에 흔들리는 나무처럼 여전히 아무 데로나 움직이고 엇갈렸다. 그는 다시 눈을 감았다.

"윈스턴, 내가 지금 손가락을 몇 개 들고 있나?"

"몰라요. 모르겠어요. 죽여주십시오. 넷, 다섯, 여섯……. 정말이지 모르겠습니다."

"좀 좋아졌군." 오브라이언이 말했다.

주삿바늘이 윈스턴의 팔에 꽂혔다. 그와 동시에 마치 구원에 이른 듯한 편안한 온기가 온몸으로 흘러갔다. 고통은 이미 거의 절반가량 사라졌다. 그는 눈을 똑바로 뜨고 고맙다는 표정으로 오브라이언을 올려다보았다. 무겁고 주름 진데다가 지독하게 못생겼으면서도 지독하게 지성적인 그의 얼굴을 바라보니 마음이 일순간 차분해지는 것 같았다. 움직일 수만 있다면 손을 뻗어 오브라이언의 팔을 붙잡았을 것이다. 윈스턴이 이 순간만큼 오브라이언을 깊이 사랑한 적은 단 한 번도 없었다. 그것은 단지 고통을 멈추어주어서 그런 것만은 아니었다. 오브라이언이 친구이건 적이건 본질적으로는 아무 상관이 없다는 식의 옛날의 감정이 다시 올라왔기 때문이었다. 오브라이언은 그가 대화를 나눌 수 있는 유일한 사람이었다. 아마도 사람이 바라는 건 사랑받기보다는 이해받기인지도 모른다. 오브라이언은 자기에게 미칠 지경으로 고문을 가했고 조금 지나면 틀림없이 그를 사형장으로 데리고 갈 것이다. 뭐 아무래도 상관없다. 어떻게 보면 그들은 우정을 훨씬 뛰어넘는, 우정보다 더 깊은 무엇으로 맺어진 사이였기 때문에, 그들이 실제로 약속하지는 않았지만 어딘가에서 만나 이야기할 수 있는 장소가 있을 것이다. 오브라이언은 자기도 똑같은 생각을 마음에 품고 있다는 표정으로 윈스턴을 내려다보고 있었다. 그는 편안하게 대화를 나누는 듯한 목소리로 말했다.

"윈스턴, 지금 자네 어디 있는지 알겠나?" 그가 말했다.

"모르겠습니다만 짐작은 갑니다. 애정부인가요?"

"여기 얼마 동안이나 있었는지 알겠나?"

"모릅니다. 며칠인지, 몇 주일인지, 몇 달인지…… 몇 달쯤 된 것 같습니다."

"그런데 무엇 때문에 우리가 사람들을 이곳에 끌고 오는지 알겠나?"

"자백을 받으려고요."

"아냐, 그건 이유가 안 돼. 다시 생각해봐."

"벌을 주려고요."

"아냐!" 오브라이언이 고함을 질렀다. 언제 그랬냐는 듯 부드러웠던 목소리가 거칠게 바뀌었고 평온했던 안색은 갑자기 단호하고 날카로워졌다. "아냐! 자백을 받아내려는 것도 아니고 벌을 주려는 것도 아니야. 자네를 이곳에 데리고 온 이유가 무엇인지 말해줄까? 자네는 고침을 받아야 하는 사람이기 때문이야! 온전한 정신을 찾아주기 위해서 말일세! 윈스턴, 우리가 이곳에 데리고 온 사람 중에 고침 받지 못하고 떠나간 사람이 단 한 사람도 없다는 걸 자네는 이해하겠나? 우리는 자네가 저지른 것 같은 그따위 시시한 범죄에는 아무 관심도 없네. 당은 그런 명백한 범행에 대해서는 아무 관심이 없어. 우리가 관심을 쏟는 건 사상에 관해서일뿐이야. 우리가 적을 때려 부술 뿐만 아니라 그들을 개조하는 거야. 무슨 말인지 알아듣겠나?"

그는 윈스턴에게 몸을 구부렸다. 얼굴을 가까이 대서 안 그래도 큰 얼굴이 부담스러울 정도로 더 커 보였다. 그리고 밑에서 올려다보니 어찌나 흉악하던지 꼴 보기 싫었다. 게다가 그 얼굴에는 흥분과 광적인 열정 같은 것이 가득 넘쳐났다. 또다시 윈스턴의 가슴이 죄어들었다. 할 수만 있다면 침대 밑으로 완전히 숨어버리고 싶었다. 그는 오브라이언이 흥분한 나머지 변덕을 부려 다이얼을 마구 돌려댈 수도 있을 것 같다고 느꼈다. 하지만 바로 그 순간 오브라이언은 등을 돌리고 한두 걸음 발걸음을 뗐다. 그런 다음 아까보다 조금 더 침착하게 말을 이었다.

"우선 자네가 이해해야 할 것이 있어. 무엇이냐면, 여기서는 순교가 없다는 점이야. 자네는 과거의 종교 박해에 대해 읽어보았겠지. 중세에는 종교재판소가 있었지만 자네도 잘 알다시피 그건 실패했어. 이교를 뿌리 뽑기 위해 세워졌지만 오히려 그것을 영구화시키고 말았지. 이단자를 한 사람이라도 불태워 죽이면 광분한 군중 수천 명이 일어났기 때문이지. 왜 그랬을까? 이유는 간단해. 종교재판소가 그 적을 공개적인 방법으로 죽였고, 그들이 회개하지 않았는데도 목숨을 빼앗았기 때문이야. 사실 그들이 회개하지 않았기 때문에 죽임을 당한 거지만 말이야. 사람들은 자기의 진실한 신앙을 포기할 생각이 없었기 때문에 목숨을 잃고 죽어갔어. 그래서 당연히 모든 영광은 희생자들에게 돌아갔고 모든 비난은 그들을 불태운 재판관에게로 돌아간 거지. 20세기에 이르러서는 우리가 잘 알고 있는 전체주의자들이 나타났네. 바로 독일의 나치스와 소련의 공산주의자들이 그들이야. 소련은 종교재판소가 한 짓보다 더 잔인하게 이단자들을 처형했네. 그리고 그들은 예전에 한 실수에서 배운 것이 많이 있다고 생각했지. 여하튼 그들은 순교자를 내서는 안 된다는 사실을 알게 되었어. 자신들의 희생자를 인민재판에 회부하기 전에 용의주도하게 그 권위를 완전히 없애버렸어. 희생자들은 고문과 감금으로 완전히 녹초가 되어서 마침내 비열하게 아첨하고 고분고분한 인간으로 전락했네. 그들은 입에서 나오는 대로 족족 털어놓고, 자기들끼리 서로 욕하고 비난하며 숨기고 살려달라고 애원했지. 그런데 몇 년이 지나도 똑같은 일이 계속 반복되는 거야. 죽은 자들이 순교자가 되고, 그들의 잘못된 것들도 정말로 잊히게 되는 거지. 도대체 왜 그런가? 먼저, 그들이 한 자백은 자의에 의해서가 아니라 강제로 나온 것이고 사실도 아니었기 때문이야. 그리고 우리는 무엇보다도 죽은 자들이 우리에게 절대로 반항 따위는 못 하게 해. 윈스턴 자네도 후손이 자네를 옹호해줄 거라고 마냥 믿어서는 안 돼. 후손은 자네에 대해서 그 어떤 것도 듣지 못하게 될 거야. 윈스턴 스미스는 역사의 흐름에서 완전히 사라지고 마는 거지. 깨끗이 지워지는 거야. 우리는 자네를 기체로 만들어서 하늘에 다 날려버릴 거네. 그러면 자네에 관해 남는 거라고는 먼지 하나도 없게 되지. 기록에서도 남지 않아서 찾을 수도 없고, 산 사람들의 머릿속에조차 기억으로도 존재할 수 없어. 자네는 미래에서와 마찬가지로 과거에서도 완전히 증발해버리고 마는 거야. 결코 존재한 일이 없는 게 되는 거지."

그렇다면 어째서 나를 이렇게도 힘들게 고문하며 괴롭히는 걸까? 윈스턴은 문득 씁쓸한 기분이 들었다. 오브라이언은 마치 윈스턴이 이 생각을 크게 입 밖에 내기라도 한 것처럼 발걸음을 멈추었다. 그의 험상궂은 큰 얼굴이 눈을 가늘게 뜨고 가까이 다가왔다.

"자네는 말이야." 그가 입을 열었다. "자네를 완벽하게 파멸시키려고 하는 이상 자네 말이나 행동이 눈곱만큼도 문제되지 않을 텐데, 도대체 왜 굳이 이렇게까지 나를 고문하고 심문하는가 하고 생각하고 있는 건 아닌가?"

"네, 맞습니다." 윈스턴이 말했다.

오브라이언은 빙긋 미소 지었다. "윈스턴, 자네는 견본 속의 흠이야. 다시 말해 씻어버려야 할 옥에 티 같은 것이지. 방금 내가 자네한테 말하지 않았던가? 우리는 과거의 처형자들과는 다르다고 말이야. 우리는 뜨뜻미지근한 복종이나 아주 비겁한 굴복 따위로는 결코 만족할 수 없어. 결국 자네가 우리한테 굴복한다면 반드시 자네 자유의지로 이루어져야만 하네. 이단자들이 우리에게 반항한다고 해서 우리가 그들을 처형하는 게 아니야. 우리는 그를 전향시키고, 그의 속마음을 장악함으로써 전혀 다른 사람으로 만들어. 그에게 남은 모든 악과 모든 환상을 하나도 남김없이 불태워버리는 거지. 외양만이 아니라 그들의 모든 마음과 영혼을 우리 편으로 만드는 걸세. 우리는 그를 죽이기 전에 일단 우리와 같은 사람으로 만들어. 잘못된 사상, 그것이 비록 아무런 영향력도 힘도 없이 세상 어딘가에 존재한다 하더라도, 잘못된 사상이 이 세상 어딘가에 존재한다는 것이 우리에게는 정신이 혼미해지는 일이야. 비록 죽는 찰나의 순간에라도 우리는 어떤 탈선도 허락할 수 없어. 옛날에는 이단자가 여전히 이단자로서 화형장으로 걸어가서 자기가 이단자라는 것을 선언하면서 어떤 희열에 넘쳐 있기도 했지. 소련에서 숙청당한 희생자들까지도 총살장으로 걸어가면서 속으로는 반항하는 의식을 가졌던 거고. 하지만 우리는 두뇌를 완전히 뜯어고쳐서 저 어딘가로 보내버리는 거야. 옛날 전제군주는 '너희들은 이렇게 해서는 안 된다.'라고 명령했고, 전체주의자들은 '너희들은 이렇게 해야 한다.'라고 명령했지. 하지만 우리는 '너희들은 이렇게 되어 있다.'라고 명령하는 거야. 우리가 이 장소에 끌고 온 사람 중에서 우리에게 끝까지 맞선 사람은 지금까지 한 사람도 없었어. 그 누구든 완전하게 개조되었지. 자네가 죄가 없다고 믿고 있었던 저 세 명의 반역자들, 그러니까 존스, 아론슨, 러더퍼드도 결국에는 우리에게 항복하고 말았네. 나도 그들을 심문하는 데 관여했지. 그들은 점점 기운을 못 차리더니 울고불고 아주 난리도 아니었는데, 그건 고통이나 공포 때문이 아니었네. 정말로 회개했었어. 심문이 끝났을 때 그들은 인간 껍데기에 불과했어. 그들에게 남은 거라곤 자기들이 저지른 죄과에 대한 슬픔과 빅 브라더에 대한 애정뿐이었네. 그들이 빅 브라더를 얼마나 사랑하는지 자네도 듣는다면 감동하지 않고는 못 배길 거야. 확실하네. 그들은 빨리 죽여 달라고 애원하기도 했어. 자신들의 마음이 깨끗할 때 죽을 수 있도록 말이야."

그의 목소리는 마치 꿈에 젖은 것처럼 들렸다. 그 흥분, 그 광적인 열정이 얼굴에 가득 넘쳐났다. 그가 가장해 보이는 것이 아니라고 윈스턴은 생각했다. 그는 위선자가 아니다. 자기가 한 말을 고스란히 믿고 있다. 자기가 그보다 지적으로 부족하다는 생각, 그 생각이 바로 윈스턴을 낙담시키는 것이었다. 그는 육중하면서도 품위 있는 모습으로 자신의 시야에 들어왔다 안 들어왔다 하면서 이리저리 거니는 오브라이언의 모습을 가만히 지켜보았다. 윈스턴은 오브라이언이 모든 면에서 자기보다 위대한 인물이었다고 생각했다. 윈스턴이 일찍이 지녀왔고 지닐 수 있었던 사상치고 오브라이언이 오래전에 알고 따져보고 극복하지 않은 것은 단 하나도 없었다. 그의 마음은 윈스턴의 마음을 완벽하게 포용하고 있었다. 그렇다면 그런 경우에 어떻게 오브라이언을 미쳤다고 할 수 있을까? 미친 것은 다른 사람이 아닌 바로 자기, 윈스턴임에 틀림없었다. 오브라이언은 발길을 멈추고 그를 내려다보았다. 목소리는 다시 엄격해져 있었다.

"윈스턴, 자네가 아무리 우리한테 완전하게 항복한다고 해서 살아남을 수 있다고는 생각하지 말게. 과오를 범한 인간은 지금껏 살려둔 적이 한 번도 없다네. 그리고 비록 우리가 자네를 운명대로 살게 놔둔다 하더라도 절대로 우리 손아귀에서 벗어나는 건 불가능해. 여기에서 일어나는 일은 영원한 거야. 그 점을 미리 알아두도록 해. 우리는 자네를 돌이킬 수 없는 지경까지 파멸시키고 말 거야. 1,000년을 산다 해도 다시는 회복할 수 없는 일들이 자네한테 자꾸 생길 걸세. 윈스턴 자네는 보통의 평범한 사람이 느끼는 감정을 다시는 가질 수 없을 거야. 사랑, 우정, 삶의 기쁨, 웃음, 호기심, 용기, 정직함을 온전히 누리지 못하게 될 걸세. 있는 그대로 텅 비고 마는 거지. 우리는 자네를 바짝 짜내 텅 비게 만든 다음 우리의 것으로 다시 채울 걸세."

그는 말을 멈추더니 흰 가운을 입은 남자에게 신호를 보냈다. 위에서 무언가 묵직한 기계 장치가 윈스턴의 머리를 누르며 씌워졌다. 오브라이언은 침대 옆에 앉아 있었다. 그래서 그 얼굴이 윈스턴의 얼굴과 거의 수평을 이루게 되었다.

"3,000." 그는 윈스턴의 머리 위로 흰 가운을 입은 남자에게 말했다.

약간 축축하게 느껴지는 부드러운 패드 두 개가 윈스턴의 양쪽 관자놀이를 죄었다. 그는 겁이 났다. 이내 아프기 시작했다. 한 번도 경험하지 못했던 고통, 새롭게 다가오는 고통이었다. 오브라이언은 안심시키듯 친절하게 그의 손을 잡았다.

"이번에는 아프지 않을 걸세." 그가 말했다. "자, 계속해서 내 눈을 똑바로 쳐다보고 있게."

그 말이 떨어지기가 무섭게 무서운 폭발이 일어났다. 소리가 났는지 안 났는지는 모르겠지만 폭발 같은 것이었다. 어찌나 강렬했는지, 정말 시력을 상실할 정도로 번쩍이는 불빛이었다. 다행히도 윈스턴은 다친 곳이 없는지 아프지는 않았다. 다만 무기력하게 맥이 탁 풀릴 뿐이었다. 그 일이 일어난 아까부터 편히 등을 대고 누워 있는데도 세게 얻어맞고는 쓰러진 듯한 기분이 들어 묘했다. 고통은 없었지만 무시무시한 충격이 그를 완전히 뻗어버리게 만든 것이다. 또한 머릿속에서도 무언가 변화가 나타났다. 그는 눈의 초점이 회복되자 자기가 누구이고, 어디 와 있고, 자기를 응시하고 있는 사람이 누구인지 잘 알아볼 수 있었다. 하지만 뇌의 한 부분이 사라진 것처럼 어디엔가 커다란 구멍이 뚫린 것 같았다.

"오래 걸리지는 않을 거야." 오브라이언이 말했다. "내 눈을 봐. 자, 오세아니아는 지금 어느 나라와 싸우고 있나?"

윈스턴은 생각했다. 하지만 그는 오세아니아가 무엇을 뜻하는지를, 그리고 자신이 오세아니아의 시민이라는 것을 알고 있었다. 유라시아와 동아시아도 기억하고 있었다. 하지만 누가 누구와 전쟁을 하고 있는지는 알 수 없었다. 사실 전쟁이 있다는 것도 알지 못했다.

"생각나지 않습니다."

"오세아니아는 동아시아와 전쟁 중이야. 이제 기억나는가?"

"네."

"오세아니아는 언제나 동아시아와 전쟁하고 있어. 자네가 태어나면서부터, 당이 시작될 때부터, 또 역사가 비롯될 때부터 전쟁은 한 번도 쉬지 않고 늘 똑같이 계속되는 거야. 그것도 기억하겠나?"

"네."

"11년 전 반역죄로 목숨을 잃은 세 명의 인간에 대해 자네는 이야기를 만들어냈어. 자네는 말이야. 그들의 무죄를 증명하는 신문지 조각을 본 것처럼 행동했지. 하지만 그런 종잇조각은 존재한 일이 없네. 자네 혼자 꾸미고 그 뒤에 그것을 믿었단 말일세. 지금 자네는 처음 그것을 꾸며낸 바로 그때를 기억하고 있어. 맞는가?"

"네."

"방금 내가 자네한테 손가락을 펴 보였지. 자네는 다섯 개를 보았어. 기억나나?"

"네."

오브라이언은 엄지손가락을 감추고 왼손을 들어 보였다.

"손가락이 다섯 개 있네. 다섯 개가 보이나?"

"네."

그는 마음의 풍경이 변하기 전에, 깜짝하는 순간에 분명히 그것을 보았다. 그는 다섯 개의 손가락을 보았고 기형도 아니었다. 그런 다음 모든 것이 다시 정상으로 돌아왔고, 앞서 느꼈던 공포와 증오, 어리둥절한 생각이 다시 몰려들었다. 하지만 한순간(얼마 동안인지는 모르겠지만 아마 30초쯤 될 것이다) 그것이 가능할 수 있다고 확신할 수 있는 순간이 있었다. 오브라이언의 갖가지 새로운 암시가 윈스턴의 텅 빈 마음을 채워 절대적 진리가 되고, 둘 더하기 둘이 필요에 따라서는 얼마든지 셋도 되고 다섯도 될 수 있는 그런 순간이었다. 하지만 그런 상태는 오브라이언이 손을 내리기도 전에 이미 사라지고 말았다. 그런 상태를 다시 잡을 수는 없었지만 사실상 자기가 제정신을 가지고 있었던 먼 옛날의 생생한 경험을 기억하듯 그 순간을 기억할 수 있었다.

"자네, 이제는 알았지." 오브라이언이 말했다. "아무튼 그런 것이 불가능하지 않을 수도 있다는 걸 말이야."

"네." 윈스턴이 대답했다.

오브라이언은 매우 만족해하며 자리에서 일어났다. 윈스턴은 왼쪽 편에서 흰 가운을 입은 남자가 주사기에 약을 넣는 모습을 보았다. 오브라이언은 미소를 지으며 윈스턴 쪽으로 몸을 돌렸다. 그러고는 특유의 자기 버릇대로 안경을 고쳐 썼다.

"자네 일기장에 뭐라고 썼는지 기억하나?" 그가 말했다. "적어도 내가 자네를 이해할 수 있고 이런저런 이야기를 나눌 수 있는 사람이라면 친구든 적이든 아무것도 문제될 것 없다고 한 것 말일세. 자네가 맞았어. 나는 자네와 이야기하는 것이 너무 좋다네. 나는 자네 생각에 깊이 공감하고 있어. 자네가 제정신이 아닌 것만 빼면 자네 생각은 내 생각과 매우 흡사해. 오늘 이야기를 끝내기 전에 나에게 물을 것이 있으면 물어보게."

"그 어떤 질문이라도 괜찮습니까?"

"물론이지." 그는 윈스턴의 시선이 다이얼을 향하고 있는 것을 알았다. "이건 꺼버렸어. 자, 먼저 물어볼 게 무언가?"

"줄리아는 지금 어디에 있습니까?" 윈스턴이 물었다.

오브라이언이 다시 미소를 띠었다. "윈스턴, 그 여자는 자네를 배신했어. 당장에…… 주저 없이. 그렇게 빨리 우리한테 넘어오는 사람은 별로 보지 못한 것 같아. 자네가 그녀를 본다 해도 거의 못 알아볼 거야. 그녀의 반항 의식, 기만, 바보 짓, 더러운 마음이 죄다 빠져나와 불꽃 속에서 타버리고 말았어. 완전히 바뀐 거야. 교과서에 실릴 일이지."

"고문했겠지요."

오브라이언은 대답하지 않았다. "다음 질문." 그가 말했다.

"빅 브라더는 살아 있나요?"

"물론이지. 그는 존재해. 당도 여전히 존재하고. 빅 브라더는 당의 처음이자 마지막이자 전부야."

"그도 제가 존재하는 것과 똑같이 존재하나요?"

"틀렸어. 자네는 존재하지 않아." 오브라이언이 말했다.

또다시 무력감이 밀려들었다. 그가 존재하지 않음을 증명하는 이론을 알 수 있었고, 적어도 상상할 수 있었다. 하지만 그것은 부질없는 말장난에 불과한 것이다. "너는 존재하지 않는다."라는 말이 논리적으로 합당하기나 한가? 하지만 그렇다고 해서 그렇게 반박하는 것이 도대체 무슨 소용이 있겠는가? 그는 오브라이언이 대답이 불가능한 희한한 논리로 서로 논쟁할 것을 생각하자 잔뜩 주눅이 들었다.

"저는 제가 존재한다고 생각하고 있습니다." 그는 지친 듯 힘없이 말했다. "저는 저 자신의 존재를 명확히 의식하고 있습니다. 저는 태어났고, 언젠가 죽을 것입니다. 저는 지금 제 몸에 팔다리가 붙어 있습니다. 저는 공간의 어떤 지점을 차지하고 있습니다. 어떤 다른 물체도 제가 차지한 지점을 동시에 차지할 수 없습니다. 그런 의미에서 빅 브라더는 존재합니까?"

"그것은 중요하지 않아. 어찌 되었든 그는 존재해."

"빅 브라더도 죽을까요?"

"아니, 죽지 않아. 어떻게 죽겠나? 다음 질문."

"형제단은 존재합니까?"

"그건 윈스턴, 절대 알 수 없는 일이야. 자네가 여기 일을 다 끝내고 풀려나서 아흔 살까지 산다고 해도 그 질문에 대한 대답이 그런지 아닌지는 결코 모를 걸세. 자네가 사는 동안 그건 자네 마음속에 결코 풀리지 않는 수수께끼로 남을 거야."

윈스턴은 아무런 말도 하지 않았다. 가슴이 조금 더 빠르게 두근거렸다. 그는 제일 먼저 마음에 떠올랐던 질문은 하지 않았다. 그는 그것을 물어보아야 했다. 하지만 혀가 그대로 마비되어버린 것 같았다. 오브라이언의 얼굴에 이 상황을 재미있어 하는 표정이 보였다. 그가 쓴 안경마저도 윈스턴을 비웃기라도 하듯 번쩍거렸다. 윈스턴은 별안간 자기가 무엇을 물으려고 하는지 오브라이언이 안다는 생각이 들었다! 그 생각이 들자 불쑥 말이 튀어나왔다.

"101호실에는 무엇이 있습니까?"

오브라이언의 표정은 변하지 않았다. 그는 냉담하게 대꾸했다.

"윈스턴, 자네는 101호실에 무엇이 있는지 알고 있어. 모든 사람이 다 알고 있는 거야."

그는 흰 가운을 입은 남자에게 손가락을 들어 보였다. 틀림없었다. 심문은 끝이 난 것이 분명했다. 주삿바늘이 윈스턴의 팔에 꽂혔다. 그와 동시에 그는 깊은 잠에 빠져들었다.

3

"자네가 다시 완성되려면 세 단계를 거쳐야 해." 오브라이언이 말했다. "배우고 이해하고 받아들이는 거야. 이제 자네는 2단계에 들어가는 걸세."

이전과 다를 바 없이 윈스턴은 등을 대고 반듯하게 누워 있었다. 하지만 지금은 묶여 있는 끈이 느슨해졌다. 여전히 침대에 묶였지만 무릎을 약간 움직일 수 있었고, 머리도 옆으로 돌리고 팔도 약간은 움직일 수 있어서 그나마 나았다. 다이얼 또한 점점 고통이 줄어들게 맞춰놓았다. 그가 잽싸게 꾀를 쓰면 고통을 피할 수도 있었다. 오브라이언이 다이얼의 레버를 잡아당기는 것은 주로 그가 멍청하게 굴 때였다. 때로는 다이얼을 한 번도 사용하지 않고 심문을 끝냈다. 그는 자신이 몇 번이나 심문을 받았는지 기억하지는 못했다. 전체 심문 과정은 상당히 오랫동안, 끝이 언제인지 기약하지도 않은 것처럼 계속되는 것 같았다. 아마 몇 주일은 계속될 것 같았다. 그리고 심문 사이의 간격은 며칠씩 되는 때도 있고 이따금 한두 시간 정도만 걸릴 때도 있었다.

"자네는 거기 누워 있으면서." 오브라이언이 말했다. "애정부가 어떻게 해서 이렇게 시간을 많이 낭비하면서까지 자네를 괴롭힐지가 무척이나 궁금할 거야. 나한테 묻기까지 했지만 말이야. 그리고 자네가 풀려나서도 결국에는 똑같은 문제로 고개를 갸우뚱하게 될 걸세. 자네는 자네가 살고 있는 사회의 구조는 정확하게 파악하고 있지. 하지만 그 밑에 어떤 동기가 깔려 있는지는 아무것도 모르고 있어. 자네가 일기에 '나는 어떻게는 알지만 왜 그런지는 모른다.'라고 쓴 걸 기억하나? 자네가 자네 정신이 정상인지 아닌지 의심한 것은 바로 '왜'에 관해 생각했던 때일세. 자네는 '그 책', 골드스타인의 책을 읽었어. 전체는 아니어도 그 일부는 말이야. 그 책에 쓰여 있던 것 중에 자네가 몰랐던 게 하나라도 있던가?"

"당신도 그 책을 읽었나요?" 윈스턴이 말했다.

"내가 그것을 썼네. 말하자면 그것을 쓰는 데 나도 참여한 거지. 자네도 알다시피 어떤 책도 혼자 써서 낼 수는 없으니까."

"거기 쓰여 있는 게 사실인가요?"

"당연하지. 거기 해설된 것들은 분명 옳다고 볼 수 있지. 하지만 거기에 제시된 계획은 하나같이 엉터리야. 지식을 내밀하게 쌓은 뒤에 점진적으로 계몽이 확장되기를 꾀하고, 마지막에 가서는 무산 노동자들이 반란을 일으켜 당을 전복시킨다는 계획 말일세. 자네도 그것이 무엇을 말하는지는 충분히 예상했겠지. 하지만 그건 아주 엉터리야. 무산 노동자들은 절대로 반란을 일으키지 않아. 1,000년이 되든 100만 년이 되든 그들은 절대로 반란을 일으키지 못해. 내가 그 이유를 말할 필요도 없지. 자네도 이미 너무나 잘 알고 있어. 만약 어마어마한 규모의 폭동이 일어날 거라는 기대를 가지고 있다면 그런 기대는 아예 처음부터 깔끔하게 접도록 해. 당을 전복시킬 방법은 없어. 당은 영원히 통치하네. 그것을 자네 사고의 출발점으로 삼도록 하게."

그는 침대 가까이로 바짝 다가왔다. "영원해!" 그는 되풀이했다. "그러면 이제 어떻게와 왜의 문제로 다시 돌아가 볼까? 자네는 당이 어떤 방법으로 당이 권력을 유지하는지 잘 알고 있어. 그렇다면 우리가 도대체 왜 그토록 권력에 매달리는 것인지 한번 말해보게. 권력을 잡으려는 동기는 어디에 있는 것인가? 왜 우리는 그토록 권력을 원해야 하는 것인가? 자, 말해, 말해보게." 그는 덧붙여 말했으나 윈스턴은 입을 떼지 못했다.

윈스턴은 여전히 한동안 말문을 열지 못했다. 피로감이 온몸으로 전해져왔다. 열정에 들뜬 광기가 희미하게 오브라이언의 얼굴에 떠올랐다. 그는 오브라이언이 무슨 말을 할지를 미리 알고 있었다. 당은 당 자체의 목적을 위해서 권력을 추구하는 것이 아니다. 다수의 이익을 위해서, 다수의 행복을 위해서 당은 권력을 추구하는 것이다. 대부분의 인간들은 나약하고 자신에게 피해가 오는 상황이 되면 비겁해지는 동물이어서 자유를 감당할 힘도 없거니와, 진리를 똑바로 볼 힘도 없기 때문에 자신들보다 더 강한 타인에게 지배받고 통치받거나 조직적으로 기만당하게 되어 있는 것이다. 인간은 자유와 행복 가운데 어떤 하나를 반드시 선택해야 하는 기로에서 있는데, 대다수의 인간들은 행복을 더 좋은 것으로 생각한다. 당은 약자들의 영원한 수호자이고, 다른 사람들의 행복을 위해 자신의 행복을 희생하며, 선을 실천하기 위해 악을 행하는 헌신적인 집단이다. 그는 이렇게 말할 것이다. 그런데 윈스턴에게 정말 소름끼치는 일이 있었다. 그것은, 오브라이언이 이런 소리를 할 때 자신이 반드시 그것을 확신해야 한다는 것이었다. 오브라이언의 얼굴을 보면 그것을 분명히 알 수 있었다. 오브라이언은 모르는 것이 하나도 없었다. 모든 것을 세세하게 다 알고 있었다. 윈스턴보다도 더 잘 알고 있었다. 1,000배는 족히 될 것이다. 세상이 실제로 어떤 형편에 놓여 있는지, 대다수의 인류가 얼마나 처참하게 살아가고 있는지, 또 당이 어떤 거짓과 야만적인 행위로 사람들을 그렇게 구속하고 있는지를 말이다. 그는 어떻게든 그것을 모조리 이해했고, 또 그 모든 것을 감안했지만 거기에는 그 어떤 차이도 나지 않았다. 모든 것은 궁극적인 목적에 의해서만 정당화되는 법이었다. 윈스턴은 생각했다. 자기보다 지식이 더 많고 자기 논증에 귀를 더 잘 기울이면서도 단순히 자신의 광적인 행위만을 고집하는 이 미친 인간에 맞서서 도대체 무엇을 할 수 있다는 말인가?

"당신들은 우리의 행복을 위해 우리를 지배하고 있습니다." 그는 힘없이 말했다. "또 인간은 스스로를 다스릴 만한 존재가 될 수 없다고 믿고 있습니다. 그러므로……."

그는 놀라서 소리를 지를 뻔했다. 갑자기 온몸을 쑤시는 듯한 고통이 몰려왔다. 오브라이언이 다이얼 레버를 35로 올렸던 것이다.

"바보 같은 소리. 윈스턴, 이 멍청한 새끼!" 그가 말했다. "자네는 그따위 소리보다 더 잘 알고 있어야 해."

그는 레버를 풀고 말을 계속했다.

"내 질문에 대한 답변을 내가 해주겠네. 이게 답이야. 당은 권력을 추구하는 건 전적으로 그 자체의 이득을 위해서야. 다른 이유는 없지. 우리는 타인의 행복 같은 데는 일말의 관심도 없어. 우리에게 남아 있는 관심사는 단 하나, 오직 권력뿐이야. 부귀나 사치나 장수나 행복 따위가 아니야. 오직 권력, 순수한 권력뿐이지. 무엇이 순수한 권력인 것인지는 자네도 조만간 알게 될 걸세. 우리는 우리가 무엇을 하고 있는지 알고 있다는 점에서 과거의 과두 정치와는 달라. 다른 모든, 심지어 우리와 비슷한 자들마저도 모두 겁쟁이였고 위선적으로 행동했어. 독일의 나치스와 소련의 공산주의자들도 수법은 우리와 너무나 비슷했지. 하지만 자신들이 권력을 추구하는 동기가 무엇인지를 인정할 만한 용기는 전혀 가지고 있지 않았던 거야. 그들은 본의 아니게 그리고 한시적인 기간 동안만 권력을 장악했어. 더구나 인간이 자유롭고 평등하게 살 낙원이 어딘가에 펼쳐질 거라고 과감하게 포장했고, 어쩌면 곧이곧대로 믿기까지 했던 거야. 그런데 우리는 그들과는 달라. 권력을 그 누가 잡든 간에 그것을 포기할 의사가 조금도 없다는 사실을 우리는 정확하게 알고 있어. 권력이 수단이 될 수는 없네. 그건 목적이지. 혁명을 보장하기 위해서 독재 정권을 수립하는 게 아니야. 혁명을 하는 건 독재 정권을 수립하기 위해서지. 박해의 목적은 박해이고, 권력의 목적 또한 역시 권력이지. 이제 내 말이 무엇을 의미하는지 좀 알 것 같은가?"

윈스턴은 피로에 찌든 듯한 오브라이언의 얼굴을 보고 이전처럼 또 한 번 충격을 받았다. 그가 무력감을 느끼기 전만 해도 그 얼굴은 강인하고 두툼했으며 맹렬한 기세로 몰아붙이는 야수 같았고 지성이 넘쳤으며 절제된 열정이 눈에 띄었다. 그런데 이제는 지쳐 있었다. 눈 밑은 어두웠고, 광대뼈 아래로는 살가죽이 축 처져 있었다. 오브라이언은 윈스턴에게 몸을 굽히고 피곤한 얼굴을 가까이 내밀었다.

"자네는." 그가 말했다. "내 얼굴이 늙고 지쳤다고 생각하는군. 자네는 내가 권력에 대해 떠들고 있지만 내 몸뚱이가 쇠해가는 건 막지 못한다고 생각하겠지. 윈스턴, 개인은 그저 하나의 세포일 뿐이라는 걸 자네는 모르나? 세포가 쇠퇴하는 건 다른 말로 하면 유기체의 활력이기도 해. 그래, 쇠퇴는 유기체의 활력이야. 손톱을 잘랐다 해서 자네가 목숨을 잃는가?"

그는 침대에서 몸을 돌려 한 손을 호주머니에 넣은 채 다시 이리저리 걷기 시작했다.

"우리는 권력을 신봉하는 성직자야." 그가 말했다. "신은 그 자체로 권력이고. 그렇지만 지금 자네에게 권력은 그냥 말에 불과하지. 자네는 이제부터 권력의 뜻이 무엇인지 생각해보아야 해. 우선 자네가 알아야 할 것은 권력이란 집단적이라는 사실일세. 개인은 오직 자기가 개인이라는 생각에서 벗어날 수 있어야만이 권력을 가질 수 있는 거야. 자네, '자유는 예속'이라는 당의 슬로건을 알고 있지? 자네는 그것을 반대로 생각해본 적은 없나? 예속은 자유라고 말일세. 혼자 있는 인간, 다시 말해 자유로운 인간은 언제나 패배를 맛보게 되네. 당연하지. 왜냐하면 모든 인간은 언젠가는 반드시 죽게 되어 있고, 죽음은 다양한 실패 중에서도 가장 크고 비참한 실패이기 때문이야. 하지만 인간이 철저하고 완전하게 복종함으로써 자신의 존재에서 벗어나 자기 자신이 곧 당이 될 만큼 당에 전적으로 합류하게 된다면, 그때는 전능한 불멸의 존재가 된다는 걸세. 두 번째로 자네가 알아야 할 것은 권력이란 인간 위에 군림하는 권력이라는 사실이야. 인간의 육체 위에 군림하는 권력, 무엇보다도 인간의 마음을 지배하는 권력이지. 물질에 대한 권력, 그러니까 자네가 언급했던 외적인 실재에 대한 권력은 그다지 중요한 건 아니야. 물질에 대한 우리의 지배는 이미 너무나 절대적이니까."

윈스턴이 다이얼을 까맣게 잊어버린 채로 잠시 시간이 흘렀다. 그는 몸부림을 치며 일어나 앉으려고 애썼다. 하지만 고통스럽게 몸을 조금 움직일 수 있을 뿐이었다.

"그렇지만 도대체 어떻게 물질을 지배할 수 있다는 말입니까?" 그는 참지 못하고 말했다. "당신들은 날씨나 인력의 법칙도 지배하지 못하는데 말입니다. 그리고 질병과 고통과 죽음이 있는데 말입니다."

오브라이언은 손짓으로 그의 말문을 멈추게 했다. "우리는 인간의 생각을 지배하기 때문에 물질도 지배하는 걸세. 실재란 우리 머릿속에 있지. 윈스턴, 지금은 이해가 되지 않겠지만 자네도 차차 알게 될 걸세. 세상에는 우리가 할 수 없는 것은 존재하지 않아. 눈에 안 보이게 할 수도 있고 공중을 날게 할 수도 있고 우리는 우리가 원하는 그 무엇이든 할 수 있어. 또 원하기만 하면 비눗방울처럼 이 바닥 위를 둥둥 떠다닐 수도 있지. 하지만 나는 원하지 않네. 당이 그것을 바라지 않으니까 나도 하지 않는 것뿐이야. 자연 법칙에 대해서는 저 19세기적인 사고방식을 버려야만 해. 우리가 자연 법칙을 만들고 있으니까 말이지."

"그렇지만 당신들은 절대로 그렇게 못 합니다! 이 지구의 주인도 될 수 없었고 지금도 그러지 못하고 있습니다. 아닌가요? 유라시아와 동아시아에 대해서는 어떻습니까? 아직도 정복하지 못했습니다."

"그건 중요한 게 아닐세. 적당한 때가 되면 우리는 반드시 정복할 거야. 하지만 우리가 정복하지 않는다고 해서 그게 어떻다는 건가? 우리는 그들을 전멸시킬 수 있어. 오세아니아는 세계야."

"그렇지만 세계 그 자체는 기껏해야 먼지 알갱이에 불과한걸요. 그리고 인간은 아주 작고 무력한 존재라는 말입니다! 인간이 이 지구상에 존재한 지가 얼마나 되었습니까? 수백만 년 동안 지구상에는 인간이 살고 있지 않았습니다."

"그따위 바보 같은 소리는 집어치우시게. 지구의 나이는 우리와 같아. 더 오래되지 않았어. 어떻게 더 오래되었겠나? 인간의 의식을 통하지 않고서는 그 어떤 것도 존재할 수 없네."

"그렇지만 바위엔 멸종된 동물들의 뼈가 너무나 확연하고 또 가득합니다. 그러니까 매머드나 마스토돈이나 거대한 파충류의 뼈 같은 게 말입니다. 그것들은 인간이 나타나기 오래 전부터 이미 이 지구상에 살고 있었어요."

"윈스턴, 자네 그런 뼈를 실제로 본 일이 있나? 물으나마나 지. 없어. 그건 19세기 생물학자들이 꾸며낸 거짓이야. 인간 이전에는 아무것도 없었어. 만약 인간이 멸종한다면 그 이후로 존재하는 것은 아무것도 없을 걸세. 인간 말고는 아무것도 없는 거야."

"그렇지만 우리 인간 외부에 우주라는 드넓은 세계가 있습니다. 별들을 보십시오! 그 별들 중에는 100만 광년이나 떨어져 있는 것도 있습니다. 그것들은 인간의 힘이 미치지 않는 곳에 영원히 있습니다."

"무엇이 별들이라는 건가?" 오브라이언이 차갑게 말했다. "그것들은 말이야. 몇 킬로미터 밖에 떨어져 있는 작은 불티에 불과해. 그리고 원하기만 하면 우리는 거기 갈 수도 있고, 또 없애버릴 수도 있어. 지구는 우주의 중심이야. 태양과 별이 지구 둘레를 돌고 있으니 말일세."

윈스턴은 또다시 발작적으로 움직였다. 이번에는 아무 말도 꺼내지 않았다. 오브라이언은 마치 반박을 받고 그에 대해 항변하기라도 하는 듯 말을 계속했다.

"물론 목적에 따라서는 그것이 사실이 될 수 없지. 우리가 대양을 항해할 때나 일식을 예보할 때는 지구가 태양을 돌고 있고 별들이 수백억 킬로미터 떨어져 있다고 생각하는 게 편리하다는 것을 알 수 있어. 하지만 그게 도대체 무언가? 자네는 우리가 천문학을 이원적 체계로 만들 수 없다고 혹 생각하는 건가? 별들이란 우리의 필요에 따라 가까이 있을 수도 있고 멀리 있을 수도 있어. 자네는 우리 수학자들이 그런 일을 못 해낼 거라고 생각하는 건가? 자네 이중사고를 벌써 잊은 건가?"

윈스턴은 침대에 누운 채 몸을 움츠렸다. 그가 뭐라고 말하든 오브라이언의 재빠른 답변은 그를 몽둥이로 두들겨 패는 것처럼 녹초로 만들었다. 하지만 그는 알고 있었다. 자기가 옳다는 것을 알고 있었다. 인간의 의식을 떠나서는 어떤 것도 존재하지 못한다는 신념(기어코 그것이 허위라는 것을 드러낼 무슨 방법이 있어야 한다)은 이미 오래전에 그것이 오류라고 밝혀지지 않았던가? 기억은 나지 않지만 그에 대한 이름까지 있었다. 오브라이언은 그를 내려다보면서 입가에 야릇한 미소를 지었다.

"윈스턴, 내가 말했었지." 그가 말했다. "형이상학은 자네의 강점이 될 수 없다고 말이야. 자네가 지금 생각해내려고 애쓰는 말은 유아론이라는 걸세. 하지만 자네는 지금 착각하고 있어. 이건 유아론이 아니야. 자네의 방식대로라면 집단적 유아론이라고 할 수 있겠지. 하지만 그것은 다른 것이네. 사실은 정반대의 것이지. 이건 모두 여담이니 여기까지만 해두세." 그는 어조를 달리해서 덧붙였다. "진정한 권력, 우리가 밤낮으로 쟁취해야 하는 권력은 사물에 대한 권력이 아니라 인간에 대한 권력이야." 그는 말을 멈추고 잠깐 동안 장래가 촉망되는 학생에게 묻는 선생과 같은 태도를 다시 꾸며냈다. "자, 윈스턴. 어떻게 하면 다른 사람에게 자기의 권력을 주장할 수 있겠나?"

윈스턴은 생각했다. "그 사람에게 고통을 주면 됩니다." 그는 대꾸했다.

"바로 그거야. 그 인간을 괴롭히면 돼. 복종만으로는 충분하지 못해. 그가 고통을 당하지 않는다면 어떻게 그가 자기 의사가 아닌 상대방의 의사에 복종하고 있는지 안 하는지 알 수 있겠는가? 권력은 고통과 모욕을 주는 가운데 존재하는 거야. 권력은 인간의 마음을 갈기갈기 찢어 자신들이 원하는 새로운 모양으로 다시 뜯어 맞추는 거라네. 그러면 자네, 우리가 창조하고자 하는 세상이 어떤 것인지 이제 좀 알 것 같은가? 그건 옛날의 개혁자들이 상상했던 어리석은 쾌락주의적 유토피아와는 정반대의 것이네. 공포와 반역과 고통의 세계, 짓밟고 짓밟히는 세계, 다듬어질수록 한층 더 무자비해지는 세계라네. 우리가 만드는 세계에서의 발전은 고통을 향한 진전일 뿐일세. 옛 문명은 사랑과 정의 위에 세워졌다고 사람들은 주장했지. 하지만 우리의 것은 다른 것이 아니라 바로 증오 위에 세워진 거야. 우리 세상에 감정이라고 할 수 있는 건 공포와 분노와 승리감과 굴욕감 외에는 하나도 없어. 그

밖의 것은 다 때려 부수는 거야. 하나도 남김없이 말이야. 우리는 이미 혁명 전부터 존재해온 사고의 습성을 제거해나가고 있네. 우리는 이미 부모자식 사이, 사람들 사이, 그리고 남녀 사이를 중단해버렸어. 이제는 어느 누구도 여편네나 자식이나 친구를 믿어주지 않는 거야. 그리고 미래에는 아내도 친구도 없을 걸세. 닭이 알을 낳으면 그것을 꺼내오듯 자식들은 태어나자마자 엄마 품에서 떨어지게 될 거야. 성 본능도 사라지는 거지. 출산은 배급 통장을 새로 만들어주듯 1년에 한 번씩 가지는 연례적인 행사가 될 걸세. 섹스할 때의 오르가즘도 없애버릴 거야. 우리 신경학자들이 지금 오르가즘을 없애는 방법을 연구하고 있네. 충성심도 당에 대한 것 외에는 모두 없애버릴 거야. 사랑 역시 빅 브라더에 대한 사랑밖에 없고. 웃음 또한 패망한 적에 대한 승리감에서 우러나는 웃음밖엔 없어. 예술도 문학도 과학도 하나도 없는 거야. 우리가 전능해지면 과학 따위는 더 이상 무슨 필요가 있겠는가. 아름다움과 추잡함의 구별도, 호기심도, 살아가는 과정에서의 즐거움도 모두 사라지고 없을 걸세. 경쟁에서 누릴 수 있는 기쁨도 모두 다 사라지는 거야. 하지만 언제나……. 윈스턴, 이거 하나는 명심하게. 비대해지고 기묘해지는 권력을 향한 도취감만을 언제나 맛보게 될 거라는 걸 말이네. 언제나, 어느 순간에고 전율을 일으키는 승리감과 무력한 적을 짓밟는 쾌감 따위가 있을 걸세. 만약 자네가 미래의 모습을 보기 원한다면 인간의 얼굴을 짓밟고 있는 구둣발을 상상하면 되네. 영원히 짓밟는 구둣발을……."

그는 마치 윈스턴이 말하기를 기다리는 듯 이내 말문을 닫았다. 윈스턴은 다시 침대 속으로 몸을 움츠리며 파고들려고 애썼다. 그는 그 어떤 이야기도 할 수가 없었다. 심장이 꽁꽁 얼어붙는 것 같았다. 오브라이언이 계속했다.

"그리고 그것이 영원하다는 걸 명심하게. 이단자의 얼굴은 언제나 그 밑에 짓밟히고 있을 거야. 사회의 적인 이단자는 항상 짓밟힐 것이니 계속해서 패배당하고 그런 식으로 모욕을 받을 걸세. 자네가 우리 손에 넘어온 이래 겪은 모든 일들은 앞으로도 그치지 않을 것이고 계속될 거야. 간첩 행위, 배신, 체포, 고문, 처형, 그리고 증발은 결코 멈추지 않을 걸세. 그것은 승리의 세계인 동시에 공포의 세계일세. 당의 권력이 강하면 강할수록 더욱 무자비해지고 관용이라는 것은 그 모습을 감추게 되지. 반대파가 약해지면 약해질수록 독재 체제는 더욱 가혹해지고 말이야. 골드스타인과 그를 추종하는 이단자들도 영원히 없어지지는 않아. 그들은 매일매일 순간순간 패배당하고, 불신당하고, 웃음거리가 되고, 침으로 농락당하며 모욕을 받겠지만 그럼에도 그자들은 언제나 남아 있을 거야. 지난 7년 동안 내가 자네에게 꾸민 이 연극도 대를 이어가며 계속 되풀이될 거고, 그 수법도 점점 더 교묘해질 걸세. 우리는 그게 언제든 상관없이 이단자들을 우리 마음이 바라는 대로 처리할 거야. 그자들은 고통에 못 이겨 비명을 지르고 경멸당할 지경이 되어 결국에 가서는 참회할 것이고 자발적으로 우리의 다리를 부여잡고는 제발 살려달라고 울며불며 애걸복걸할 걸세. 윈스턴, 이것이 바로 우리가 준비하는 세상의 모습이야. 승리 뒤의 승리, 개선 뒤의 또 개선, 이렇게 권력에 대한 탐욕을 끝없이 다지고 또 다지는 그런 세상이지. 이제 자네가 그 세상이 어떻다는 걸 깨닫기 시작하는 것 같군. 하지만 나중에 가서는 이해하는 것 이상으로 알게 될 거야. 자네는 그것을 받아들이고, 환영하고, 그것과 한 몸을 이루게 될 거야."

윈스턴은 기운이 돌아오자 입을 열었다. "그렇게는 못 합니다!" 그가 힘없이 말했다.

"윈스턴, 자네 무슨 소리를 하는 건가?"

"당신은 당신이 방금 설명한 것 같은 그런 세상을 만들지 못합니다. 그건 꿈입니다. 절대로 불가능합니다."

"도대체 왜 그런 거지?"

"문명이라는 것을 공포와 증오와 잔인성 위에 세운다뇨? 그런 건 있을 수 없습니다. 그건 절대 지속될 수 없습니다."

"왜 안 되나?"

"그건 생명력이 없습니다. 붕괴되고 말 겁니다. 그런 생명력은 저절로 파멸하게 됩니다."

"머저리 같은 소리. 자네는 사랑보다 증오가 사랑보다 심신을 더 소모시킨다고 생각하고 있군. 도대체 어째서 그래야 하나? 또 설령 그렇다 하더라도 그게 도대체 무슨 상관인가? 우리가 더 빨리 늙는다고 생각해보게. 인간의 평균 수명을 줄여서 서른 살에 노쇠해버린다고 생각해보자는 말이야. 그래도 뭐가 달라지겠는가? 자네 개인의 죽음은 죽음이 될 수 없다는 것을 아직도 모르는 건가? 당은 불멸의 존재야."

여느 때와 마찬가지로 오브라이언의 목소리는 윈스턴을 마구 두들겨 무력하게 만들었다. 더구나 그는 오브라이언의 의견에 반대를 고집했다가는 다시 다이얼이 돌려지리라는 공포에 사로잡혀 선뜻 나서지 못하고 있었다. 그렇지만 그저 입을 다물고 침묵하고 있을 수는 없는 노릇이었다. 그는 아무런 힘도, 또 따지지도 못하고 나약하게, 오직 오브라이언이 말한 것에 대해 막연한 공포감에 사로잡혀 다시금 반박하기 시작했다.

"글쎄요. 저는 모르겠습니다. 관심을 갖고 싶지도 않습니다. 아무튼 당신들은 성공 못 할 겁니다. 무언가가 당신들을 때려 부술 겁니다. 삶이 당신들을 좌절시킬 겁니다."

"윈스턴, 우리는 모든 면에서 그 수준에 따라 삶을 완전히 지배하고 있어. 자네는 우리가 하는 일에 분노하고, 우리에게 반항할 인간성이라고 하는 그 어떤 것을 상상하고 있지. 하지만 우리는 인간성을 창조하고 있네. 인간들이란 무한히 다루기가 쉬운 존재야. 또 아마 자네는 무산 계급이나 노예들이 봉기해서 우리를 전복시킬 거라는 구태의연한 사고방식에 사로잡혀 있을 거야. 윈스턴, 그따위 생각은 얼른 집어치워버려. 그들은 짐승처럼 무력한 존재라네. 인간성이 바로 당이야. 그 외의 것들은 관계없고 아무것도 아니야."

"상관없습니다. 결국에 가선 그들이 당신들을 무너뜨릴 겁니다. 조만간 당신들이 어떤 사람이라는 걸 알고 산산조각 내버릴 겁니다. 저는 그렇게 믿습니다."

"자네, 도대체 무슨 까닭으로 그렇게 말하는 건가? 무슨 증거라도 보았나? 아니면 그래야 할 무슨 이유라도 있는가?"

"없습니다. 저는 그렇게 믿고 있습니다. 저는 당신들이 성공하지 못하리라는 것을 알고 있습니다. 이 우주 공간에 무엇인가가……. 모르겠어요. 어떤 정신이라고 해야 할지, 어떤 원리라고 해야 할지……. 여하튼 결코 정복할 수 없는 것이 있습니다."

"윈스턴, 자네는 하느님을 믿는가?"

"아니요."

"그러면 우리를 때려 부술 거라는 그 원칙이란 건 도대체 무엇인가?"

"모르겠습니다. 인간의 정신이라고 해두죠."

"그러면 자네는 자네 자신을 인간이라 생각하나?"

"네."

"윈스턴, 자네가 인간이라면 자네는 마지막 인간이야. 자네와 같은 인간들은 멸종했어. 우리가 바로 그 후계자야. 자네는 자네가 혼자라는 걸 알고는 있나? 자네는 역사 밖에 있고 이 세상에 존재하지도 않아." 그가 태도를 바꾸더니 다소 거칠게 말을 이었다. "그러면 자네는, 우리에게 거짓이 있고 잔인무도하다고 해서 자네가 우리보다 도덕적으로 훨씬 더 우월하다고 생각하는 건가?"

"네, 저는 저 자신이 우월하다고 생각합니다."

오브라이언은 아무 말도 하지 않았다. 다른 두 사람의 목소리가 말하고 있었다. 잠시 후에 윈스턴은 그 목소리 중 하나가 자신의 것임을 깨달았다. 그가 형제단에 가입하던 날 밤 오브라이언과 나눈 대화를 녹음한 것이었다. 그것은 자기가 거짓말하고, 도둑질하고, 위조하고, 살인하고, 마약 사용과 매춘을 조장하고, 성병을 퍼뜨리고, 어린이의 얼굴에 황산을 뿌린다는 것을 스스로 약속한 자신의 목소리였다. 오브라이언은 그런 시위가 다 소용없는 짓이라는 듯 약간 답답한 표정을 지어 보였다. 그런 다음 스위치를 껐다. 목소리가 그쳤다.

"침대에서 일어나게." 그가 말했다.

묶은 끈이 저절로 느슨해져 있었다. 윈스턴은 바닥으로 내려와 비틀거리며 일어섰다.

"자네는 마지막 인간이야." 오브라이언이 말했다. "인간 정신의 수호자야. 자네가 어떤 인간이라는 걸 알게 될 걸세. 옷을 벗도록 해."

윈스턴은 제복을 졸라맨 허리띠를 풀었다. 지퍼는 예전에 망가져 있었다. 그러고 보니 수감된 이후로 한 번도 옷을 모두 벗은 일이 없다는 생각이 떠올랐다. 제복을 벗자 몸뚱이는 더럽고 누리끼리한 천 조각으로 감겨 있었는데, 윈스턴이 그것을 보고 속옷 찌꺼기라고 겨우 알아볼 수 있을 정도였다. 옷이 땅바닥까지 미끄러지자 방 저쪽 끝에 놓인 삼면거울이 눈에 들어왔다. 윈스턴은 그리로 가까이 가다 문득 멈추어 섰다. 생각지도 않은 비명이 그때 터져 나왔다.

"더 가." 오브라이언이 말했다. "양쪽 거울 사이에 서. 몸 옆쪽도 잘 보일 거야."

그는 두려움에 멈추어 섰다. 뭔가 음침한 기분이 드는 해골 같은 물건이 자기 쪽으로 오고 있었다. 그 실제 겉모습이 무서운 것이었다. 단순히 그것이 자기 자신이란 사실을 알았기 때문만은 아니었다. 그는 더 바짝 다가섰다. 그 속에 나타난 인간의 얼굴은 몸이 굽어 있어 마치 툭 튀어나온 것 같았다. 훅 벗어진 이마가 머리 뒤까지 올라간 대머리, 구부러진 코, 찌그러진 광대뼈, 그 위에 자리 잡은 날카롭게 부릅뜬 눈, 그것은 분명 버림받은 죄수의 얼굴이었다. 양쪽 볼에는 상처 자국이 있고, 입은 쑥 들어가 보였다. 틀림없이 자신의 얼굴이었으나 그것은 마음보다 더 심하게 변한 것 같았다. 외모에서 느끼는 감정은 마음속에서 느끼는 감정과는 전혀 다른 결을 지닌 것 같았다. 절반은 대머리가 되어 있었다. 처음에는 머리가 센 것으로 생각했는데 그게 아니라 머리털이 빠져 있었다. 손과 둥근 얼굴을 뺀 몸뚱이는 오래 묵은 때로 인해 잿빛에 가까웠다. 여기저기 상처도 나 있었고, 발목 근처의 정맥류궤양은 곪아터져서 살갗이 허옇게 벗겨져 있었다. 하지만 정말 무서운 모습은 살이 쭉 빠져서 뼈만 남은 앙상한 몸이었다. 갈빗대는 마치 해골처럼 뼈만 앙상했다. 다리는 쪼그라들어 넓적다리보다 무릎이 더 굵었다. 그는 이제야 오브라이언이 옆모습을 보라고 한 뜻을 알았다. 깜짝 놀랄 만큼 척추가 심하게 구부러져 있었다. 뼈만 남은 어깨는 앞으로 튀어나와 가슴팍이 움푹 들어가고, 뼈만 남아 있는 목은 머리통 무게를 못 이겨 심하게 구부러져 있었다. 그는 바로 이런 것이 무슨 고질병에 시달리는 예순 살 먹은 노인의 몸뚱이일 거라고 생각했다.

"자네는 종종 생각했겠지." 오브라이언이 말했다. "내 얼굴이 말이야……. 내부 당원의 이 얼굴이 늙고 피로해 보인다고. 그래, 자네 자신의 얼굴은 어떻다고 생각하는가?"

그는 윈스턴의 어깨를 잡고 빵 돌려 거울에 비친 자신을 바라보게 했다.

"자네 꼴을 좀 보게." 그가 말했다. "자네 몸뚱이를 뒤덮고 있는 이 더러운 때를 좀 보게. 발가락 사이에 있는 때를 보라는 말이야. 자네 다리의 저 구역질나게 더러운 종기를 보란 말이야. 자네 몸뚱이에서 염소 같은 구역질나는 악취가 풍기는 건 알고 있나? 자네는 모를 거야. 그 뼈만 앙상한 꼴을 좀 보게. 눈에 보이나? 자네 팔목은 지금 엄지와 집게만으로도 한 줌에 집히네. 목은 당근처럼 뚝 하고 분질러버릴 수도 있어. 자네가 우리한테 잡혀온 뒤로 줄어든 체중이 25킬로그램이라는 걸 아는가? 자네 머리카락도 한 움큼씩 빠져. 자, 여기를 좀 보란 말이야!" 그는 윈스턴의 머리를 잡고 머리털을 한 움큼 뽑아냈다. "입을 벌려봐. 아홉, 열, 열한 개 남았군. 우리한테 오기 전에는 이가 몇 개였나? 이제 남은 몇 개도 곧 빠지려고 해. 이걸 보란 말이야!"

그는 억센 엄지와 검지를 써서 윈스턴의 앞니 하나를 꽉 잡았다. 턱이 빠질 것 같은 고통이 느껴졌다. 오브라이언은 흔들리는 이빨을 잡아 비틀고는 뿌리째 뽑아버렸다. 그러고는 감방 저편에다 내던졌다.

"자네는 썩어 들어가고 있어." 그가 말했다. "몸뚱이가 조각조각 부서질 거야. 그야말로 만신창이가 되어가고 있지. 도대체 자네라는 인간은 무엇인가? 그저 불결하고 더러운 때주머니 아닌가? 이제 몸을 돌려 거울을 다시 한번 봐봐. 자네와 마주한 형체가 보이는가? 저게 마지막 인간이야. 자네가 인간이라면 저게 바로 인간성이라는 거야. 자, 다시 옷을 입게."

윈스턴은 뻣뻣하고 느린 동작으로 옷을 챙겨 입기 시작했다. 여태까지 그는 자기가 얼마나 여위고 약해졌는지 눈여겨보지 않았다. 다만 한 가지 생각만이 머리에 가득했다. 자기가 예상했던 것보다 더 오랫동안 이곳에 감금되었다는 사실이었다. 그런 다음 갑자기 그 너절한 누더기를 몸에 걸치면서 망가진 자신의 몸에 대한 연민의 정이 온몸을 뒤덮었다. 갑자기 서러움이 복받쳤다. 그는 자기도 모르게 침대 곁에 있는 자그마한 의자 위에 쓰러져 눈물을 펑펑 쏟아내고 말았다. 그는 자신이 살벌한 불빛 속에서 한 묶음도 되지 않는 뻬다귀를 더러운 내의로 감싼 채 추악하고 꾀죄죄한 모습으로 울고 있다는 것을 알았다. 하지만 눈물은 멈출 수가 없었다. 오브라이언이 어깨에 손을 얹고 다정한 목소리로 말했다.

"이 상태가 오래가지는 않을 걸세. 자네가 원하기만 한다면 언제든 모면할 수 있어. 이 모든 것이 자네에게 달린 거야."

"당신 짓이오!" 윈스턴이 흐느꼈다. "나를 이 지경으로 만든 건 바로 당신이오."

"윈스턴, 그건 아냐. 이건 자네 스스로 이렇게 만든 것이지. 자네가 당에 반기를 들었을 때 이렇게 될 거라는 걸 각오했었어. 처음 행동에 다 포함되어 있었네. 자네가 예상하지 못한 일이 일어난 것은 없어."

그는 잠시 말을 멈추었다가 계속했다.

"윈스턴, 우리는 자네를 패배시켰네. 녹초가 되도록 자네를 묵사발로 만들었어. 자네는 조금 전에 자네 몸뚱이가 어떤 꼴이라는 걸 보았네. 자네 마음도 그와 똑같은 꼴이야. 자네에게 이제는 뭐 자부심 따위가 있다고 생각하지는 않네. 자네는 발길로 차이고 매질도 당하고 참기 힘든 모욕도 받았어. 그러면 자네는 아프다고 비명을 지르고 피를 토하면서 침과 범벅이 된 채로 땅바닥에 뒹굴었던 거야. 그리고 살려달라고 울부짖고 아무나 배신다고 닥치는 대로 털어놓았지. 자네 단 한 가지라도 타락하지 않았다고 생각하는 게 있나?"

윈스턴은 눈물을 멈추었다. 하지만 눈에선 여전히 눈물이 흘렀다. 그는 오브라이언을 쳐다보았다.

"나는 줄리아를 배반하지 않았소." 그가 말했다.

오브라이언은 생각에 잠겨 그를 내려다보았다. "그래, 그건 분명한 사실이야. 자네는 결단코 줄리아를 배반하지 않았지."

그 무엇으로도 지워버릴 수 없을 것 같은 오브라이언에 대한 유별난 존경심이 또다시 윈스턴의 가슴에 물결쳤다. 얼마나 지성적인가. 그는 생각했다. 오브라이언, 그는 얼마나 지성적인가! 오브라이언은 자기가 말한 것은 하나도 빠짐없이 이해하고 있었다. 그것도 정확히. 오브라이언이 아닌 다른 사람이었다면 자기가 줄리아를 배신했다고 기다렸다는 듯 말했을 것이다. 그런 고문으로 그들이 그에게서 억지로 짜내지 못할 것이 도대체 무엇이 있다는 말인가? 그는 그녀에 대해 알고 있는 모든 것을 죄다 털어놓았다. 그녀의 습관을, 성격을, 지난 생애를 모두. 그는 그들의 밀회 동안에 일어났던 모든 일들을 차근차근, 자기가 그녀에게 한 말이나 그녀가 자기에게 한 모든 말들을, 그들이 암시장에서 산 먹을 것들을, 그들이 저지른 간통을, 그리고 당에 대해 품었던 음모의 전말을, 즉 모든 것을 하나도 남김없이 고백했다. 그렇지만 그가 의도한 말뜻 그대로는 그녀를 배신한 것이 아니었다. 그는 그녀를 끊임없이 사랑했고, 그녀에 대한 감정은 전과 똑같았다. 오브라이언은 설명을 들을 필요도 없이 그가 말하고자 하는 사실을 알았다.

"말해주시오." 그가 말했다. "나를 언제 총살시킬지 말이오."

"오래 걸릴 거야." 오브라이언이 대꾸했다. "자네 같은 경우는 조금 곤란해. 하지만 그렇다고 해서 희망을 저버리지는 말게. 모든 게 조만간 치료가 되겠지. 결국에는 자네를 총살시킬 걸세."

4

윈스턴의 상태는 훨씬 좋아졌다. 하루가 다르게 몸이 좋아진다고 말해도 괜찮다면 그의 몸은 매일이 다를 정도로 살이 찌고 건강도 회복했다.

백열등과 윙윙거리는 소리는 이전과 조금도 다를 바 없었다. 하지만 이 감방 전에 있던 그 어떤 감방보다도 편안한 곳이었다. 침대에는 베개와 이불이 있었고 편히 앉아 쉴 수 있는 의자도 있었다. 그네들은 목욕도 허락해주고 틈틈이 대야에 물을 받아 세수도 하게 해주었다. 심지어 따뜻한 물까지 건네주었다. 그는 새로운 속옷과 깨끗한 제복으로 갈아입을 수 있었다. 그들은 정맥류궤양을 치료하는 연고도 발라주었다. 또 남아 있던 이빨을 빼버리고 새 틀니를 맞춰주었다.

몇 주일 혹은 몇 달이 지났을 것이다. 이제 규칙적인 간격을 두고 식사가 들어오기 때문에 마음만 있다면 언제든 시간이 흐르는 것을 계산해볼 수 있었다. 그가 확인하기로는 하루 스물네 시간 동안 식사를 총 세 번 제공받고 있었다. 때로는 식사를 밤에 하는지 아니면 낮에 하는지 조금은 긴가민가했다. 음식은 세 번 중 한 번은 고기가 나올 만큼 놀라울 정도로 괜찮았다. 한번은 담배 한 갑이 다 나왔다. 비록 성냥이 없었지만 절대로 입을 열지 않고 밥만 가져다주던 간수가 웬일인지 담배에 불을 붙여주었다. 처음엔 어지러웠지만 계속 피우고 싶어 고집을 부렸다. 그는 식사가 끝날 때마다 담배를 반 개비씩 한참 동안을 피웠다.

귀퉁이에 몽당연필까지 달려 있는 하얀 석판도 받았다. 주는 것을 받기는 했지만, 처음에는 아무 소용이 없어 사용하지 않고 있었다. 깨어 있을 때마저도 완전히 무감각한 상태로 있었기 때문이다. 그는 밥을 먹고 나면 보통 꼼짝 않고 그대로 누워서 다음 식사 때까지를 기다렸다. 때로는 잠도 자고, 어떤 때는 너무 귀찮아 눈도 뜨지 않은 채 몽롱한 상태에 젖어 있었다. 그는 오랜 기간을 지내면서 강한 전기 불빛에 얼굴을 드러내고 잠을 청하는 것에도 꽤나 익숙해졌다. 불빛이 비칠 때 자면서 꿈을 꾸면 꿈이 더욱 일관성 있게 연결된다는 것 빼고는 특별한 점은 발견되지 않았다. 그동안 그는 쭉 많은 꿈을 꾸었다. 그런데 항상 행복한 꿈뿐이었다. 그는 황금의 나라 혹은 웅대하고 영광스럽고 햇볕이 내리쬐는 찬란한 유적지에 앉아 있었다. 그는 거기서 어머니나 줄리아나 오브라이언과 함께, 별로 하는 일도 없이 그저 햇볕을 받으며 도란도란 이야기를 나누는 것이었다. 깨어 있을 동안에는 주로 꿈에 관한 것만 생각했다. 그런데 고통의 자극이 없어져서 그런 건지 모르겠지만 의식적으로 지적 노력을 할 힘마저도 상실한 것 같았다. 그는 지루하지 않았다. 대화나 오락을 하고 싶다는 생각도 딱히 없었다. 그냥 혼자 있는 가운데 구타나 심문을 당하지 않고, 먹을 것도 풍족하고, 모든 것이 깨끗하다는 것만으로도 그는 너무나 만족스러웠다.

잠자는 시간이 점점 더 줄어들었다. 하지만 아직도 침대를 떠나고 싶은 생각은 들지 않았다. 오직 조용히 누워 몸에 기운을 돋우는 것, 그가 마음을 쓰는 일은 오직 이것뿐이었다. 그는 몸 여기저기를 손가락으로 쿡쿡 찔러보며 근육에 살이 붙고 피부에 탄력이 붙는 것이 혹여 꿈은 아닌지 확인하고 싶어 했다. 체중이 불어나는 것은 육안으로도 확인이 되어 의심의 여지가 전혀 없었다. 넓적다리도 확실히 무릎보다 굵어지고 튼튼해졌다. 윈스턴은 규칙적으로 운동하기 시작했다. 살이 붙고 피부가 좋아지는 것을 분명하게 현실로 느끼는 후부터인데, 처음에는 마음에 내키지 않았다. 그렇게 운동을 시작하고 얼마 지나지 않았을 때였다. 감방 내부를 걷는 걸음으로 계산해서 3킬로미터 정도는 무리하지 않으면 걸을 수 있었고, 앞으로 굽은 어깨도 본래 자리로 교정되어갔다. 기세를 몰아 윈스턴은 조금 더 난이도가 있는 운동을 시도해보았다. 하지만 자신이 할 수 있는 동작이 이미 제한적이라는 것을 깨닫고 난 이후로는 놀랍기도 했고 반면 굴욕감을 느끼기도 했다. 그는 뛸 수가 없었고 팔을 쭉 편 채로 의자도 들지 못했다. 그뿐만이 아니다. 두 발로는 설 수 있지만 한쪽 발을 들고 있으면 얼마 있지 못하고 자리에 철퍼덕 쓰러졌다. 뒤꿈치를 대고 쪼그리고 앉으면 넓적다리와 장딴지가 터질 듯 아파 곧바로 일어나야 했다. 그는 이번에는 팔굽혀펴기를 해보려고 노력했지만 물거품으로 돌아갔다. 애석하게도 단 1센티미터도 몸을 들어 올릴 수가 없었다. 하지만 며칠이 더 걸린 후에, 다시 말해 밥을 몇 번 더 먹고 나서 결국에는 팔굽혀펴기를 성공했다. 심지어 한 번이 아닌 여섯 번이었다. 그는 자기 몸에 점점 자신감을 갖기 시작했고, 이따금 얼굴이 예전의 모습으로 돌아왔겠지라는 기대도 갖게 되었다. 다만 벗겨진 해골 같은 모습의 머리에 손을 대보면 거울에 비쳤던 그 초라하고 꾀죄죄한 모습이 떠오를 뿐이었다.

그의 마음도 점점 활기를 찾아갔다. 침대에 앉아 등을 벽에 기대고 무릎 위에 석판을 올려놓은 다음, 침착하게 정신교육을 하는 일에 들어서게 되었다.

그는 결국에는 항복하고 말았다. 거기에는 이의가 없었다. 사실상 결정을 내리기 오래전부터 그는 이미 지금처럼 항복할 마음의 준비를 하고 있었다. 그가 애정부에 들어온 순간부터(그렇다, 자기와 줄리아가 텔레스크린에서 나오는 금속성 음성의 지시에 꼼짝 못 하고 서 있던 그 순간부터) 당의 권력에 맞서 싸우겠다고 큰 소리 뻥뻥 치고 일어선 자신의 행동이 철없고 경솔했다는 사실을 절실하게 깨달았다. 그는 이제야 사상경찰이 자기를 7년 동안이나 딱정벌레를 돋보기로 들여다보듯 감시해왔다는 사실을 이해했다. 윈스턴의 그 어떤 행동이든 입 밖으로 꺼낸 말이든 사상경찰이 모르는 것은 하나도 없었고, 윈스턴이 어떻게 생각하고 있는지에 대해서도 모조리 정확하게 예상하고 있었다. 그들은 그가 일기장 겉표지에 두었던 흰 먼지 하나도 눈치 채지 못하도록 건드리지 않고 그대로 둔 것이었다. 그들은 녹음테이프를 틀어주고 사진을 보여주었다. 그중 몇 장은 줄리아와 자신이 찍힌 사진이었다. 그렇다. 이렇게까지……. 그는 더 이상 당에 맞서 싸울 수가 없었다. 게다가 당은 틀린 것도 아니었다. 그럴 수밖에 없었다. 불멸의 존재, 그의 집단적 두뇌가 도대체 어떻게 잘못을 저지를 수 있겠는가? 그 어떤 외적인 판단 기준으로 그들의 행동을 점검할 수 있겠는가? 정상적인 정신, 그것은 다름 아닌 통계에 의한 것이다. 그것은 단지 그들이 바라는 대로 생각하기를 배우는 문제에 불과하다. 다른 것은 없다…….

손가락에 끼어 있는 연필이 투박하고 거북하게 느껴졌다. 그는 머릿속에 떠오른 생각들을 다시 써내려가기 시작했다. 우선 큼지막한 대문자로 볼썽사납게 썼다.

자유는 예속

그런 다음 쉬지 않고 그 밑에 다시 썼다.

둘 더하기 둘은 다섯

하지만 이번에는 잠시 망설였다. 그의 마음이 무엇인가로부터 뒷걸음질 치려는 것 같아서 생각을 하나로 모으기가 어려운 것 같았다. 그다음에 나올 말이 무엇인지 안다고 생각했지만, 기우였다. 그게 무엇인지 떠오르지 않았다. 그는 그것이 어떤 것이어야 할까 의식적으로 따져보고 나서야 어렵사리 그 말을 생각해냈다. 그것은 자동적으로 떠오른 것이 아니었다. 그는 이렇게 썼다.

하느님은 권력

그는 모든 것을 인정했다. 과거는 변경할 수 있다. 과거는 절대로 변경된 일이 없었다. 오세아니아는 동아시아와 전쟁하고 있다. 오세아니아는 언제나 동아시아와 전쟁해왔다. 존스와 아론슨과 러더퍼드는 처벌당할 만한 죄를 범했기 때문에 그렇게 된 것이다. 자신은 그들의 죄를 입증할 수 있는 사진을 본 적이 단 한 번도 없다. 따라서 논리적으로 보아도 그런 것은 결코 존재하지도 않았다. 그것은 그가 꾸며낸 일이다. 그는 그것과 반대되는 일들을 기억하고 있다고 생각했다. 하지만 그러한 기억들은 잘못된 기억이고 자기기만에 따른 결과물이었다. 그 모두가 얼마나 쉬운가! 단지 항복만 하면 된다. 그 외의 모든 것은 자연스럽게 해결되게 마련이다. 그것은 마치 물살을 거슬러 올라가려고 열심히 헤엄치고 아무리 발버둥 치지만, 결국에는 뒤로 밀리게 되고, 그다음 돌연 몸을 돌리게 되면 물살에 대항하는 대신 따라 밀려가는 것과 같았다. 바뀐 것은 오직 오직 그 자세만 바꾸었을 뿐 변한 것은 하나도 없었다. 어떤 경우라고 해도 벌어질 일은 그 예정대로 벌어지는 것이다. 도대체 그는 무엇 때문에 당에 그렇게 반항했는지 도무지 알 수가 없었다. 모든 것은 쉽다! 단지…….

무엇이든 진실일 수 있다. 소위 자연 법칙이라는 것은 귀신 씻나락 까먹는 소리다. 중력의 법칙도 마찬가지다. "내가 원하기만 하면." 오브라이언이 말했다. "비눗방울처럼 이 바닥 위를 떠다닐 수도 있어." 윈스턴은 그에 대한 해답을 얻었다. '그가 바닥에서 떠오른다고 생각을 하고, 그와 동시에 나도 떠오르는 그를 본다고 생각하면 그 일은 이루어지는 것이다.' 그러자 별안간 침몰한 난파선의 잔해가 수면 위로 떠오르듯 이런 생각이 불쑥 머릿속에 떠올랐다. '그건 사실상 일어나지 않는다. 우리의 상상이다. 환각이다.' 그는 순간 그 생각을 짓눌러버렸다. 분명 말 같지도 않은 소리다. 그것은 우리 바깥세상 어느 곳인가에 '진짜' 일이 일어나는 '진짜' 세상이 있음을 전제로 한 소위 형이상학적인 생각이다. 하지만 그런 세상이 과연 어떻게 존재할 수 있을까? 자기 자신의 의식을 떠나서 어떻게 사물에 대한 지식을 가질 수 있을까? 모든 것은 다 마음에서 일어난다. 마음속에서 일어나는 것이 실제로 일어나는 것이다. 그것이 옳다.

그는 그런 오류를 해결하는 것에 어려움을 느끼지 않았고, 거기에 말려들 위험성도 없었다. 그렇지만 그런 오류가 처음부터 자기에게 일어나서는 안 된다는 건 분명히 알았다. 위험한 생각이 들 때마다 마음은 무조건 그런 마음이 생겨야 한다. 그 진행 과정은 반드시 자동적이고 본능적이어야 한다. 그것을 신어로는 '죄과중지'라고 했다.

그는 죄과중지 훈련을 시작했다. 그는 스스로 몇 가지 명제, 이를테면 '당은 지구가 평평하다고 말한다.' '당은 얼음이 물보다 무겁다고 말한다.'를 제시하고 그와 반대되는 논거는 보지도 않고 이해하지도 않는 훈련을 했다. 물론 그것은 쉬운 일이 아니었다. 추리력과 즉흥적인 임기응변 능력을 매우 요구했다. 예를 들어 '둘 더하기 둘은 다섯'과 같은, 그의 지능으로는 해결할 수 없는 수학적 문제였다. 이런 문제가 제기되면 일종의 두뇌 훈련이 필요했다. 즉, 처음에는 논리를 최대한 교묘하게 사용하고, 그다음 순간에는 가장 분명한 논리상의 오류를 의식하지 않는 능력이 필요했다. 지성만큼 우매함도 필요하지만, 우매해지기가 생각처럼 쉬운 것은 아니었다.

이러는 동안 그의 마음 한구석에서는 언제 총살을 당할까라는 궁금증이 자리했다. "모두 자네한테 달린 거야."라고 오브라이언은 말했었다. 하지만 그는 처형 시기를 앞당길 만한 의식적인 행동을 자신이 할 수 없다는 것을 너무도 잘 알고 있었다. 처형 시기가 10분 후가 될지, 10년 후가 될지 알 수 없는 것이다. 그들은 몇 년이고 그를 홀로 감금시켜놓을지도 모른다. 또는 강제 노동 수용소에 보낼지도 모를 터였다. 또 가끔 그러는 것처럼 잠시 동안 자유롭게 풀어놓을지도 모른다. 또 그를 사살하기 전에 체포에서 심문에 이르기까지 그 모든 과정을 처음부터 다시 재연할 가능성도 배제할 수는 없었다. 다만 한 가지 확실한 것은 죽음이 결코 예상하는 시기에 오지 않으리라는 사실이었다. 그들의 관례에 따르면(발표하지도 않았고 절대 들여다보지도 못했지만 누구나 어느 정도는 안다) 감방 복도를 걸어가는 동안 그 어떤 경고 메시지 하나 없이 뒤에서 뒤통수를 쏘아 죽이는 것이었다.

어느 날(사실 '어느 날'이라는 말은 알맞은 표현이 못 된다. 왜냐하면 한밤중일지도 모르니까) 그는 이상하게 행복한 몽상에 빠져 있었다. 그는 자신에게 날아올 총알을 기다리면서 복도를 걸어갔다. 일순간만 지나면 총알이 날아올 것을 알고 있었다. 모든 것이 해결되고 안정되고 극적으로 화해를 이루었다. 이제 그에게는 더 이상 그 어떤 의심도 논란도 고통도 공포도 아무것도 없었다. 그의 몸은 건강하고 탄탄했다. 그는 기쁨에 가득 차서는 따사로운 햇빛을 받으며 걷는 것처럼 편안하게 발걸음을 옮겼다. 그는 이제 애정부의 좁다란 흰 벽 복도에 있지 않았다. 그는 햇볕이 내리쬐는, 너비가 1킬로미터나 되는 광대한 길을 무언가에 홀린 듯 걸어가고 있었다. 그는 황금의 나라에서 토끼가 노니는 풀밭을 가로질러 오솔길을 따라 걸었다. 발밑의 짧은 잔디가 푹신했고 얼굴에는 부드러운 햇살이 비쳤다. 들판 끝에는 느릅나무가 살랑살랑 흔들리고, 그 너머 어디엔가 시내가 있어 버들가지 늘어진 파란 물속을 황어 떼가 헤엄치며 다닐 것 같았다.

별안간 그는 공포에 사로잡혀 벌떡 일어났다. 등골에서 땀이 줄줄 흘러내렸다. 그는 크게 소리를 지르고 있었다.

"줄리아! 줄리아! 줄리아, 내 사랑! 줄리아!"

한동안 그는 줄리아가 거기 있다는 착각에 사로잡혀 무척 괴로웠다. 그와 함께 있을 뿐만 아니라 그의 내부에 함께 있는 것이었다. 마치 그녀가 피부를 뚫고 들어와 함께 존재하는 것 같았다. 그 순간 그는 두 사람이 함께 자유롭게 있을 때 사랑했던 것보다 훨씬 더 많이, 그리고 깊이 그녀를 사랑했다. 또한 그는 그녀가 세상 어딘가에서 목숨을 이어가고 있으니 자신이 분명 도와줄 수 있는 것이 있다고 생각했다.

그는 침대에 누워 들뜬 마음을 진정시키려고 애썼다. 내가 무슨 짓을 했던가? 한순간의 나약함으로 몇 년이나 더 이 굴종의 생활이 연장될 것인가?

금방이라도 구둣발 소리가 들릴 듯했다. 이런 감정의 폭발을 벌하지 않고 그냥 넘어가지는 않을 것이다. 만약 그들이 전에 알지 못했다면, 그가 그들과 맺은 합의 사항을 위반하고 있다는 사실을 이제는 모를 수가 없을 것이다. 그는 당에 복종했다. 하지만 여전히 당을 증오하고 있다. 예전에는 겉으로는 복장하는 척하면서 마음속으로는 이단적인 생각을 꼭꼭 숨기고 있었다. 이제는 한 걸음 더 물러나서 마음도 항복해버렸지만 마음속 깊숙이까지는 그 누구에게도 방해받고 싶지 않았다. 자신의 잘못이라는 건 그도 잘 알고 있었지만, 오히려 그 잘못을 더 좋아했다. 그들은 사실을 알 것이다. 오브라이언도 그것을 알 것이다. 그 모든 것이 방금 내지른 바보 같은 외마디 소리로 증명되었다.

그는 모든 것을 처음부터 다시 출발해야 할 것이다. 몇 년이 걸릴지도 모른다. 그는 한 손으로 얼굴을 어루만지면서 이전과는 다른 새로운 자기 모습에 익숙해지려 무던히도 애썼다. 양 볼에는 깊은 틈이 생기고 광대뼈는 툭 튀어나왔고 코는 납작했다. 더구나 자기 자신의 모습을 거울에 비춰 마지막으로 본 이후로 틀니를 완전히 새로 해 끼웠다. 자기 얼굴이 어떤 모습으로 보이는지 알지 못하고는 상대방에게 무표정한 얼굴을 꾸미기란 결코 쉬운 일이 아니었다. 또 어떤 경우라 해도 얼굴 표정을 꾸미는 것만으로는 감정을 드러내지 않는 일에 충분하지 못했다. 사람이 비밀을 지키지 위해서는 자기 자신에게도 그것을 감춰야 한다는 것을 그는 처음으로 깨달았다. 비밀이 언제나 거기 있다는 사실은 알아야 하지만, 필요할 때까지는 명명할 수 있는 식으로 자신의 의식 속에 드러나지 않도록 조심해야 하는 것이다. 이제부터 그는 바르게 생각하고 바르게 느끼고 바르게 꿈을 꾸어야 했다. 그리고 항상 자신의 일부이면서 나머지 부분들과는 아무런 관계가 없는 포낭(包囊) 같은 물체처럼 자기 속에 증오심을 담아놓고 있어야 했다.

언젠가 그들은 총살시킬 날을 결정할 것이다. 언제 그 일이 일어날지는 모른다. 바로 지금 당장일 수도 있다. 하지만 그 몇 초 전에는 총살 시점을 짐작할 수 있을 것이다. 그 일은 언제나 복도를 걸어갈 때 등 뒤에서 말없이 침묵 가운데 이루어진다. 10초면 충분하다. 그때 그의 내부 세계는 전복될 것이다. 그러고 나서 별안간 말 한마디 없이, 발걸음 한 번 멈칫하는 일 없이, 또 얼굴 표정 하나 변하지 않은 채로, 급작스럽게 가면은 벗겨지고, 탕! 하며 그 증오심이 폭발할 것이다. 그 증오심은 성난 불꽃처럼 그의 마음을 가득 채울 것이다. 그리고 그와 동시에 탕! 하고 총알이 날아올 것이다. 그들이 그의 머리통을 산산조각 내버리는 건 그의 두뇌를 개심시키기 이전일 것이다. 그리고 이단적 사상은 그들의 손이 미치지 않는 곳에서 영원히 벌 받지도 않을 것이고, 나아가 참회되지도 않을 것이다. 그러면 결국 그들의 완벽성에 하나의 구멍이 뚫리는 것인데, 인생의 마지막 순간까지 그들을 증오하면서 죽는 것, 그것이 바로 자유였다.

그는 눈을 감았다. 그것은 지능 훈련을 받는 일보다 더 어려웠다. 그것은 자신을 퇴화시키고 병신으로 만들어버리는 중요한 문제였다. 그는 더러운 중에서도 제일 더러운 웅덩이에 몸을 던지지 않으면 안 되었다. 세상 오만 가지 것들 가운데 제일 무섭고 병든 것은 무엇인가? 그는 빅 브라더를 생각했다. 그 어마어마한 얼굴(늘 포스터만 보았기 때문에 폭이 1미터나 되는 모습으로 떠올랐다), 잔뜩 난 검은 콧수염, 이리저리 움직이는 시선, 그런 것들이 그의 마음속에 자연스럽게 떠올랐다. 빅 브라더에 대한 그의 숨김없는 감정은 도대체 무엇이었던가?

복도에서 묵직한 구둣발 소리가 들렸다. 철문이 열리며 쾅 소리를 냈다. 오브라이언이 감방 안으로 걸어 들어왔다. 그 뒤에 조각상 같은 잘생긴 얼굴의 장교와 검은 제복의 간수들이 들어왔다.

"일어나." 오브라이언이 말했다. "이리 와."

윈스턴은 그와 마주 보고 섰다. 오브라이언은 억센 두 손으로 윈스턴의 어깨를 잡고 가까이 얼굴을 들이댔다.

"자네는 나를 기만할 생각을 했어." 그가 말했다. "그건 바보짓이야. 똑바로 서. 내 얼굴을 바라봐."

그는 멈추었다가 부드러운 목소리로 다시 계속했다.

"자네는 좋아지고 있어. 지적으로는 잘못된 게 거의 없어. 다만 감정적으로만 아무런 발전이 없네. 윈스턴, 말해보게……. 거짓말은 안 돼. 자네는 내가 어느 때고 거짓말을 알아차릴 수 있다는 걸 잘 알 거야. 자, 말해봐. 빅 브라더에 대해서 자네는 도대체 어떻게 생각하고 있는 것인가?"

"저는 그를 증오합니다."

"그를 증오한다라. 그래, 좋아. 그러면 자네를 위한 마지막 단계를 행할 때가 왔네. 자네는 빅 브라더를 사랑해야 돼. 그에게 복종하는 것만으로는 불충분해. 그를 전적으로 사랑해야 한단 말이야."

그는 윈스턴을 간수 쪽으로 살짝 밀었다.

"101호실." 그가 명령했다.

5

그가 자기가 이 창 없는 건물 어디쯤에 있는지 알 수 있었던 건 감방이 바뀔 때였다. 아니, 알 것 같았다. 방마다 느껴지는 기압이 조금씩 달랐다. 간수들에게 매질을 당했던 감방은 지하에 있었고, 오브라이언이 자신을 심문한 감방은 지붕 가까이에 있는 높은 곳이었다. 그리고 지금 자신이 있는 이곳은 땅속 밑으로 수 미터를 내려간, 아니 지금보다 더 내려갈 수 있을 것처럼 깊은 곳에 있는 지하였다.

이전에 갇혀 있던 감방들에 비해 이 방은 훨씬 그 크기가 컸다. 하지만 그 주변 환경을 알아보기는 여간 쉽지 않았다. 하지만 주위를 알아보기가 힘들었다. 알 수 있는 것이라고는 바로 앞에 놓인 자그마한 탁자 두 개가 초록색 보자기에 제각각 덮여 있다는 것뿐이었다. 하나는 앞쪽으로 고작 1~2미터 정도 떨어져 있었고, 하나는 멀리 문 가까운 곳에 있었다. 그는 의자에 꼿꼿한 상태로 타이트하게 묶여 있어서 몸을 움직일 수 없었고, 심지어 머리마저도 움직일 수 없었다. 똑바로 앞만 바라볼 수밖에 없었다. 받침대 같은 것이 뒤에서 머리를 조이고 있었기 때문이다.

한동안 혼자 있었는데, 문이 열리더니 오브라이언이 들어왔다.

"자네가 언젠가 물어보았지." 오브라이언이 말했다. "101 호실에는 무엇이 있는지에 대해서 말이야. 나는 자네가 벌써 알고 있다고 말했어. 모든 사람이 다 알고 있다고 말이야. 101 호실에 있는 건 세상에서 제일 끔찍한 거야."

문이 다시 열렸다. 간수 한 사람이 들어왔는데 철사로 된 바구니 같은 물건을 들고 있었다. 그는 그것을 멀리 떨어진 곳에 있는 탁자 위에 올려놓았다. 오브라이언이 선 채로 가리고 있어서 그 물건이 바구니인지 상자인지 무엇인지는 정확히 알아보기 힘들었다.

"세상에서 제일 끔찍한 것은." 오브라이언이 말했다. "개인마다 다 달라. 생매장하거나 불에 태우거나 물에 빠뜨려 죽이거나 말뚝에 박아 죽이거나 그 외에도 죽이는 방법이 적어도 50개는 넘을 거야. 그렇지만 끔찍한 게 아니라 아주 시시한 무엇이 의외로 가장 끔찍한 것이 되는 법이지."

그가 약간 옆으로 움직여서 윈스턴은 탁자 위에 놓인 물건이 어떻게 생겼는지 조금 더 잘 살펴볼 수 있었다. 그것은 휴대할 수 있도록 손잡이를 달아둔 장방형의 철사 우리였다. 그리고 앞쪽에는 펜싱 마스크같이 생긴 것이 오목한 쪽이 바깥으로 향한 채 붙어 있었다. 거리가 3~4미터 정도 되었지만 두 칸이 나뉘어 있고 각 칸마다 무엇이 들어 있는지를 볼 수 있었다. 그것은 쥐였다.

"자네 경우에는 말이야." 오브라이언이 말했다. "세상에서 제일 끔찍하게 생각하는 것이 쥐더군."

윈스턴이 우리를 힐끗 쳐다보기가 무섭게 무어라 말할 수 없는 깊은 전율과 공포가 온몸을 감쌌다. 하지만 바로 그 순간 앞에 붙은 마스크 같은 것의 의미가 명백해졌다. 그는 내장이 그대로 흘러내리는 것 같았다.

"그럴 수 없어요!" 그는 찢어지는 목소리로 외쳤다. "안 됩니다! 안 돼요! 이래서는 안 됩니다!"

"자네 기억나나?" 오브라이언이 말했다. "자네 꿈속에 늘 나타나던 공포의 순간 말일세. 자네 앞에 시커먼 벽이 있었는데, 그 안에서 어떤 정체 모를 것의 으르렁거리는 울부짖는 소리가 들렸지. 벽 너머에는 무서운 것이 있었어. 자네는 그게 무엇인지 알고 있었지만 감히 끄집어낼 엄두를 못 냈지. 왜냐하면 자네가 제일 끔찍해하는 쥐가 벽 반대편에 있었기 때문이야."

"오브라이언!" 윈스턴은 목소리를 가다듬으려고 애쓰면서 입을 열었다. "이렇게까지 할 필요가 있습니까? 당신도 알지 않습니까? 당신은 도대체 무엇을 원하는 건가요? 차라리 말을 해주십쇼!"

오브라이언은 바로 대답하지 않았다. 전에도 그랬지만 그는 무언가를 말할 때면 학교 선생 같은 태도를 취했다. 그는 마치 윈스턴의 등 뒤 어디쯤에 청중이 있다고 생각이라도 하는 듯 연설하는 것처럼 생각에 잠긴 채 먼 곳을 바라보았다.

"고통을 주는 것만으로 반드시 다 되는 건 아니라네." 그가 말했다. "죽음에 다다른 순간에 이르러서도 인간은 고통에 대항해서 버티는 경우가 때로 있지. 하지만 누구나 참아낼 수 없는 것, 생각도 할 수 없는 것을 가지고 있다네. 여기서는 용기나 비겁함은 전혀 상관이 없어. 높은 데서 떨어진다고 생각해보게. 목숨이 달아날 판에 줄을 움켜쥔다고 그걸 비겁하다고 할 수 있겠는가? 비겁한 건 아닐세. 깊은 물속에서 기어 올라와 심호흡한다고 해서 그것을 비겁하다고 할 수 없는 것도 마찬가지지. 그건 그렇게밖에 할 수 없는 자연스러운 인간의 본능일 뿐이야. 쥐의 경우도 마찬가지야. 자네한테는 쥐가 참을 수 없는 존재인 거지. 아무리 참으려고 해도 쥐는 압박하는 형태로 자네를 옭아매는 거야. 자네는 자네한테 요구되는 일을 하게 될 걸세."

"그렇지만 그게 무엇입니까? 말씀을 해보세요. 무엇인지 모르는데 도대체 어떻게 할 수 있다는 겁니까?"

오브라이언은 우리를 집어 들더니 가까운 탁자로 가지고 왔다. 그는 탁자 위에 우리를 조심스럽게 올려놓았다. 바로 그때였다. 윈스턴은 귓가에 피가 끓는 소리가 들렸다. 그는 정적만이 감도는 완전한 고독 속에 홀로 앉아 있는 기분이 들었다. 텅 빈 광활한 벌판 한가운데, 햇빛이 쏟아지는 허허벌판 사막 한가운데 혼자 우두커니 앉아서 아득히 먼 곳에서 들려오는 모든 소리를 듣는 것만 같았다. 하지만 쥐가 든 우리는 그로부터 2미터도 채 안 되는 거리에 있었다. 쥐는 정말로 컸다. 나이가 들어 주둥이 부분이 뭉툭하고 사나우며 털은 잿빛이 아닌 갈색을 띠고 있었다.

"쥐야." 오브라이언은 여전히 보이지 않는 청중에게 연설하듯 말했다. "설치류지만 고기도 먹네. 자네도 아마 잘 알 거야. 아참, 이 도시 빈민굴에서 일어나는 일을 들려주지. 어떤 거리에서는 아이를 단 5분도 집에 혼자 놔두지 못하게 한다는군. 왜 그런지 아나? 쥐란 놈들이 아이에게 덤벼드는 거지. 얼마나 굶주렸으면 사람에게 공격을 하겠나 싶은데, 순식간에 뜯어먹어 뼈만 남는다네. 이놈들은 병든 사람이나 죽어가는 사람한테만 덤벼들어. 왜 그런지 아나? 사람이 무력해진 때를 파악할 줄 아는 영특한 머리를 가지고 있거든."

우리 안에서 찍찍거리는 소리가 들려왔다. 윈스턴은 그 소리가 아득한 너머에서 들려오는 것 같았다. 쥐들이 서로 싸우고 있었다. 놈들은 칸막이를 사이에 두고 서로 잡아먹을 듯

난리를 부리고 있었다. 그는 또 절망에 차서 깊은 한숨을 내쉬었다. 그 소리 또한 자신이 아닌 외부에서 들려왔다.

오브라이언은 우리를 든 채로 무언가를 그 속에 집어넣었다. 찰칵하는 날카로운 소리가 들렸다. 윈스턴은 의자에서 일어나려고 사력을 다해 발버둥 쳤다. 하지만 소용없는 일이었다. 몸 전체가, 심지어 머리마저도 움직일 수 없도록 꽉 묶여 있었다. 오브라이언은 윈스턴에게로 우리를 더 가까이 가져왔다. 이제 우리와 윈스턴의 얼굴의 거리는 딱 1미터 이내였다.

"첫 번째 레버를 눌렀네." 오브라이언이 말했다. "우리의 구조를 알아두게. 마스크는 자네 머리에 꼭 맞으니까 빠져나갈 구멍은 없어. 또 하나의 레버를 누르면 우리 문이 활짝 열릴 거야. 그러면 이 허기진 짐승들이 기다렸다는 듯 총알처럼 튀어나올 걸세. 자네는 쥐가 공중으로 뛰어오르는 걸 본 적이 있나? 기대해보게. 이놈들이 자네 얼굴로 뛰어올라 자네 얼굴을 맛있게 파먹기 시작할 거야. 어떤 놈은 눈을 먼저 파먹을 테고, 어떤 놈은 뺨을 뚫고 들어가 혓바닥을 씹어먹기도 하고 말이지."

우리가 더 가까워졌다. 문은 닫혀 있었다. 윈스턴은 머리 위 허공에서 나는 찍찍거리는 소리를 들었다. 하지만 그는 자신의 공포와 맹렬하게 싸웠다. 지금 같은 상황에서는 단 하나, 즉 생각하는 것, 단 1초라도 생각하는 것만이 유일한 희망이었다. 별안간 짐승들의 더러운 썩는 냄새가 윈스턴의 코를 찔렀다. 속에서 구역질이 나서 신물이 올라왔고, 하마터면 의식을 잃어버리기 직전이었다. 모든 것이 까맣게 보였다. 윈스턴은 한동안 정신 나간 사람처럼 비명을 질러댔다. 하지만 이 칠흑 같은 어둠 속에서도 한 가지 생각에만 매달려 있었다. 자기를 구원하는 데는 한 가지, 오직 한 가지 길만이 존재했다. 그는 자신과 쥐 사이에 다른 사람을, 다른 사람의 몸뚱이를 가져다 놓아야 했다. 그래야 살 수 있다.

마스크 둘레가 너무 커서 제대로 볼 수가 없었다. 철사 문이 얼굴에서 겨우 두 뼘 거리에 있었다. 쥐란 놈들은 우리 문이 열리는 순간 무슨 일이 벌어질지 알고 있었다. 그중 한 놈은 위아래로 펄쩍펄쩍 뛰어댔고 또 한 놈, 케케묵은 물때가 묻고 늙은 할아버지뻘의 쥐새끼 하나는 분홍색 앞발을 딛고 일어서서 공중에 대고 성난 듯 코를 킁킁거렸다. 윈스턴은 그 수염과 노란 이빨을 보았다. 또다시 새카만 공포가 그를 덮쳐왔다. 그가 할 수 있는 것은 없었다. 볼 수도, 꼼짝할 수도, 생각할 수도 없었다.

"제정 시대 중국에서는 흔히 이런 식으로 형벌을 주었다고 하더군." 오브라이언은 이전과 다름없이 훈계조로 말했다.

마스크가 윈스턴의 얼굴에 바짝 다가왔다. 철사가 그의 뺨을 스쳤다. 그때, 아니, 그것은 구원이 아니라 오직 희망이었지만, 한 조각 가냘픈 희망이 솟았다. 너무 늦었다. 분명 너무 늦었을 것이다. 하지만 그는 이 세상에 자기 대신 형벌을 받아줄 단 한 사람, 바로 자신과 쥐 사이를 가로막을 수 있는 오직 한 몸뚱이가 있다는 사실을 문득 깨달았다. 그래서 그는 미친 듯이 멈추지 않고 고함을 질렀다.

"줄리아한테 해요! 줄리아한테 해요! 내가 아니야! 줄리아야! 그 여자한테는 무슨 짓을 해도 괜찮아요! 얼굴을 갈기갈기 찢고, 뼈다귀가 나올 때까지 아주 깨끗하게 해치워요. 내가 아냐! 줄리아한테 해! 나는 안 돼!"

그는 쥐들을 피해서 끊임없는 심연으로 내려가고 있었다. 여전히 의자에 묶여 있었지만 바닥을 뚫고, 건물 벽을 뚫고, 지구를 뚫고, 대양을 뚫고, 대기를 뚫고 떨어져 외부의 공간으로, 별 사이의 심연으로, 한없이 쥐들로부터 멀어지고 있었다. 그는 몇 광년이나 먼 곳에 떨어져 있었다. 하지만 여전히 오브라이언은 자기 옆에 서 있었다. 뺨에는 여전히 철사의 차가운 감촉이 그대로 남아 있었다. 하지만 자신을 둘러싼 암흑을 통해서 다시금 철컥 하는 금속성 소리를 들었다. 그는 그 소리가 우리 문이 열리는 소리가 아니라는 닫히는 소리라는 것을 알았다.

6

밤나무 카페는 거의 비어 있었다. 창문으로 들어온 노란 햇살이 먼지 쌓인 테이블 위에 와 닿았다. 시간은 한적한 오후 3시를 가리키고 있었다. 양철통을 두드리는 듯한 음악이 텔레스크린에서 잔잔히 흘러나왔다.

윈스턴은 늘 앉는 구석 자리에서 빈 잔을 내려다보며 홀로 앉아 있었다. 이따금 그는 맞은편 벽에서 자기를 향해 눈빛을 보내고 있는 커다란 얼굴을 쳐다보았다. "빅 브라더는 당신을 지켜보고 있다."라는 문구가 달려 있었다. 주문을 하지 않았는데도 웨이터가 와서 승리주를 잔에 채우더니 이내 코르크 마개에 빨대를 끼운 다른 병을 흔들어 내용물을 몇 방울 떨어뜨렸다. 이 카페의 특제 정향으로 한껏 맛을 끌어올린 사카린이었다.

윈스턴은 텔레스크린에 귀를 기울이고 있었다. 지금은 음악만 나오고 있었다. 하지만 언제 평화부의 특별 보도가 나올지 알 수 없었다. 아프리카 전선에서의 소식이 극히 불안했다. 그는 온종일 내내 이런 걱정을 하고 있었다. 유라시아 군대는(오세아니아는 유라시아와 전쟁 중이다. 오세아니아는 언제나 유라시아와 전쟁을 해왔다) 무서운 속도로 남쪽으로 진격해오고 있었다. 정오에 나온 보도는 어느 특정 지역을 언급하지는 않았지만, 추측해보건대 이미 콩고 초입에서 전쟁이 벌어졌을 가능성이 있었다. 브라자빌과 레오폴드빌이 위기에 처해 있었다. 그것이 무엇을 의미하는지 알려는 심산으로 지도까지 꺼내 볼 필요는 없었다. 그것은 단지 중앙아프리카를 잃는다는 문제만이 아니라 수많은 전쟁 중에서 처음으로 오세아니아 영토 자체가 위협을 받고 있다는 것을 의미했다.

정확히 말하자면 공포는 아니었다. 공포라기보다는 그와 비슷한 일종의 유례없는 흥분이, 격렬한 감정이 마음속에 타오르다가 이내 사라져버렸다. 그는 전쟁에 대해 생각하는 것을 멈추었다. 어떤 한 가지 일에 몇 분 이상 마음을 집중하기가 여간내기가 아니었다. 요즘에는 더더욱 그랬다. 그는 술을 한입에 들이켰다. 언제나처럼 몸이 떨렸고 속이 울렁거리기까지 했다. 독한 술이었다. 정향과 사카린 자체가 메스꺼운 것이었고 게다가 술에서 나는 기름 냄새를 제거하지도 못했다. 무엇보다 견디기 힘든 것은, 밤낮 할 것 없이 곁에 붙어 있는 진 냄새가 자신의 마음속에서 그 어떤 냄새와 엉망으로 뒤섞이는 일이었다.

그는 그것이 어떤 냄새인지 마음속에서도 따져보지 않았고, 가능한 한 떠올리지 않으려 했다. 그것은 자기가 반쯤은 아는 냄새였고, 얼굴 주위를 맴돌며 마치 자신의 콧구멍에 대롱대롱 매달려 있는 듯한 냄새였다. 진이 배 속에서 잔뜩 부풀어 오르니 트림이 자줏빛 입술 사이로 새어 나왔다. 감방에서 석방된 이후로 그는 살집이 더 좋아졌고 혈색도 예전 모습으로 되돌아갔다. 정말 그랬다. 전보다 더 좋았다. 얼굴에는 살이 올라서 전반적으로 통통해졌고, 콧등과 광대뼈 피부는 붉은 빛을 띠었다. 게다가 벗어진 대머리마저 예쁜 진홍빛을 냈다. 설마 했는데 웨이터가 또 체스판과 〈타임스〉 근간호를 가져왔다. 그 신문에는 체스 문제가 실린 페이지가 표시되어 있었다. 그리고 윈스턴의 잔이 빈 것을 보고는 진이 든 병을 가져와 술을 채웠다. 따로 주문할 필요가 없었다. 그곳에서는 그가 어떤 습관을 갖고 있는지 정확하게 파악하고 있었다. 그가 원하면 언제든 체스판을 쓸 수 있게 해주었고 그가 좋아하는 구석 자리는 언제든 와도 앉을 수 있도록 늘 비워두었다. 내부에 손님으로 가득 찼을 때에도 그는 혼자 있을 수 있었다. 왜냐하면 그의 근처에 가까이 앉은 것이 눈에 띌까 봐 사람들이 피했기 때문이다. 그는 술잔을 몇 잔째 마시는지 세면서 마실 필요도 없었다. 그들은 한 번씩 소위 계산서라고 하는 종이쪽지를 내밀었지만 그에게만 언제나 너무 싸게 파는 건 아닐까 하는 생각이 들었다. 물론 가격이 비싸게 나온다 하더라도 그에게는 상관없는 일이었다. 요즘에는 돈이 충분히 있었다. 한직이기는 하지만 직업이 있고, 옛날보다 훨씬 더 많은 보수를 받으며 일하고 있었다.

텔레스크린에서 흐르던 음악 대신 목소리가 나왔다. 윈스턴은 그 소리에 귀를 기울였다. 전선에서 들어오는 소식은 아니었다. 그냥 풍부부에서 내는 공고였다. 지난 4분기 동안 제10차 3개년 계획의 구두끈 할당량이 98퍼센트 초과 달성되었다는 발표였다.

그는 체스 문제를 자세히 살피며 말을 내려놓았다. 말 두 개를 쓰는 까다로운 결정적 수였다. '백(白)을 두 번 움직여 외통장군을 부를 것.' 윈스턴은 빅 브라더의 초상화를 바라보았다. 그는 백이 늘 외통장군을 부른다는 알 수 없는 신비로움에 푹 빠져 있었다. 언제나 예외 없이 그렇게 되었다. 세상이 생겨난 이후로 체스 문제에서 흑(黑)은 단 한 번도 백을 이겨본 일이 없었다. 그것은 선이 영원히, 그리고 변함없이 악을 이긴다는 사실을 상징하는 것은 아닐까? 고요한 힘으로 충만한 거대한 얼굴이 그를 주목하고 있었다. 백이 항상 외통장군을 부른다.

텔레스크린에서 목소리가 멈추고 또 다른 목소리가 흘러나왔다. "여러분은 15시 30분에 중대 발표를 듣게 될 것입니다. 15시 30분입니다! 매우 중대한 소식입니다. 놓치면 후회할 겁니다. 15시 30분입니다!" 다시 시끄러운 음악이 흘러나왔다.

윈스턴은 가슴이 또다시 두근거렸다. 전선에서 들어오는 소식일 것이 분명했다. 어쩌면 좋지 않은 소식을 듣게 될지도 모른다는 불안감이 엄습했다. 하루 종일 약간의 흥분 상태와 함께 아프리카에서 치명적인 패배를 당하지는 않았을까 하는 생각이 그의 머릿속을 혼란스럽게 했다. 유라시아 군대가 철통같은 전선을 뚫고 개미 떼처럼 모여서 아프리카 대륙으로 쳐들어가는 광경이 눈앞에 펼쳐지는 것 같았다. 어째서 그놈들을 측면에서 포위해 한쪽에서 공격하지 못했을까? 서아프리카 연안 지형이 그의 머릿속에 생생하게 떠올랐다. 그는 흰말을 집어 들어 체스판 위로 옮겨놓았다. 꼭 놓아야 할 자리에 둔 것이었다. 그는 개미 떼 같은 검은 대군이 남쪽으로 밀려드는 광경을 보는 한편, 다른 군대가 집결해 적의 후방부로부터 불쑥 나타나 육로와 해로 사이에 놓인 적의 통신망을 파괴하는 모습을 보았다. 그는 그렇게 되기를 바람으로써 실제로 그 다른 군대가 나타나게 한 것처럼 느꼈다. 하지만 신속히 움직여야 했다. 만약 그들이 아프리카 전 지역을 장악하고 케이프타운에 비행장과 해중(海中) 기지를 확보하게 된다면 오세아니아를 반타작 낼 수도 있을 것이다. 그것이 무엇인가를 의미할지도 몰랐다. 패배, 몰락, 세계의 재분할, 당의 파괴! 그는 숨을 깊이 들이마셨다. 그는 이상할 정도로 착잡한 기분에 사로잡혔다. 하지만 정확히 말해서 그것은 착잡한 기분이라기보다는 오히려 감정의 층이 차곡차곡 쌓여 있는 것이라고 보아야 했다. 하지만 어느 층이 가장 밑바닥에 깔렸는지 말할 수 있는 사람은 아무도 없었다. 그의 내부에서 소용돌이쳤다.

한 차례 발작이 일어났다. 흰말을 제자리에 놓았지만 한동안 체스 문제를 집중해서 살펴볼 수가 없었다. 다시 생각이 혼란스러워졌다. 그는 거의 무의식적으로 테이블에 쌓인 먼지 위에 손가락으로 썼다.

2 + 2 = 5

"그들이 당신 속까지 파고들 수는 없어요." 그녀는 말했었다. 하지만 그들은 마음속까지 강력하게 파고들었던 것이다. "여기에서 자네에게 일어난 일은 영원한 거야." 오브라이언은 말했었다. 그래, 맞는 말이었다. 결코 돌이킬 수 없는 일들이 있었다. 가슴속에서 죽어버린 무언가가 있었고, 그리고 타버렸고, 마비되어버린 것이다.

그는 그녀를 만났었다. 말까지 건넸었다. 그래도 위험하지는 않았다. 이제는 그들이 자신에게 거의 관심이 없다는 것을 윈스턴은 본능적으로 알고 있었다. 두 사람 중 어느 하나가 원했다면 다시 만나는 일도 어렵지 않았을 것이었다. 사실상 그들이 만난 것은 우연으로 일어난 만남이었다. 3월의 어느 몹시 추운 날이었다. 산책하던 공원의 땅은 무쇠 같았고 풀은 죄다 말라 죽어버린 것 같았으며, 바람에 불려 이리저리 흩어지는 크로커스 꽃 몇 송이 외에는 땅 위로 돋아난 것이라곤 하나도 찾아볼 수 없었다. 그는 손이 꽁꽁 추위에 눈물까지 핑 돌면서 공원을 급히 걷고 있었는데, 자신과 10미터도 채 떨어지지 않은 가까운 거리에서 그녀를 보았다. 추하게 변한 그녀의 모습을 본 윈스턴은 말문이 막혔다. 그들은 서로 눈짓 한 번 없이 말없이 스쳐 지나가 버렸다. 그러고 나서 그는 왜 그랬는지 모르겠지만, 그리고 별로 내키지도 않았지만 발길을 돌려 그녀의 뒤를 따라갔다. 위험할 것도 없고, 자기들에게 그 누구도 관심을 두지 않으리라는 사실도 잘 알고 있었다. 그녀는 입을 열지 않았다. 그녀는 마치 그를 피하려는 것처럼 비스듬히 풀밭을 가로질러 걸어가더니 이내 포기한 듯 그를 자기 옆으로 오게 하는 듯했다. 이윽고 두 사람은 나뭇잎 하나 없는 앙상한 덤불숲에 이르렀다. 몸을 감출 수도 없고 바람을 막을 수도 없는 그런 숲이었다. 그들은 걸음을 멈추었다. 3월이기는 해도 아직은 몹시 추운 날이었다. 바람이 나뭇가지 사이를 스치고 나와 지저분한 크로커스 꽃을 이따금 흔들었다. 그는 그녀의 허리를 팔로 감싸 안았다.

텔레스크린은 없지만 틀림없이 마이크로폰은 어딘가에

숨겨져 있을 것이었다. 더구나 사방이 탁 트인 곳이었다. 하지만 상관없었다. 아무것도 문제될 게 없었다. 원한다면 땅바닥에 냅다 누워서 '그 짓'도 얼마든지 할 수 있었을 것이다. 그 생각을 하니 추위가 아니라 공포에 피부가 얼어붙는 것 같았다. 그가 아무리 팔로 끌어안아도 그녀는 밋밋하게 가만히 서 있었다. 그로부터 벗어나려고도 하지 않았다. 그는 이제 그녀에게 변한 것이 무엇인지를 알게 되었다. 얼굴빛은 아주 창백했고 이마와 광대뼈 사이에는 길게 난 상처가 있었는데 이 상처를 머리카락으로 가리고 있었다. 그뿐만이 아니었다. 허리가 굵어졌고 당황스러울 정도로 뻣뻣해져 있었다. 언젠가 로켓 폭탄이 폭발한 폐허에서 시체 끌어내는 일을 도운 적이 있었다. 그때 그는 그것의 육중한 무게에 심히 놀랐을 뿐만 아니라 딱딱하기도 하고 조금 구역질이 날 것도 같고, 살이라기보다는 돌덩이에 가깝다는 사실에 또 한 번 놀랐던 기억이 떠올랐다. 오랜만에 만난 줄리아의 몸이 딱 그랬다. 세월의 흔적 때문인지 피부 또한 예전과는 전혀 달랐다.

그는 그녀와 키스할 생각도 없었다. 서로 말 한마디 건네지도 않았다. 그들이 공원 문을 지나 걸어 나올 때야 그녀는 처음으로 그를 가만히 쳐다보았다. 순간적이었지만 윈스턴은 줄리아의 눈길에서 나오는 경멸과 혐오의 감정을 읽을 수 있었다. 순전히 과거에 있었던 일 때문인지, 아니면 그의 부풀어 오른 얼굴과 바람을 맞아 흐르는 눈물 때문에 그녀로부터 혐오감을 느낀 것인지 윈스턴은 알 수가 없었다. 그들은 철제 의자 하나를 두고 조금 거리를 둔 채 나란히 앉았다. 그는 그녀가 무엇을 말하려는지 알아차렸다. 그녀는 투박한 구두를 몇 센티미터쯤 움직이더니 일부러 나뭇가지 하나를 밟아 분질러버렸다. 발이 더 넓적해진 것같이 보였다.

"저는 당신을 배신했어요." 그녀가 먼저 입을 열었다.

"나는 당신을 배신했어." 그가 말했다.

그녀는 또 한 번 혐오에 찬 표정으로 그를 힐끗 보았다.

"때때로." 그녀는 말했다. "그 사람들은 견딜 수 없게, 정말 생각할 수 없을 정도로 나를 위협하고 괴롭혔어요. 그러면 할 수 없이 '저에게는 그러지 마세요. 딴 사람한테 하세요. 누구누구한테 말이에요.'라고 말하게 됐어요. 그리고 그 후에는 그 말은 속임수이고, 고문을 멈추게 하느라고 그랬고, 사실은 그게 아니라고 해보지만 그건 거짓말이에요. 진심이 나타나는 건 사람이 다급해질 때 알 수 있는 거겠죠. 목숨을 구하려면 배신하는 것 외에는 다른 방법이 없었어요. 단지 그 방법으로만 목숨을 구할 수 있죠. 그런 고문이 다른 사람에게 옮겨지기를 바라게 되지요. 다른 사람이 아무리 고통을 당해도 나와는 아무런 상관이 없어요. 다른 사람이 뭐가 중요해요. 일단 자기만 모면하면 되는 거예요."

"자기만 모면하면 되지." 그가 되풀이했다.

"그런데 중요한 건, 그런 일이 있은 다음에 그 다른 사람에 대한 감정을 예전처럼 유지할 수는 없다는 거예요."

"그래." 그가 말했다. "전과 같을 수는 없지."

더 이상 이야기할 것이 없는 듯했다. 바람이 얇은 제복을 통과해 몸 안으로 파고들었다. 말없이 그렇게 가까이 앉아 있는 것이 매우 고통스러워졌다. 더구나 가만히 있기에는 날씨도 너무 매서웠다. 그녀는 지하철을 타야겠다며 먼저 자리에서 일어났다.

"우리 다시 만나야지." 그가 말했다.

"네." 그녀가 말했다. "우리는 다시 만나야 해요."

그는 반걸음쯤 떨어져 그녀 뒤를 조심스럽게 뒤따랐다. 두 사람이 말을 한 건 그게 끝이었다. 그녀는 윈스턴을 떨쳐버리려고 하지는 않았다. 하지만 같이 걷는 것은 부담스러웠는지 꼭 그와 나란히 걷지 않을 정도를 유지하며 천천히 걸어갔다. 그는 지하철역까지 그녀를 배웅해줄 생각이었다. 하지만 그 추위 속에서 그녀를 따라가는 것이 별안간 무의미한 일처럼 보였다. 그의 감정은 줄리아에게서 떨어지지 않겠다는 것보다는 밤나무 카페로 되돌아가겠다는 생각으로 가득했다. 그 카페가 이렇게 매력적인 곳이었던가 싶을 정도로 밤나무 카페가 그리웠다. 그는 그 구석 자리가, 신문과 체스판이 있고 언제나 술을 따라주는 그곳이 그리웠다. 그리고 무엇보다 카페는 이 추위로부터 따뜻함을 제공해주어서 좋았다. 다음 순간, 전혀 우연만은 아니었지만 몇몇 사람들이 끼어드는 바람에 그는 그녀에게서 멀어지게 되었다. 그는 별로 내키지 않은 기분으로 그녀를 따라가려고 했지만 결국에는 가던 발걸음을 멈추고 방향을 돌렸다. 그리고 반대쪽을 향해 걸어갔다. 혹시나 그녀를 볼 수 있을까 하는 생각에 50미터쯤 가서 그는 뒤를 돌아보았다. 거리는 사람들로 북적거리지는 않았는데, 어느새 그녀 모습은 보이지 않았다. 급하게 달려가는 몇몇 사람 가운데 그녀가 있을 것 같았다. 어쩌면 그 뚱뚱하고 뻣뻣해진 몸뚱이를 뒷모습만으로는 알아볼 수 없게 되었는지도 모른다.

"그런 일이 벌어질 때는 진심이었던 거예요." 그녀는 이렇게 말했었다. 그도 그랬다. 입으로만 말한 것이 아니라 그도 진심으로 그러기를 바랐었다. 자신이 겪는 고통이 그녀에게로 옮아가기만 바랐었다.

텔레스크린에서 나오는 음악이 바뀌었다. 째지는 것 같은 조롱조의 곡으로 바뀌면서 다소 선정적인 분위기를 형성했다. 그다음에는(아마도 실제가 아니라 음이 비슷해서 떠오른 기억인지도 모른다) 노랫소리가 울려 퍼졌다.

우거진 밤나무 아래에서
나 그대를 팔고, 그대 나를 팔았다네…….

그의 두 눈에 눈물이 핑 돌았다. 지나가던 웨이터가 잔이 빈 것을 보고 진이 담긴 술병을 가지고 왔다.

그는 잔을 들고 술 냄새를 맡았다. 그 술은 마실수록 이상하게도 더욱 몸서리를 치게 했다. 하지만 이제 그는 술주정뱅이로 살지 않고서는 삶을 이어갈 수 없게 되었다. 술은 그의 생명이고, 죽음이고 부활이었다. 밤마다 그를 필름이 끊긴 채로 곯아떨어져 잠들게 하는 것도 술이었고, 아침마다 일어날 수 있게 해주는 것도 술이었다. 대개 오전 11시가 지나서 잠에서 깨어나면 눈꺼풀은 한데 붙어 있고 입은 활활 타고 척추는 당장이라도 부러져나갈 것 같았지만, 전날 밤 침대 옆에 놓아둔 술병과 잔 때문에 다시 자리에서 벌떡 일어나 하루를 시작할 수 있었다. 그는 대낮에도 번들거리는 얼굴을 하고 곁에 술병을 놓고 구석 자리에 앉아서는 텔레스크린에서 나오는 소리에 집중했다. 15시부터 문을 닫는 시간까지 밤나무 카페에 처박혀 있는 것이었다. 이제는 더 이상 그가 하는 일에 관심을 두는 이가 없었고, 호루라기도 그를 깨워주지 못했으며, 텔레스크린도 그를 야단치지 않았다. 때때로 일주일에 두 번 정도 진리부의 먼지 쌓인 사무실에 나가서 그것도 일이라면 일인 자질구레한 잡무를 처리하는 게 윈스턴의 일상이었다. 그는 신어사전 제11판을 편찬하는 데 드러나는 대단하지 않은 난점들을 취급하는 수많은 위원회들 가운데 하나에서 갈라져 나온 분과위원회의 위원으로 임명되었다. 그들은 '중간보고서'라고 하는 것을 만드는 일을 했는데, 윈스턴으로서는 그들이 무엇을 보고하는지 정확하게 알아낼 수는 없었다. 그것은 대개 구두점을 괄호 속에 찍느냐 밖에 찍느냐 하는 것으로 관련되어 있는 것 같았다. 분과위원회에는 그와 비슷한 상황에 놓여 있는 사람이 네 명 더 있었다. 그들은 모이기는 했지만 실제로 할 일이 없다는 것은 서로 솔직하게 인정하고는 곧바로 모임을 끝내고 돌아가는 날도 있었다. 하지만 어떤 날에는 열심히 일했다. 그럴 때는 의사록을 작성하고, 결코 끝나지 않는 기다란 비망록의 초안을 작성하는 등 자기 자리에 눌러앉아서 세부적인 데까지 파고들어갔다. 그러다 논쟁점이라 생각되는 문제에 대해서는 이상하게도 토의가 길어지고 복잡해져서 어떻게 결정할지를 두고 묘하게 시비를 걸고 엇갈린 주장을 내놓고 싸움질도 하는 반면, 어떨 때에는 상부에 호소하겠다는 으름장까지 나오기도 했다. 그러다 보면 별안간 맥이 탁 풀리는데, 닭 우는 소리가 나면 도망치는 유령처럼 테이블에 둘러앉아서는 서로의 얼굴을 그저 멀뚱멀뚱 바라보기만 하는 것이었다.

텔레스크린이 잠시 동안 잠잠했다. 윈스턴이 다시 귀를 기울였다. 전황 보고인 줄 알았는데 아니었다. 단순히 음악이 바뀐 것이다. 그는 잠시 아프리카 지도를 떠올렸다. 군대가 어떻게 이동하는지를 도표로 표시해보았다. 검은 화살표는 남쪽을 향해 수직으로 뻗었는데, 흰색 화살표는 동쪽을 향해 수평으로 뻗어서 검은 화살표의 꼬리를 싹둑 잘라버렸다. 그는 재차 확인하듯 초상화 속의 그 태연자약한 얼굴을 올려다 보았다. 두 번째 화살표가 있을 수 없다고 생각하는 것이 과연 가능하다고 할 수 있는 걸까?

다시 그의 관심이 줄어들었다. 그는 진을 한 모금 마시고 흰말을 시험 삼아 옮겨보았다. 장군. 하지만 바른 수가 아니었다. 왜냐하면…….

난데없이 한 가지 생각이 떠올랐다. 하얀 홑이불을 씌운 큰 침대가 놓여 있고 촛불을 켜놓은 방이었다. 윈스턴이 아홉 살인가 열 살쯤 되었을 때였다. 그는 마룻바닥에 앉아 주사위 통을 이리저리 흔들며 깔깔깔 웃고 있었다. 그의 어머니도 그와 마주 앉아 환한 웃음을 보였다.

어머니가 행방불명되기 한 달 전쯤인 것이 분명했다. 그가 고통스러운 배고픔도 잊고 어머니에 대한 애정이 일시나마 되살아났던 따뜻한 순간이었다. 그는 그날을 정확히 기억하고 있었다. 비가 억수로 쏟아져 창가로 빗물이 흘러내리고, 방 안 불빛은 너무 어두워서 책을 읽기도 불편했던 그런 날이었다. 어둡고 답답한 침실에 있던 두 아이는 더는 참기 힘들겠다는 듯 울고 떼를 쓰며 먹을 것을 달라고 마냥 졸라댔다. 윈스턴은 방 안을 종횡무진 뛰어다녔는데, 아무것이나 끌어내고 벽판을 발로 마구 걷어차다가 마침내 이웃집에서 벽을 쾅 치며 혼내기까지 했다. 어린 동생은 이따금 가냘프게 울었다. 한참 후에야 어머니가 입을 열었다. "착하게 있으면 엄마가 나중에 장난감 사줄게. 아주 예쁜 장난감으로 말이야. 네가 아주 좋아할 거야." 그러고 나서 어머니는 비 오는 밖으로 나가 아직 장사하고 있는 근방의 자그마한 잡화점에 가서 '뱀과 사다리'라는 게임이 들어 있는 마분지 상자를 사 가지고 돌아왔다. 어머니가 사다주신 마분지 상자. 윈스턴은 지금까지도 그날의 축축한 마분지 상자 냄새가 잊히지 않았다. 대단한 건 아니었다. 그저 보잘것없는 장난감일 뿐이었다. 판에는 금이 가 있고, 주사위는 어찌나 형편없이 깎였는지 제대로 놓이지도 않았다. 그는 그것을 무관심한 표정을 지으며 시무룩하게 쳐다보고 있었다. 하지만 어머니가 촛불을 켰고, 그들은 장난감을 가지고 놀려고 마룻바닥에 앉았다. 그리고 놀이를 시작하자마자 그는 신바람이 났다. 자기 말이 승승장구 사닥다리에 오를 때는 소리를 지르며 환하게 웃다가도 다시 뱀한테로 떨어져 출발점으로 돌아오면 언제 그랬냐는 듯 이내 잠잠해졌다. 두 사람은 그것을 여덟 판을 돌렸고 두 사람은 각각 네 판씩 이겼다. 꼬마 계집애 동생은 너무 어려서 시합이 어떻게 돌아가는지 몰랐지만, 베개 위에 올라앉아 남들이 웃으니까 자기도 따라 웃었다. 오후 내내 그들은 옛날 어린 시절 윈스턴이 그랬던 것처럼 마냥 즐거웠다.

그는 마음속에 떠오른 옛날의 풍경을 전부 지워버렸다. 그것은 제대로 된 기억이 아니었다. 때때로 그는 이런 엉뚱한 기억이 떠올라서 마음이 복잡해졌다. 하지만 기억의 정체를 알고 있는 한 큰 문제가 되지는 않았다. 일어났던 일들도 있고, 또 일어나지 않았던 일들도 있었다. 그는 다시 체스판으로 돌아와 흰말을 잡았다. 그러고는 이내 자신도 모르게 실수로 그 말을 체스판에 떨어뜨렸다. 그는 뾰족한 바늘에 찔리기라도 한 듯 깜짝 놀란 표정을 지었다.

날카로운 트럼펫 소리가 허공을 갈랐다. 전황을 알리는 특보였다! 아, 승리였다! 뉴스가 나오기 전에 트럼펫이 울린다는 것은 언제나 승리를 의미하는 것이었다. 일종의 전율이 카페 안으로 퍼졌다. 일을 하던 웨이터마저도 너무 놀란 나머지 자신의 귀를 의심했다.

트럼펫 소리가 엄청나게 시끄럽게 울려 퍼졌다. 텔레스크린에서 이미 뉴스가 나왔지만, 바깥에서 외치는 사람들의 함성 덕분에 거의 알아들을 수 없었다. 승리에 대한 소식은 마술처럼 이곳저곳으로 번져나갔다. 텔레스크린에서 겨우 알아들은 내용은 다행히도 그가 예상한 것과 딱 맞아떨어지는 것이었다. 바다에서 나타난 거대한 함대가 은밀하게 집결해서 적의 후방을 기습했다. 흰 화살표가 검은 화살표의 꼬리를 싹둑 자른 것이다. 승리의 소식이 한 번씩 어마어마한 소란스러움을 뚫고 들려왔다. "대대적인 기동 작전…… 완전무결한 합동작전…… 완전한 패주…… 50만의 포로…… 완벽한 사기 저하…… 아프리카 일대를 장악…… 곧 다가올 전쟁의 종결…… 승리…… 인류 역사상 최대의 승리…… 승리! 승리!

승리!"

윈스턴의 다리가 후들후들 떨렸다. 그는 자리에서 한 발자국도 움직이지 않았다. 하지만 마음은 이미 저 만치 멀리 달리고 있었다. 저 수많은 군중들과 함께 귀가 찢어질 정도로 함성을 지르며 신나게 달리고 있었다. 그는 다시 빅 브라더의 초상화를 올려다보았다. 세상을 짓밟고 있는 거인! 아시아의 약탈자들이 대들어보아야 소용없는 이 크나큰 바위! 10분 전까지. 그렇다. 그는 단 10분 전만 해도 전선의 소식이 승리일지 패배일지 판단하지 못하고 마음 졸였던 것을 생각했다. 아, 물론 패배한 것은 유라시아 군대뿐만은 아닐 것이다! 애정부에 들어간 첫날부터 그에게도 수많은 변화가 있었다. 하지만 이 순간까지 결정적이면서도 불가피하게 구원받을 수 있을 것 같은 변화는 단 한 번도 일어난 적이 없다.

텔레스크린에서 나오는 음성은 여전히 포로와 전리품과 살육에 대한 이야기를 잔뜩 쏟아내고 있었다. 하지만 사람들의 함성은 약간 잦아들었다. 웨이터들도 멈추었던 일을 다시 시작했다. 웨이터 하나가 진이 든 병을 들고 그에게로 다가왔다. 윈스턴은 행복한 상상에 푹 빠져 있었으므로 잔에 술이 차고 있는 것도 전혀 몰랐다. 그는 이제 속으로 달리지도 않았고, 환호성을 지르지도 않았다. 그는 애정부에 들어가 모든 것을 용서받았고, 새하얀 눈처럼 맑은 영혼을 소유하게 되었다. 그리고 공개 재판에서 피고석에 앉아 자신의 모든 죄를 털어놓았고, 그가 알고 있는 모든 사람을 공범으로 만들었다. 그는 햇빛 속을 걷는 기분으로 하얀 타일이 붙은 복도를 걸어가고 있었다. 그리고 그때였다. 총을 든 간수가 윈스턴의 뒤에 나타났다. 오랫동안 소망하던 총알이 그의 머리통을 향해 날아와 깊숙이 박혔다.

그는 그 거대한 얼굴을 물끄러미 바라보았다. 도대체 어떤 미소가 저 검은 콧수염 속에 감추어져 있는지를 알아내는 데 40년이라는 세월을 써버렸다. 오, 잔인하고 이 부질없는 오해여! 오, 저 사랑이 넘치는 품 안을 떠나 제멋대로 고집을 부리며 스스로 택했던 유형(流刑)의 삶이여! 술 냄새 머금은 진한 두 줄기 눈물이 두 뺨을 타고 주루룩 흘러내렸다. 하지만 잘되었다. 모든 것이 잘되었다. 더 이상의 투쟁도 없다. 그는 자신과의 투쟁에서 결국 승리한 것이다. 윈스턴 스미스, 그는 빅 브라더를 사랑했다.

1984

Nineteen Eighty Four

작품 해설 및 작가 연보

『1984(Nineteen Eighty Four)』 작품 해설

1. 작가의 생애

1903년 6월, 인도 벵골에서 출생한 조지 오웰(George Orwell, 1903~1950)의 본명은 에릭 아서 블레어(Eric Arther Blair)다. 그는 영국 이튼(Eton) 학교에서 수학한 후 1922년부터 1927년까지 버마에서 경찰로 근무한다. 이때의 경험은 훗날 『버마의 나날(Burmese Days)』(1934)이라는 작품이 탄생하는 계기가 된다. 1928년, 본격적으로 작가가 되기로 결심한 그는 프랑스 파리로 가서 빈민굴에서 생활하며 보들레르, 프루스트 등의 작품을 탐독한다. 그러던 어느 날, 가진 돈을 모두 도둑맞은 그는 호텔에서 접시를 닦으며 밑바닥 생활을 체험하게 된다. 1930년에는 런던으로 돌아와 틈틈이 습작하고, 1932년부터 1934년까지 서점 직원으로 일하며 꾸준히 습작 활동을 한다. 1933년에는 그가 일용직 노동자의 삶을 택한 뒤 빈곤한 생활을 체험한 후에 쓴 첫 소설 『파리와 런던의 밑바닥 인생(Down and Out in Paris and London)』이 출간된다. 1936년, 스페인 내전에 참전했던 그는 부상을 당하고 다시 영국으로 돌아온다. 그 무렵, 잉글랜드 노동자의 빈곤한 삶을 묘사한 『위건 부두로 가는 길(The Road to Wigan Pier)』이라는 작품과 전쟁에 대한 환멸을 바탕으로 쓴 『카탈로니아 찬가(Homage to Catalonia)』가 출간된다. 1944년, 독재주의와 사회주의를 비판한 『동물농장(Animal Farm)』을 완성한다. 하지만 소련의 정치 체제를 비판했다는 이유로 여러 출판사로부터 출판을 거절당하고, 1년 뒤 영국과 미국에서 출간되어 큰 호평을 받는다. 1949년에는 전체주의의 권력에 굴복하는 인간의 모습과 현대 사회의 문제점들을 예리하게 포착한 『1984(Nineteen Eighty Four)』를 출간한다. 그러다가 1949년, 지병이었던 폐결핵이 악화되면서 1950년, 47세의 나이로 생을 마감한다.

2. 『1984』의 탄생

조지 오웰은 작품을 통해 자신의 정치적 · 도덕적 사상을 표출하고 싶어 했다. 그는 예술을 위한 예술을 부정했으며, 예술은 단지 자신의 신념을 드러내는 보조 수단으로서 기능하기를 바랐다. 하지만 전작 『동물농장』을 비롯해 이 작품 『1984』는 이러한 오웰의 신념을 보여줌과 동시에 예술 작품으로서의 가치도 지니고 있다. 그러한 이유로 오웰의 작품들은 오늘날까지 수많은 독자층을 확보하며 고전으로서 굳건하게 자리매김을 하고 있다.

제1차 세계 대전과 경제 불황의 영향으로 사람들의 생활은 점점 더 힘들어졌으며, 민중은 새로운 지도자, 새로운 세상을 꿈꾸며 혁명을 모색하기 시작했다. 이 무렵, 공산주의와 전체주의가 등장하며 히틀러와 무솔리니, 스탈린 같은 독재자들이 무소불위의 권력을 휘두르며 민중 위에 군림했다. 과학의 발전은 문명의 발달을 가져다주었지만, 인간의 행복을 위한 도구로써 기능하지 못했다. 발전된 과학 기술은 독재 체제를 양산하는 데 일조했으며, 사람들을 다양성을 상실한 획일적인 모습으로 변모시키며 부정적인 영향을 미쳤다. 권력의 통제와 공포 속에서 진실은 왜곡되었으며, 인간의 존엄성은 상실되어갔다. 이렇듯 어두운 현실 속에서 오웰은 지금보다 더 암담한 미래가 올 거라 예견하고 있었다. 그러므로 『1984』는 오웰이 살던 현재에 대한 반성이자 다가올 미래를 향한 날카로운 경고인 것이다.

오웰이 『1984』에서 그려낸 미래는 지극히 씁쓸하고 암울하다. 전체주의 권력에 지배당하며 인간의 자유와 감정마저 말살되는 과정을 그려낸 디스토피아(dystopia) 소설 『1984』는 당시 유럽 사회에 큰 충격을 준 나치즘과 공산주의에 신랄한 비판을 가한다. 하지만 이 작품을 통해 제시하고 있는 문제는 비단 과거의 문제로만 국한되지 않는다. 권력의 위험성은 현대 사회에도 충분히 적용될 수 있는 문제이기 때문이다.

주인공 윈스턴이 살고 있는 시대인 1984년, 세계는 오세아니아, 유라시아, 동아시아로 나뉘어 끊임없이 전쟁 중이었다. 그는 오세아니아의 역사를 조작하는 기관인 진리성에서 근무하고 있다. 그가 살고 있는 전체주의 국가 오세아니아는 가상의 인물 빅 브라더를 내세워 국민 전체를 통제하고 있다. 전체주의 정치 체제를 유지하기 위해 당은 곳곳에 텔레스크린을 설치하고 사상경찰과 헬리콥터를 동원해 사람들의 일거수일투족을 감시한다. 당에 대한 반항은 곧 죽음을 의미했기에 사람들은 아무런 저항 없이 이러한 것들을 받아들이며 적응해 나간다. 하지만 내부 당원인 윈스턴은 이러한 강압적 통제에 반발하며 나름대로 저항한다.

당에서는 모든 종류의 기록을 금지하고 있었다. 하지만 윈스턴은 자신의 생각을 정리하며 몰래 일기를 써 나간다. 그러던 어느 날, 윈스턴은 같은 곳에서 근무하는 줄리아에게 사랑을 느끼게 되고, 사랑이라는 인간의 감정을 일절 허용하지 않는 당의 이념에 대항하며 그녀와 사랑을 나누게 된다.

한편, 윈스턴은 평소에 자신의 동지라고 생각하던 오브라이언을 찾아가 줄리아와 함께 당에 대항하는 단체 형제단에 가입한다. 하지만 오브라이언은, 윈스턴에게 일기장을 판매하고 텔레스크린이 설치되지 않은 곳이라며 몰래 은신처를 소개해 준 채링턴과 더불어 사상경찰이었음이 밝혀진다. 윈스턴과 줄리아는 사상범으로 체포되어 혹독한 고문을 받게 된다. 모진 고문은 윈스턴의 사상마저 바꿔 놓으며 사랑하는 여인 줄리아를 배신하게 만든다. 당이 원하는 대로 세뇌를 당한 윈스턴은 자신의 신념마저 버린 채 빅 브라더를 찬양하며 사랑하게 된다. 당의 사상과 체제에 철저히 동화된 윈스턴은 어느 날 거리에서 조용히 총살을 당한다.

3. 디스토피아의 단면

윈스턴이 층계참을 지나갈 때면 승강기 맞은편에 붙어 있는 대형 포스터 속 남자가 윈스턴을 향해 매서운 눈빛을 날렸다. 어찌나 그 눈빛이 강렬했던지 마치 벽을 뚫어버릴 것만 같았다. (…) 포스터의 아래쪽에는 "빅 브라더(Big Brother)는 언제나 당신을 지켜보고 있다."라는 문장이 새겨져 있었다.

오세아니아의 공용어인 신어(新語)로 '진리부'라고 부르는 곳의 외관은 다른 건물과는 눈에 띄게 달랐다. 흰색 콘크리트로 지어진 그 피라미드 모양의 거대하고 번쩍거리는 건물은 층마다 테라스로 끊임없이 이어져 그 높이가 무려 300미터나 되었다. 하늘을 향해 높이 솟구친 모습이었다. 그 새하얀 건물의 전면에는 당의 슬로건이 품격 있어 보이는 글씨로 쓰여 있었는데, 윈스턴의 방 안에서도 아주 훤히 보였다.

전쟁은 평화

자유는 예속

무지는 힘

작품 속 허구의 절대 권력자인 빅 브라더는 전체주의와 독재 정치를 비판한 오웰의 또 다른 작품 『동물농장』과 마찬가지로 소련의 지도자 스탈린을 상징한다고 볼 수 있다. 오웰이 설정한 1984년은 당시에는 먼 미래였을 것이다. 1984년이 훨씬 지난 오늘날에도 공산주의 국가나 자유를 누릴 수 없는 독립하지 못한 국가에서 『1984』와 같은 현상을 볼 수 있다.

작품 속 오세아니아는 전체주의 국가로서 개인의 자유를 인정하지 않고, 개인은 오로지 국가를 위해서만 존재한다고 보며, 그들의 사상과 감정, 기본적인 욕구마저 지배하려 든다. 당은 '전쟁은 평화', '자유는 예속', '무지는 힘'이라는 슬로건을 내세워 텔레스크린을 통해 사람들을 통제한다.

고작해야 일기를 쓰는 일이 대단해보았자 얼마나 대단하기에 그러는지 모르겠지만, 윈스턴은 이제부터 하루도 빠짐없이 꼬박꼬박 일기를 쓰기로 마음먹었다. 일기를 쓴다고 해서 법을 어기는 것은 아니다. 법이 없으니 불법이라는 것 자체가 존재하는 것이 불가능하기 때문이다. 만약 일기를 쓰다가 사상경찰에게 발각되기라도 하면 지체할 것도 없이 그 즉시 사형 혹은 최소 25년 이상의 강제 노동형을 선고받게 될 것은 너무나 자명한 일이었다.

그렇다. 드디어 '증오'가 시작된 것이다.

인민의 적인 임마누엘 골드스타인의 얼굴이 여느 때와 다를 바 없이 텔레스크린의 화면을 가득 채웠다. 골드스타인의 얼굴이 화면에 등장하자마자 관중 사이에서 분노를 가득 머금은 함성이 세차게 솟아올랐다. (…) 하지만 골드스타인만큼은 예외여서 그는 늘 중심인물로 2분 증오를 장식했다. 골드스타인은 일급 반역자였다. 당의 순수성을 가장 처음으로 욕되게 한 인물이었다. 그 이후로 당에 반기를 드는 죄, 다시 말해 반역 행위와 태업 행위, 이단, 분파 행위 등은 골드스타인이 직접 사주해 일어난 것이었다. 골드스타인은 끊임없이 음모를 꾸미고 있었다. 지금도 지구 어딘가에 살아남아서 멈추지 않고 음모를 저지르고 있었다.

"말을 없애버린다는 건 굉장히 매력적인 일이야. 물론 제일 쓰레기 같은 건 동사와 형용사지만, 없애버려야 할 명사도 수백 개는 족히 되지. (…) 예를 하나 들자면, '좋은'이라는 말을 더 강하게 쓰고 싶을 때 '탁월한(excellent)'이나 '훌륭한(splendid)' 등등 그 의미가 모호하면서도 별로 쓸모없어 보이는 낱말이 있다고 해. 그렇다고 해서 그게 무슨 의미가 있다는 말인가? '더 좋은(plusgood)'이라는 말이면 충분히 의미가 전달되고, 더욱

강조하고 싶으면 '더욱더 좋은(doublegood)'이라고 하면 되는 거야. (…) 결국 좋고 나쁜 것에 대한 개념은 모두 단 여섯 개의 낱말로도 충분히 표현될 거야. 사실은 단 한 개의 낱말로 된 것이지만 말이야. 윈스턴, 좋다고 생각하지 않아? 이 아이디어를 낸 건 원래 빅 브라더였지. 나는 매우 훌륭한 묘안이라고 생각해."

"신어를 쓰면 사고의 폭을 좁히는 데 도움이 된다는 걸 자네는 정녕 모르는 건가? 그리고 그것이 신어를 통해 이루려는 최종 목적이기도 하고 말이야. 결국에 가서는 사상죄도 문자 그대로 불가능하게 만들어놓자는 걸세. 왜 그러려고 하는지 알겠는가? 그것을 나타낸 낱말이 없어서야. 어떤 개념이든 정확하게 단 한마디 단어로만 표현이 될 테고, 그 의미는 정밀하게 뜻을 나타내고 다른 보조적인 의미는 지워지고 잊히게 될 테니 말이지. (…) 시간이 지나갈수록 사용되는 구어의 낱말은 점점 그 수가 줄어들 거고, 그러면서 우리의 의식 범위도 마찬가지로 계속 좁혀지는 거지."

빅 브라더를 중심으로 하나가 되는 전체주의 체제를 유지하기 위해서는 사람들의 다양한 생각과 자유를 억압해야 하고 당의 사상을 주입시켜야만 했다. 이러한 체제의 일환으로 당에서 가장 먼저 시작한 일은 기록을 금지하는 것이었다. 기록한다는 것은 생각하고 정리하며 자유롭게 표현하는 것을 의미한다. 이는 사람들에게 획일적이고 단순한 사고만 허용해 그들을 전체주의 체제에 복종하게 만드는 당의 목표와 어긋나는 행위였다. 하지만 윈스턴은 자신의 신념을 버리지 않고 텔레스크린의 감시를 피해 일기장에 자신의 생각을 정리해 나간다. 그리고 사람들은 매일 '2분 증오' 시간을 통해 일급 반역자 골드스타인에게 온갖 비난과 증오를 퍼붓는다. 그에게 증오심을 느끼지 않던 윈스턴마저도 그 순간만큼은 사람들에게 동화되어 그를 경멸하는 모습을 보인다. 이렇듯 당은 골드스타인이라는 인물을 내세워 국가 체제에 복종하지 않는 자의 최후는 어떠한 것인지 보여 줌으로써 사람들에게 공포심을 조장하고 그들이 저항하지 못하도록 봉쇄하고 있다.

또한 당에서는 '신어사전'을 편찬한다. 신어사전은 수많은 어휘들을 최소한으로 압축해서 정리한 사전이다. 이 역시 사람들이 다양한 생각을 하지 못하게 만들어 사고의 확장을 막으려는, 국민들의 우매화를 위한 전체주의 프로젝트의 일환이다. 이뿐만이 아니다. 진실을 보도해야 하는 언론은 당의 뜻에 따라 진실을 왜곡하는 데 앞장선다. 언론은 현재 사정에 맞춰 모든 기사와 기록을 수정했기에 사람들은 자신이 알고 있던 사실과 기록이 맞지 않아 혼란을 겪는다. 사람들은 점점 자신의 기억을 믿지 못하게 되고, 생각이라는 것을 하지 않게 된다. 텔레스크린에서는 과거보다 현재가 훨씬 더 많은 발전을 했기에 살기 좋은 세상이 왔다며 사람들을 선동하고 세뇌시킨다. 그들은 조작된 언론을 그대로 받아들이며 아무런 의심 없이 믿게 된다.

그가 여자와 몸을 섞은 것은 아마도 2년 만에 처음으로 타락을 행한 것이었다. 물론 창녀와 잠자리를 가지는 것은 불가능한 것이었지만, 규칙은 때때로 깨지기도 했다. 이런 범죄는 위험한 것이었다. 하지만 살고 죽는 것을 논할 만한 수준으로 판단할 만한 문제는 아니었다. 창녀와 잠자리를 가진 사실이 들통 나면 강제 노동 수용소에 5년만 감금되어 있으면 되었다. 적어도 다른 죄를 짓지 않은 경우에서는 말이다.

결혼 생활에서든 밖에서든 적대시되는 것은 사랑이 아니었다. 성욕이었다. 당원끼리 결혼하는 것은 결혼을 위해 마련된 위원회로부터 승인을 받아야 했다. 그 원칙을 명백하게 밝히고 있는 것은 아니었다. 두 남녀가 서로의 육체적인 면에 매혹되어 결혼하는 것 같은 인상을 풍기면 재고할 수 있는 기회조차 얻지 못하고 곧바로 거절당하고 말았다. 사람들은 결혼하면서 당에 봉사할 아이를 출산하는 것이 자신들에게 주어진 유일한 목적이라고 생각했다. 성관계는 마치 관장처럼 조금은 역겨운 행위로 간주되었다. (…) 아이들을 죄다 인공 수정(신어로는 '인수

(人受)'라고 한다)으로 낳고 공공시설에서 집단으로 양육했다. (…) 당은 성 본능을 완전히 제거해버리려 했다. 만약 완전히 제거되지 않으면 그때는 그것을 왜곡하거나 추한 것으로 만들려고 했다.

마스크가 윈스턴의 얼굴에 바짝 다가왔다. 철사가 그의 뺨을 스쳤다. (…) 그래서 그는 미친 듯이 멈추지 않고 고함을 질렀다.

"줄리아한테 해요! 줄리아한테 해요! 내가 아니야! 줄리아야! 그 여자한테는 무슨 짓을 해도 괜찮아요! 얼굴을 갈기갈기 찢고, 뼈다귀가 나올 때까지 아주 깨끗하게 해치워요. 내가 아냐! 줄리아한테 해! 나는 안 돼!"

그는 거의 무의식적으로 테이블에 쌓인 먼지 위에 손가락으로 썼다.

2 + 2 = 5

"그들이 당신 속까지 파고들 수는 없어요." 그녀는 말했었다. 하지만 그들은 마음속까지 강력하게 파고들었던 것이다. "여기에서 자네에게 일어난 일은 영원한 거야." 오브라이언은 말했었다. 그래, 맞는 말이었다. 결코 돌이킬 수 없는 일들이 있었다. 가슴속에서 죽어버린 무언가가 있었고, 그리고 타버렸고, 마비되어버린 것이다.

그는 그녀를 만났었다. 말까지 건넸었다. 그래도 위험하지는 않았다. 이제는 그들이 자신에게 거의 관심이 없다는 것을 윈스턴은 본능적으로 알고 있었다.

우거진 밤나무 아래에서
나 그대를 팔고, 그대 나를 팔았다네…….

그의 두 눈에 눈물이 핑 돌았다.

그는 햇빛 속을 걷는 기분으로 하얀 타일이 붙은 복도를 걸어가고 있었다. 그리고 그때였다. 총을 든 간수가 윈스턴의 뒤에 나타났다. 오랫동안 소망하던 총알이 그의 머리통을 향해 날아와 깊숙이 박혔다.

그는 그 거대한 얼굴을 물끄러미 바라보았다. 도대체 어떤 미소가 저 검은 콧수염 속에 감추어져 있는지를 알아내는 데 40년이라는 세월을 써버렸다. 오, 잔인하고 이 부질없는 오해여! 오, 저 사랑이 넘치는 품 안을 떠나 제멋대로 고집을 부리며 스스로 택했던 유형(流刑)의 삶이여! 술 냄새 머금은 진한 두 줄기 눈물이 두 뺨을 타고 주루룩 흘러내렸다. 하지만 잘되었다. 모든 것이 잘되었다. 더 이상의 투쟁도 없다. 그는 자신과의 투쟁에서 결국 승리한 것이다. 윈스턴 스미스, 그는 빅 브라더를 사랑했다.

윈스턴의 나라에서는 인간의 가장 기본적인 욕구마저도 허용되지 않는다. 결혼은 단지 당에 충성할 자식을 낳기 위한 수단이었으며 이 과정에서 만약 어떠한 감정이 개입되면 허용되지 않았다. 또한 결혼한 후에도 인공 수정으로 아이를 낳아야 했으며, 그 아이는 태어나자마자 공공시설에 넘겨져 당의 체제에 맞는 교육을 받으며 자라야만 했다.

작품 속 전체주의 국가 오세아니아에서 국민들을 통제하기 위한 수단으로 사용했던 것은 개인적인 기록을 금지하며 사고를 단순화하는 것, 인간의 본능을 통제하며 사랑하지 못하게 하는 것, 그리고 언론 매체를 이용한 전체주의 사상의 세뇌였다. 바꿔 말하면, 사람들이 전체주의의 횡포 속에서 벗어나 인간의 존엄성을 지키며 개인의 자유를 누리기 위해서는 끊임없이 자신의 생각을 기록하고, 사고를 확장시키며, 서로 사랑해야 한다는 것이다. 동시에 언론은 보다 정확하고 진실한 보도로 국민들에게 올바른 의식을 심어주어야 한다는 것을 작품을 통해 역설적으로 드러내고 있는 것이다.

4. 끝나지 않은 이야기

오늘날 독자들이 『1984』에 공감할 수 있는 이유는 바로 작품 속 세상이 우리가 지나온 역사와 다르지 않기 때문이다. 일제 강점기를 비롯한 과거 독재 정권 시절, 우리는 모든 자유와 사상을 억압받으며 살아왔다. 일제 강점기 때는 사상경찰이 곳곳에 존재했고, 조선인들은 모국어를 사용하지 못했으며, 조선인들에게는 단순한 초등 교육만을 시켜 우매한 국민으로 만들려고 했다. 또한 조선인들에게 황국신민서사를 암송하게 해 일제의 사상을 주입시켰고, 조선인들이 쓴 신문이나 서적은 모두 검열 대상이 되었다. 광복 이후, 우리는 마침내 바라던 자유를 되찾았다고 믿었다. 하지만 기쁨도 잠시, 다시 독재 체제에 접어들기 시작했다. 대통령은 장기 집권을 위해 부정 선거를 일삼고, 헌법을 자신의 체제에 유리하게 개정했으며, 국민교육헌장을 주입시켰다. 또한 통행금지 시간을 설정하고, 미니스커트와 장발을 단속하며, 정신 교육이라는 미명하에 청년들을 삼청교육대로 보냈다. 『1984』의 오세아니아 국민 대다수는 전체주의 권력에 저항 없이 세뇌당하고 지배당했다. 하지만 우리는 그 과정에서 수많은 희생이 있었지만, 당당히 맞서 싸워 자유와 권리를 되찾았다.

인간의 존엄성을 상실한 어두운 현실 속에서 유일한 희망이었던 윈스턴은 혹독한 고문을 받으면서도 끝까지 자신의 신념을 지키려고 했다. 하지만 인간이 감내할 수 있는 한계에 이르렀던 그는 결국 사랑하는 사람마저 배신하게 되고, 자신의 사상마저 당의 체제에 맞게 바꾸게 된다. 윈스턴이 그토록 증오하던 빅 브라더는 이제 다른 사람들과 마찬가지로 그에게 찬양과 사랑의 대상이 되어버린 것이다. 그는 전체주의 사상에 처절하게 패배하며 씁쓸한 죽음을 맞이한다.

『1984』는 비단 과거의 이야기만은 아니며 특정 국가에만 한정되는 이야기도 아니다. 넓게 보면, 언제 어디서든 쉽게 찾아볼 수 있는 CCTV처럼, 표현의 자유를 충분히 누리고 있는 나라에서도 감시 체제는 여전히 존재하고 있기 때문이다. 이렇듯 『1984』는 아직 끝나지 않은 이야기다. 현재를 살아가는 우리의 이야기이며 동시에 미래의 이야기이기 때문이다.

작가 연보

1903년 인도 벵골의 모티하리에서 영국 세관원의 아들로 태어남. 본명은 에릭 아서 블레어.

1904년 어머니가 자식들의 교육을 위해 남편을 인도에 남겨둔 채 아이들을 데리고 영국으로 돌아감. 그들은 옥스퍼드 주 헨리온템즈에서 살게 됨.

1912년 아버지가 인도 세관에서 은퇴한 뒤, 12월 옥스퍼드 주 시프레이크로 이주해 온 가족이 함께 살게 됨.

1917~1922년 왕실 장학금을 5년간 받으면서 명문 이튼 학교를 다님. 그 뒤 인도 왕실 경찰이 되어 버마에서 근무.

1927년 경찰이 적성에 맞지 않은 데다가 영국의 식민 정책에 강한 불만을 갖게 되어 경찰직을 사임. 문학 수업을 하기 위해 영국 런던을 거쳐 프랑스 파리로 감. 파리에서 접시닦이를 하는 등 뜨내기 노동자 생활을 함.

1933년 본격적으로 작가 활동 시작. 런던과 파리에서의 가난하고 궁핍했던 생활을 그린 첫 소설 『파리와 런던의 밑바닥 인생』 출간. 이때부터 '조지 오웰'이라는 필명을 쓰기 시작.

1934년 버마에서 경찰로 근무하던 시절을 바탕으로 쓴 『버마의 나날』 출간.

1935년 『목사의 딸』 출간. 그 뒤 아내가 될 아일린 오쇼네시를 만남.

1936년 『엽란을 날게 하라』 출간. 결혼하고 나서 안정된 마음으로 창작에 전념. 하지만 스페인 내전이 발발하자 전쟁에 참여.

1937년 스페인 내전 참전 4개월 만에 목에 부상을 입고 영국으로 돌아옴. 영국 랭커셔 지방 탄광촌의 비참한 현실과 영국 사회주의의 실체를 고발한 『위건 부두로 가는 길』 출간.

1938년 스페인 내전의 경험을 바탕으로 쓴 『카탈로니아 찬가』 출간. 쇠약해진 몸을 돌보기 위해 아프리카 모로코로 여행을 떠남.

1939년 다시 영국으로 돌아간 뒤 무기력하게 살아가는 중년 부부를 그린 『공기를 찾아서』 출간. 부친 사망.

1940년 평론집 『고래 속으로』 출간. 7종 이상의 정기 간행물에 열두 편의 수필과 서평을 쓰는 등 매우 열정적으로 작업에 임함.

1941년 영국 BBC 방송국에 입사한 뒤, 2년 간 라디오 프로그램에서 대담 진행자, 뉴스 해설 집필자 등으로 일함.

1945년 최고의 풍자 소설로 알려진 『동물농장』 출간. 아내 아일린 사망.

1946년 『1984』 집필 시작. 병세가 나빠짐.

1949년 대표작 『1984』 출간.

1950년 런던에서 갑작스런 각혈 후 폐결핵으로 사망. 사후에 평론집 『코끼리를 쏘며』 출간.

1953년 자전적 에세이 『그 즐거웠던 시절』, 『영국, 그대의 영국』 출간.

생각뿔 | 세계문학 미니북 클라우드 라이브러리

거장의 숨소리를 만나는 특별한 여행

001 | 위대한 개츠비×F. 스콧 피츠제럴드 Francis Scott Key Fitzgerald

002 | 동물농장×조지 오웰 George Orwell

003 | 노인과 바다×어니스트 헤밍웨이 Ernest Hemingway

004 | 데미안×헤르만 헤세 Herman Hesse

005 006 007 | 오만과 편견×제인 오스틴 Jane Austen

008 009 | 1984×조지 오웰 George Orwell

010 | 이방인×알베르 카뮈 Albert Camus

011 | 젊은 베르테르의 슬픔×요한 볼프강 폰 괴테 Johann Wolfgang von Goethe

*** | 어린 왕자×앙투안 드 생텍쥐페리 Antoine Marie Roger De Saint Exupery

*** | 안나 카레니나 1~3×레프 톨스토이 Leo Nikolayevich Tolstoy

*** | 더 레이븐×에드거 앨런 포 Edgar Allan Poe

*** | 사람은 무엇으로 사는가?×레프 니콜라예비치 톨스토이 Leo Nikolayevich Tolstoy

*** | 햄릿×윌리엄 셰익스피어 William Shakespeare

*** | 예언자×칼릴 지브란 Kahlil Gibran

*** | 적과 흑 1~2×스탕달 Stendhal

*** | 폭풍의 언덕×에밀리 브론테 Emily Bronte

*** | 그리스인 조르바×니코스 카잔차키스 Nikos Kazantzakis

*** | 독일인의 사랑×프리드리히 막스 뮐러 Friedrich Max Müller

*** | 도리언 그레이의 초상×오스카 와일드 Oscar Wilde

*** | 이상한 나라의 앨리스×루이스 캐럴 Lewis Carroll

*** | 두 도시 이야기×찰스 디킨스 Charles John Huffam Dickens

*** | 벨 아미×기 드 모파상 Guy de Maupassant
*** | 오페라의 유령×가스통 르루 Gaston Leroux
*** | 수레바퀴 아래서×헤르만 헤세 Herman Hesse
*** | 월든×헨리 데이비드 소로 Henry David Thoreau
*** | 킬리만자로의 눈×어니스트 헤밍웨이 Ernest Hemingway
*** | 오즈의 마법사×라이먼 프랭크 바움 L. Frank Baum
*** | 레 미제라블 1 ~ 5×빅토르 위고 Victor Marie Hugo
*** | 파우스트 1~2×요한 볼프강 폰 괴테 Johann Wolfgang von Goethe
*** | 바냐 아저씨×안톤 체호프 Anton Pavlovich Chekhov
*** | 로미오와 줄리엣×윌리엄 셰익스피어 William Shakespeare
*** | 바람이 분다×호리 다쓰오 Tatsuo Hori
*** | 세 가지 질문×레프 니콜라예비치 톨스토이 Leo Nikolayevich Tolstoy
*** | 맥베스×윌리엄 셰익스피어 William Shakespeare
*** | 외투 · 코×니콜라이 바실리예비치 고골 Nikolai Vasilievich Gogol
*** | 인간 실격×다자이 오사무 Dazai Osamu
*** | 마지막 잎새×오 헨리 O. Henry
*** | 리어 왕×윌리엄 셰익스피어 William Shakespeare
*** | 좁은 문×앙드레 지드 Andr-Paul-Guillaume Gide
*** | 벚꽃 동산×안톤 체호프 Anton Pavlovich Chekhov
*** | 벤자민 버튼의 시간은 거꾸로 간다×F. 스콧 피츠제럴드 Francis Scott Key Fitzgerald
*** | 눈의 여왕×한스 크리스티안 안데르센 Hans Christian Andersen
*** | 개를 데리고 다니는 여인×안톤 체호프 Anton Pavlovich Chekhov
*** | 광란의 일요일×F. 스콧 피츠제럴드 Francis Scott Key Fitzgerald
*** | 천로역정×존 버니언 John Bunyan
*** | 지킬 박사와 하이드×로버트 루이스 스티븐슨 Robert Louis Stevenson
*** | 귀여운 여인×안톤 체호프 Anton Pavlovich Chekhov
*** | 싯다르타×헤르만 헤세 Herman Hesse

*** | 이솝 이야기×이솝 Aesop

*** | 무기여 잘 있거라×어니스트 헤밍웨이 Ernest Hemingway

*** | 네 개의 서명×아서 코난 도일 Arthur Conan Doyle

*** | 배스커빌가의 개×아서 코난 도일 Arthur Conan Doyle

*** | 미녀와 야수×잔 마리 르 프랭스 드 보몽 Jeanne-Marie Leprince de Beaumont

*** | 공포의 계곡×아서 코난 도일 Arthur Conan Doyle

*** | 주홍색 연구×아서 코난 도일 Arthur Conan Doyle

*** | 제인 에어 1~2×샬럿 브론테 Charlotte Bronte

*** | 페스트×알베르 카뮈 Albert Camus

*** | 피아노 치는 여자×엘프리데 옐리네크 Elfriede Jelinek

*** | 왼손잡이×니콜라이 레스코프 Nikolai Semyonovich Leskov

*** | 소송×프란츠 카프카 Franz Kafka

*** | 마음×나쓰메 소세키 Natsume Sosek

*** | 실낙원 1~2×존 밀턴 John Milton

*** | 복낙원×존 밀턴 John Milton

*** | 테스 1~2×토머스 하디 Thomas Hardy

*** | 어머니 이야기×한스 크리스티안 안데르센 Hans Christian Andersen

*** | 야간 비행×앙투안 드 생텍쥐페리 Antoine Marie Roger De Saint Exupery

*** | 톰 소여의 모험×마크 트웨인 Mark Twain

*** | 포로기×오오카 쇼헤이 Shohei Ooka

*** | 파계×시마자키 도손 Shimazaki Toson

*** | 인공호흡×리카르도 피글리아 Ricardo Piglia

*** | 정글북×조지프 러디어드 키플링 Joseph Rudyard Kipling

*** | 신곡-연옥×단테 알리기에리 Alighieri Dante

*** | 황금 물고기×J.M.G. 르 클레지오 Jean-Marie-Gustave Le Clezio

*** | 판탈레온과 특별봉사대×마리오 바르가스 요사 Mario Vargas Llosa

*** | 선 오브 갓, 예수의 생애×찰스 디킨스 Charles John Huffam Dickens

*** | 잠자는 숲 속의 공주×샤를 페로 Charles Perrault

*** | 나귀 가죽 × 오노레 드 발자크 Honore de Balzac

*** | 프랑켄슈타인 × 메리 셸리 Mary Shelley

*** | 노예 12년 × 솔로몬 노섭 Solomon Northup

*** | 외로운 남자 × 외젠 이오네스코 Eugene Ionesco

*** | 둔황 × 이노우에 야스시 Yasushi Inoue

*** | 어느 어릿광대의 견해 × 하인리히 뵐 Heinrich Boll

*** | 웃는 남자 1~3 × 빅토르 위고 Victor Marie Hugo

*** | 가면의 고백 × 미시마 유키오 Yukio Mishima

*** | 휴먼 스테인 × 필립 로스 Philip Roth

*** | 바보들을 위한 학교 × 사샤 소콜로프 Sasha Sokolov

*** | 톰 아저씨의 오두막 1~2 × 해리엣 비처 스토 Harriet Beecher Stowe

*** | 아버지와 아들 × 이반 세르게예비치 뚜르게네프 Ivan Sergeevich Turgenev

*** | 베니스의 상인 × 윌리엄 셰익스피어 William Shakespeare

*** | 해부학자 × 페데리코 안다아시 Federico Andahazi

*** | 긴 이별을 위한 짧은 편지 × 페터 한트케 Peter Handke

*** | 호텔 뒤락 × 애니타 브루크너 Anita Brookner

*** | 잔해 × 쥘리앵 그린 Julien Green

*** | 절망 × 블라디미르 나보코프 Vladimir Nabokov

*** | 더버빌가의 테스 × 토머스 하디 Thomas Hardy

*** | 몰락하는 자 × 토마스 베른하르트 Thomas Bernhard

*** | 한밤의 아이들 1~2 × 살만 루슈디 Salman Rushdie

생각뿔 세계문학 미니북 클라우드 라이브러리는 계속 출간됩니다.

*** 근간 목록은 발간 순에 따라 변경될 수 있습니다.

옮긴이 | 안영준

고려대학교 국어국문학과를 졸업했다. 공립 중등국어교사로 8년 동안 근무했으며 대치동에서 논술 전임강사로 활동하기도 했다. 현재는 1인 지식 창업 및 책 쓰기 코칭을 하며 영한 번역을 하고 있다. 옮긴 책으로는 『1984』, 『데미안』, 『위대한 개츠비』, 『노인과 바다』, 『동물농장』, 『오만과 편견』 등이 있다.

해설 | 엄인정

국민대학교 국어국문학과를 졸업하고 동 대학원에서 국어교육학을 전공했다. 현재 단행본 편집과 영한 번역 업무를 병행하며 프리랜서로 활동 중이다. 옮긴 책으로는 『데미안』, 『톨스토이 단편선』, 『오만과 편견』, 『카프카 단편선』, 『그리스인 조르바』 등이 있다.

1984 -2

1판 1쇄 발행 2018년 9월 13일

지은이 조지 오웰
옮긴이 안영준
해설 엄인정
펴낸이 생각투성이
편집 임채혁, 안주영
디자인 생각을 머금은 유니콘
마케팅 김사랑

발행처 생각뿔
주소 서울시 서초구 반포동 66-1 코웰빌딩 102호
등록번호 제233-94-00104호
전화 02-536-3295
팩스 02-536-3296
커뮤니티 www.facebook.com/tubook2018(페이스북)
e-mail tubook@naver.com
ISBN 979-11-89503-00-0(04800)
979-11-964400-8-4(세트)

생각뿔은 '생각(Thinking)'과 '뿔(Unicorn)'의 합성어입니다.
신화 속 유니콘의 신성함과 메마르지 않는 창의성을 추구합니다.